周国平 著

名家散文
自选集

周国平
散文自选集

哲思散文
周国平的灵魂读本

长江出版传媒 | 长江文艺出版社

图书在版编目（ＣＩＰ）数据

周国平散文自选集 / 周国平著.-- 武汉：长江文
艺出版社， 2017.1（2017.4 重印）
（名家散文自选集）
ISBN 978-7-5354-9223-4

Ⅰ.①周… Ⅱ.①周… Ⅲ.①散文集－中国－当代
Ⅳ.①I267

中国版本图书馆 CIP 数据核字(2016)第 249120 号

责任编辑：程华清　　　　　　　　责任校对：陈　琪
封面设计：壹　诺　　　　　　　　责任印制：左　怡　　胡丽平

出版：　长江出版传媒　　　长江文艺出版社
地址：武汉市雄楚大街 268 号　　　　邮编：430070
发行：长江文艺出版社
电话：027—87679360
http://www.cjlap.com
印刷：长沙鸿发印务实业有限公司

开本：700 毫米×1000 毫米　　　1/16　印张：22　插页：1 页
版次：2017 年 1 月第 1 版　　　　2017 年 4 月第 3 次印刷
字数：308 千字

定价：32.00 元

目　录

第一辑　成为你自己

成为你自己　/3

对自己的人生负责　/5

独处的充实　/7

独处也是一种能力　/9

做自己的忠实朋友　/11

每个人都是一个宇宙　/15

自己的园地　/21

倾听生命自身的声音　/23

养成写日记的习惯　/26

第二辑　爱使人富有

爱使人富有　/31

表达你心中的爱和善意　/33

生命本来没有名字　/35

人人都是孤儿　/38

在黑暗中并肩行走　/40

爱的反义词　/42

用什么报答母爱　/44

父亲的死　/46

爱情不风流　/48

在维纳斯脚下哭泣　/50

爱与孤独　/53

家　/56

亲子之情　/59

亲疏随缘　/62

1

第三辑　生命中不能错过什么

丰富的安静　/67

安静的位置　/69

成功的真谛　/71

成功是优秀的副产品　/73

比成功更重要的　/76

可持续的快乐　/78

生命中不能错过什么　/80

时光村落里的往事　/82

记住回家的路　/85

活出真性情　/87

消费＝享受?　/90

简单生活　/92

不占有　/95

习惯于失去　/97

和命运结伴而行　/99

第四辑　人的高贵在于灵魂

第一重要的是做人　/107

人的高贵在于灵魂　/109

善良·丰富·高贵　/111

内在生命的伟大　/113

有所敬畏　/117

精神栖身于茅屋　/119

玩骰子的儿童　/121

梦并不虚幻　/128

好梦何必成真　/130

理想主义　/132

追求　/135

人品和智慧　/139

不满足的人比满足的猪幸福　/142

爱国的平常心　/143

"己所欲，勿施于人" /145

苦难的精神价值 /147

做一个能够承受不幸的人 /149

第五辑　人生贵在行胸臆

诗人的执着与超脱 /153

人生贵在行胸臆 /157

孔子的洒脱 /163

庄周梦蝶的故事 /165

爱书家的乐趣 /167

读鲁迅的不同眼光 /172

智慧和信仰 /174

读《务虚笔记》的笔记 /178

古驿道上的失散 /197

自由的灵魂 /199

寻求智慧的人生 /201

唱出了我们的沉默的歌者 /203

走进一座圣殿 /206

第六辑　风中的纸屑

亲近自然 /217

自我和他人 /219

灵魂和肉体 /223

坚守精神家园 /225

心灵也是一种现实 /228

人性现象 /231

不同的天赋 /234

写作的理由 /236

只读好书 /239

节省语言 /241

风中的纸屑 /243

水上的荷叶 /249

第七辑　车窗外

南游印象　/257

街头即景　/264

重游庐山散记　/266

车窗外　/270

南极素描　/272

侯家路　/279

圆满的平安夜　/281

我的北大岁月　/285

从挤车说到上海不是家　/288

空地　/290

平静的心　/292

第八辑　向教育争自由

教育的七条箴言　/295

向教育争自由　/300

何必名校　/302

向教育提问　/305

论教育　/309

孩子的心智　/311

父母们的眼神　/315

留住那个心智觉醒的时刻　/317

鼓励孩子的哲学兴趣　/320

如果我是语文教师　/322

读永恒的书　/324

愉快是基本标准　/326

与书结缘　/328

人与书之间　/331

精神拾荒三步曲　/334

与中学生谈写作　/336

第一辑 成为你自己

成为你自己

童年和少年是充满美好理想的时期。如果我问你们，你们将来想成为怎样的人，你们一定会给我许多漂亮的回答。譬如说，想成为拿破仑那样的伟人，爱因斯坦那样的大科学家，曹雪芹那样的文豪，等等。这些回答都不坏，不过，我认为比这一切都更重要的是：首先应该成为你自己。

姑且假定你特别崇拜拿破仑，成为像他那样的盖世英雄是你最大的愿望。好吧，我问你：就让你完完全全成为拿破仑，生活在他那个时代，有他那些经历，你愿意吗？你很可能会激动得喊起来：太愿意啦！我再问你：让你从身体到灵魂整个儿都变成他，你也愿意吗？这下你或许有些犹豫了，会这么想：整个儿变成了他，不就是没有我自己了吗？对了，我的朋友，正是这样。那么，你不愿意了？当然喽，因为这意味着世界上曾经有过拿破仑，这个事实没有改变，唯一的变化是你压根儿不存在了。

由此可见，对于每一个人来说，最宝贵的还是他自己。无论他多么羡慕别的什么人，如果让他彻头彻尾成为这个别人而不再是自己，谁都不肯了。

也许你会反驳我说：你说的真是废话，每个人都已经是他自己了，怎么会彻头彻尾成为别人呢？不错，我只是在假设一种情形，这种情形不可能完全按照我所说的方式发生。不过，在实际生活中，类似情形却常常在以稍微不同的方式发生着。真正成为自己可不是一件容易的事。世上有许多人，你可以说他是随便什么东西，例如是一种职业，一种身份，一个角色，唯独不是他自己。如果一个人总是按照别人的意见生活，没有自己的独立思考，总是为外在的事务忙碌，没有自己的内心生活，那么，说他不

3

是他自己就一点儿也没有冤枉他。因为确确实实，从他的头脑到他的心灵，你在其中已经找不到丝毫真正属于他自己的东西了，他只是别人的一个影子和事务的一架机器罢了。

那么，怎样才能成为自己呢？这是真正的难题，我承认我给不出一个答案。我还相信，不存在一个适用于一切人的答案。我只能说，最重要的是每个人都要真切地意识到他的"自我"的宝贵，有了这个觉悟，他就会自己去寻找属于他的答案。在茫茫宇宙间，每个人都只有一次生存的机会，都是一个独一无二、不可重复的存在。正像卢梭所说的，上帝把你造出来后，就把那个属于你的特定的模子打碎了。名声、财产、知识等等是身外之物，人人都可求而得之，但没有人能够代替你感受人生。你死之后，没有人能够代替你再活一次。如果你真正意识到了这一点，你就会明白，活在世上，最重要的事就是活出你自己的特色和滋味来。你的人生是否有意义，衡量的标准不是外在的成功，而是你对人生意义的独特领悟和坚守，从而使你的自我闪放出个性的光华。

在历史上，每当世风腐败之时，人们就会盼望救世主出现。其实，救世主就在每个人的心中。耶稣是基督徒公认的救世主，可是连他也说："一个人得到了整个世界，却失去了自我，又有何益？"《圣经》中的这一句是金玉良言，值得我们永远牢记。

对自己的人生负责

我们活在世上，不免要承担各种责任，小至对家庭、亲戚、朋友，对自己的职务，大至对国家和社会。这些责任多半是应该承担的。不过，我们不要忘记，除此之外，我们还有一项根本的责任，便是对自己的人生负责。

每个人在世上都只有活一次的机会，没有任何人能够代替他重新活一次。如果这唯一的一次人生虚度了，也没有任何人能够真正安慰他。认识到这一点，我们对自己的人生怎么能不产生强烈的责任心呢？在某种意义上，人世间各种其他的责任都是可以分担或转让的，唯有对自己的人生的责任，每个人都只能完全由自己来承担，一丝一毫依靠不了别人。

不止于此，我还要说，对自己的人生的责任心是其余一切责任心的根源。一个人唯有对自己的人生负责，建立了真正属于自己的人生目标和生活信念，他才可能由之出发，自觉地选择和承担起对他人和社会的责任。正如歌德所说："责任就是对自己要求去做的事情有一种爱。"因为这种爱，所以尽责本身就成了生命意义的一种实现，就能从中获得心灵的满足。相反，我不能想象，一个不爱人生的人怎么会爱他人和爱事业，一个在人生中随波逐流的人怎么会坚定地负起生活中的责任。实际情况往往是，这样的人把尽责不是看作从外面加给他的负担而勉强承受，便是看作纯粹的付出而索求回报。

一个不知对自己的人生负有什么责任的人，他甚至无法弄清他在世界上的责任是什么。有一位小姐向托尔斯泰请教，为了尽到对人类的责任，她应该做些什么。托尔斯泰听了非常反感，因此想到：人们为之受苦的巨

5

大灾难就在于没有自己的信念，却偏要做出按照某种信念生活的样子。当然，这样的信念只能是空洞的。这是一种情况。更常见的情况是，许多人对责任的关系确实是完全被动的，他们之所以把一些做法视为自己的责任，不是出于自觉的选择，而是由于习惯、时尚、舆论等原因。譬如说，有的人把偶然却又长期从事的某一职业当作了自己的责任，从不尝试去拥有真正适合自己本性的事业。有的人看见别人发财和挥霍，便觉得自己也有责任拼命挣钱花钱。有的人十分看重别人尤其是上司对自己的评价，谨小慎微地为这种评价而活着。由于他们不曾认真地想过自己的人生使命究竟是什么，在责任问题上也就必然是盲目的了。

所以，我们活在世上，必须知道自己究竟想要什么。一个人认清了他在这世界上要做的事情，并且在认真地做着这些事情，他就会获得一种内在的平静和充实。他知道自己的责任之所在，因而关于责任的种种虚假观念都不能使他动摇了。我还相信，如果一个人能对自己的人生负责，那么，在包括婚姻和家庭在内的一切社会关系上，他对自己的行为都会有一种负责的态度。如果一个社会是由这样对自己的人生负责的成员组成的，这个社会就必定是高质量的有效率的社会。

独处的充实

　　怎么判断一个人究竟有没有他的"自我"呢？我可以提出一个检验的方法，就是看他能不能独处。当你自己一个人待着时，你是感到百无聊赖、难以忍受呢，还是感到一种宁静、充实和满足？

　　对于有"自我"的人来说，独处是人生中的美好时刻和美好体验，虽则有些寂寞，寂寞中却又有一种充实。独处是灵魂生长的必要空间。在独处时，我们从别人和事务中抽身出来，回到了自己。这时候，我们独自面对自己和上帝，开始了与自己的心灵以及与宇宙中的神秘力量的对话。一切严格意义上的灵魂生活都是在独处时展开的。和别人一起谈古说今，引经据典，那是闲聊和讨论；唯有自己沉浸于古往今来大师们的杰作之时，才会有真正的心灵感悟。和别人一起游山玩水，那只是旅游；唯有自己独自面对苍茫的群山和大海之时，才会真正感受到与大自然的沟通。所以，一切注重灵魂生活的人对于卢梭的这句话都会发生同感："我独处时从来不感到厌烦，闲聊才是我一辈子忍受不了的事情。"这种对于独处的爱好与一个人的性格完全无关，爱好独处的人同样可能是一个性格活泼、喜欢朋友的人，只是无论他怎么乐于与别人交往，独处始终是他生活中的必需。在他看来，一种缺乏交往的生活当然是一种缺陷，一种缺乏独处的生活则简直是一种灾难了。

　　当然，人是一种社会性的动物，他需要与他的同类交往，需要爱和被爱，否则就无法生存。世上没有一个人能够忍受绝对的孤独。但是，绝对不能忍受孤独的人却是一个灵魂空虚的人。世上正有这样的一些人，他们最怕的就是独处，让他们和自己待一会儿，对于他们简直是一种酷刑。只

7

要闲了下来，他们就必须找个地方去消遣，什么卡拉 OK 舞厅啦，录像厅啦，电子娱乐厅啦，或者就找人聊天。自个儿待在家里，他们必定会打开电视机，没完没了地看那些粗制滥造的节目。他们的日子表面上过得十分热闹，实际上他们的内心极其空虚。他们所做的一切都是为了想方设法避免面对面看见自己。对此我只能有一个解释，就是连他们自己也感觉到了自己的贫乏，和这样贫乏的自己待在一起是顶没有意思的，再无聊的消遣也比这有趣得多。这样做的结果是他们变得越来越贫乏，越来越没有了自己，形成了一个恶性循环。

独处的确是一个检验，用它可以测出一个人的灵魂的深度，测出一个人对自己的真正感觉，他是否厌烦自己。对于每一个人来说，不厌烦自己是一个起码要求。一个连自己也不爱的人，我敢断定他对于别人也是不会有多少价值的，他不可能有高质量的社会交往。他跑到别人那里去，对于别人只是一个打扰，一种侵犯。一切交往的质量都取决于交往者本身的质量。唯有在两个灵魂充实丰富的人之间，才可能有真正动人的爱情和友谊。我敢担保历史上和现实生活中找不出一个例子，能够驳倒我的这个论断，证明某一个浅薄之辈竟也会有此种美好的经历。

独处也是一种能力

1

独处也是一种能力，并非任何人任何时候都可具备的。具备这种能力并不意味着不再感到寂寞，而在于安于寂寞并使之具有生产力。人在寂寞中有三种状态。一是惶惶不安，茫无头绪，百事无心，一心逃出寂寞；二是渐渐习惯于寂寞，安下心来，建立起生活的条理，用读书、写作或别的事务来驱逐寂寞；三是寂寞本身成为一片诗意的土壤，一种创造的契机，诱发出关于存在、生命、自我的深邃思考和体验。

2

有的人只习惯于与别人共处，和别人说话，自己对自己无话可说，一旦独处就难受得要命，这样的人终究是肤浅的。人必须学会倾听自己的心声，自己与自己交流，这样才能逐渐形成一个较有深度的内心世界。

3

托尔斯泰在谈到独处和交往的区别时说："你要使自己的理性适合整体，适合一切的源，而不是适合部分，不是适合人群。"说得好。

对于一个人来说，独处和交往均属必需。但是；独处更本质，因为在独处时，人是直接面对世界的整体，面对万物之源的。相反，在交往时，人却只是面对部分，面对过程的片断。人群聚集之处，只有凡人琐事，过眼烟云，没有上帝和永恒。

也许可以说，独处是时间性的，交往是空间性的。

4

在舞曲和欢笑声中，我思索人生。在沉思和独处中，我享受人生。

5

有的人只有在沸腾的交往中才能辨认他的自我。有的人却只有在宁静的独处中才能辨认他的自我。

6

我天性不宜交际。在多数场合，我不是觉得对方乏味，就是害怕对方觉得我乏味。可是我既不愿忍受对方的乏味，也不愿费劲使自己显得有趣，那都太累了。我独处时最轻松，因为我不觉得自己乏味，即使乏味，也自己承受，不累及他人，无须感到不安。

7

人们常常误认为，那些热心于社交的人是一些慷慨之士。泰戈尔说得好，他们只是在挥霍，不是在奉献，而挥霍者往往缺乏真正的慷慨。

那么，挥霍与慷慨的区别在哪里呢？我想是这样的：挥霍是把自己不珍惜的东西拿出来，慷慨是把自己珍惜的东西拿出来。社交场上的热心人正是这样，他们不觉得自己的时间、精力和心情有什么价值，所以毫不在乎地把它们挥霍掉。相反，一个珍惜生命的人必定宁愿在孤独中从事创造，然后把最好的果实奉献给世界。

做自己的忠实朋友

1

在我们每个人身上，除了外在的自我以外，都还有着一个内在的精神性的自我。可惜的是，许多人的这个内在自我始终是昏睡着的，甚至是发育不良的。为了使内在自我能够健康生长，你必须给它以充足的营养。如果你经常读好书、沉思、欣赏艺术，拥有丰富的精神生活，你就一定会感觉到，在你身上确实还有一个更高的自我，这个自我是你的人生路上的坚贞不渝的精神密友。

人在世上都离不开朋友，但是，最忠实的朋友还是自己，就看你是否善于做自己的朋友了。要能够做自己的朋友，你就必须比那个外在的自己站得更高，看得更远，从而能够从人生的全景出发给他以提醒、鼓励和指导。

2

有人问古希腊哲学家芝诺："谁是你的朋友？"他回答："另一个自我。"

人生在世，不能没有朋友。在所有朋友中，不能缺了最重要的一个，那就是自己。缺了这个朋友，一个人即使朋友遍天下，也只是表面的热闹而已，实际上他是很空虚的。

一个人是否是自己的朋友，有一个可靠的测试标准，就是看他能否独

11

处，独处是否感到充实。如果他害怕独处，一心逃避自己，他当然不是自己的朋友。

能否和自己做朋友，关键在于有没有芝诺所说的"另一个自我"。它实际上就是一个人的更高的自我，这个自我以理性的态度关爱着那个在世上奋斗的自我。理性的关爱，这正是友谊的特征。有的人不爱自己，一味自怨，仿佛自己的仇人。有的人爱自己而没有理性，一味自恋，俨然自己的情人。在这两种场合，更高的自我都是缺席的。

做自己的朋友，这是人生很高的境界，诚如塞涅卡所说，这样的人一定会是全人类的朋友。

3

人与人之间有同情，有仁义，有爱。所以，世上有克己助人的慈悲和舍己救人的豪侠。但是，每一个人终究是一个生物学上和心理学上的个体，最切己的痛痒唯有自己能最真切地感知。在这个意义上，对于每一个人来说，他最关心的还是他自己，世上最关心他的也还是他自己。要别人比他自己更关心他，要别人比关心自己更关心他，都是违背作为个体的生物学和心理学本质的。结论是：每个人都应该自立。

4

自爱者才能爱人，富裕者才能馈赠。给人以生命欢乐的人，必是自己充满着生命欢乐的人。一个不爱自己的人，既不会是一个可爱的人，也不可能真正爱别人。他带着对自己的怨恨到别人那里去，就算他是去行善的吧，他的怨恨仍会在他的每一件善行里显露出来，加人以损伤。受惠于一个自怨自艾的人，还有比这更不舒服的事吗？

5

有人问犬儒派创始人安提斯泰尼，哲学给他带来了什么好处，回答是："与自己谈话的能力。"

我们经常与别人谈话，内容大抵是事务的处理、利益的分配、是非的争执、恩怨的倾诉、公关、交际、新闻等等。独处的时候，我们有时也在心中说话，细察其内容，仍不外上述这些，因此实际上也是在对别人说话，是对别人说话的预演或延续。我们真正与自己谈话的时候是十分稀少的。

　　要能够与自己谈话，必须把心从世俗事务和人际关系中摆脱出来，回到自己。这是发生在灵魂中的谈话，是一种内在生活。

　　与自己谈话的确是一种能力，而且是一种罕见的能力。有许多人，你不让他说凡事俗务，他就不知道说什么好了。他只关心外界的事情，结果也就只拥有仅仅适合于与别人交谈的语言了。这样的人面对自己当然无话可说。可是，一个与自己无话可说的人，难道会对别人说出什么有意思的话吗？哪怕他谈论的是天下大事，你仍感到是在听市井琐闻，因为在里面找不到那个把一切连结为整体的核心，那个照亮一切的精神。

6

　　看托尔斯泰日记。他在新婚九个月时写道："我自己喜欢并且了解的我，那个有时整个地暴露、叫我高兴也叫我害怕的我，如今在哪里？我成了一个渺小的微不足道的人。自从我娶了我所爱的女人以来，我就是这样一个人。这个本子里写的东西几乎全是谎言、虚伪。一想到她此刻就在我身后看我写东西，就减少了、破坏了我的真实性……为了她我倒不是不写真话，而是在许多可写的东西中间进行挑选，选出那些单为我自己我不会去写的东西。"

　　非常准确。一本单为自己写的日记几乎是保持自我的真实性的必要条件。尤其是一个过家庭生活的人，为了维护家庭的安宁，为了照顾亲人的情绪，言行中的某种克制是不可避免的。然而，如果在日记中、在心灵的独白中也如此克制，那就是虚伪了，最后一个真实的机会也就丧失了。这当然与爱不爱无关。

7

　　我要为自己定一个原则：每天夜晚，每个周末，每年年底，只属于我自己。在这些时间里，我不做任何履约交差的事情，而只读我自己想读的书，只写我自己想写的东西。如果不想读不想写，我就什么也不做，宁肯闲着，也决不应付差事。差事是应付不完的，唯一的办法是人为地加以限制，确保自己的自由时间。

每个人都是一个宇宙

一

我的怪癖是喜欢一般哲学史不屑记载的哲学家，宁愿绕开一个个曾经显赫一时的体系的颓宫，到历史的荒村陋巷去寻找他们的足迹。爱默生就属于这些我颇愿结识一番的哲学家之列。

我对爱默生向往已久。在我的精神旅行图上，我早已标出那个康科德小镇的方位。尼采常常提到他。如果我所喜欢的某位朋友常常情不自禁地向我提起他所喜欢的一位朋友，我知道我也准能喜欢他的这位朋友。

作为美国文艺复兴的领袖和杰出的散文大师，爱默生已名垂史册。作为一名哲学家，他却似乎进不了哲学的"正史"。他是一位长于灵感而拙于体系的哲学家。他的"体系"，所谓超验主义，如今在美国恐怕也没有人认真看待了。如果我试图对他的体系作一番条分缕析的解说，就未免太迂腐了。我只想受他的灵感的启发，随手写下我的感触。超验主义死了，但爱默生的智慧永存。

二

也许没有一个哲学家不是在实际上试图建立某种体系，赋予自己最得意的思想以普遍性形式。声称反对体系的哲学家也不例外。但是，大千世界的神秘不会屈从于任何公式，没有一个体系能够万古长存。幸好真正有

15

生命力的思想不会被体系的废墟掩埋，一旦除去体系的虚饰，它们反以更加纯粹的面貌出现在天空下，显示出它们与阳光、土地、生命的坚实联系，在我们心中唤起亲切的回响。

爱默生相信，人心与宇宙之间有着对应关系，所以每个人凭内心体验就可以认识自然和历史的真理。这就是他的超验主义，有点像主张"吾心即是宇宙"、"心即理"、"致良知"的宋明理学。人心与宇宙之间究竟有没有对应关系，这是永远无法在理论上证实或驳倒的。一种形而上学不过是一种信仰，其作用只是用来支持一种人生态度和价值立场。我宁可直接面对这种人生态度和价值立场，而不去追究它背后的形而上学信仰。于是我看到，爱默生想要表达的是他对人性完美发展的可能性的期望和信心，他的哲学是一首洋溢着乐观主义精神的个性解放的赞美诗。

但爱默生的人道主义不是欧洲文艺复兴的单纯回声。他生活在十九世纪，和同时代少数几个伟大思想家一样，他也是揭露现代资本主义社会异化现象的先知先觉者。每个人都是一个宇宙，但在现实中却成了碎片。"社会是这样一种状态，每一个人都像是从身上锯下来的一段肢体，昂然地走来走去，许多怪物——一个好手指，一个颈项，一个胃，一个肘弯，但是从来不是一个人。"我想起了马克思在一八四四年的手稿中对人的异化的分析。我也想起了尼采的话："我的目光从今天望到过去，发现比比皆是：碎片、断肢和可怕的偶然——可是没有人！"他们的理论归宿当然截然不同，但都同样热烈怀抱着人性全面发展的理想。往往有这种情况：同一种激情驱使人们从事理论探索，结果却找到了不同的理论，甚至彼此成为思想上的敌人。但是，真的是敌人吗？

三

每个人都是一个宇宙，每个人的天性中都蕴藏着大自然赋予的创造力。把这个观点运用到读书上，爱默生提倡一种"创造性的阅读"。这就是：把自己的生活当作正文，把书籍当作注解；听别人发言是为了使自己能说话；以一颗活跃的灵魂，为获得灵感而读书。

几乎一切创造欲强烈的思想家都对书籍怀着本能的警惕。蒙田曾谈到"文殛"，即因读书过多而被文字之斧砍伤，丧失了创造力。叔本华把读书太滥譬作将自己的头脑变成别人思想的跑马场。爱默生也说："我宁愿从来没有看见过一本书，而不愿意被它的吸力扭曲过来，把我完全拉到我的轨道外面，使我成为一颗卫星，而不是一个宇宙。"

许多人热心地请教读书方法，可是如何读书其实是取决于整个人生态度的。开卷有益，也可能有害。过去的天才可以成为自己天宇上的繁星，也可以成为压抑自己的偶像。爱默生俏皮地写道："温顺的青年人在图书馆里长大，他们相信他们的责任是应当接受西塞罗、洛克、培根的意见；他们忘了西塞罗、洛克与培根写这些书的时候，也不过是图书馆里的青年人。"我要加上一句：幸好那时图书馆的藏书比现在少得多，否则他们也许成不了西塞罗、洛克、培根了。

好的书籍是朋友，但也仅仅是朋友。与好友会晤是快事，但必须自己有话可说，才能真正快乐。一个愚钝的人，再智慧的朋友对他也是毫无用处的，他坐在一群才华横溢的朋友中间，不过是一具木偶，一个讽刺，一种折磨。每个人都是一个神，然后才有奥林匹斯神界的欢聚。

我们读一本书，读到精彩处，往往情不自禁地要喊出声来：这是我的思想，这正是我想说的，被他偷去了！有时候真是难以分清，哪是作者的本意，哪是自己的混入和添加。沉睡的感受唤醒了，失落的记忆找回了，朦胧的思绪清晰了。其余一切，只是死的"知识"，也就是说，只是外在于灵魂有机生长过程的无机物。

我曾经计算过，尽我有生之年，每天读一本书，连我自己的藏书也读不完。何况还不断购进新书，何况还有图书馆里难计其数的书。这真有点令人绝望。可是，写作冲动一上来，这一切全忘了。爱默生说得漂亮："当一个人能够直接阅读上帝的时候，那时间太宝贵了，不能够浪费在别人阅读后的抄本上。"只要自己有旺盛的创作欲，无暇读别人写的书也许是一种幸运呢。

四

有两种自信：一种是人格上的独立自主，藐视世俗的舆论和功利；一种是理智上的狂妄自大，永远自以为是，自我感觉好极了。我赞赏前一种自信，对后一种自信则总是报以几分不信任。

人在世上，总要有所依托，否则会空虚无聊。有两样东西似乎是公认的人生支柱，在讲究实际的人那里叫职业和家庭，在注重精神的人那里叫事业和爱情。食色性也，职业和家庭是社会认可的满足人的两大欲望的手段，当然不能说它们庸俗。然而，职业可能不称心，家庭可能不美满，欲望是满足了，但付出了无穷烦恼的代价。至于事业的成功和爱情的幸福，尽管令人向往之至，却更是没有把握的事情。而且，有些精神太敏感的人，即使得到了这两样东西，还是不能摆脱空虚之感。

所以，人必须有人格上的独立自主。你诚然不能脱离社会和他人生活，但你不能一味攀缘在社会建筑物和他人身上。你要自己在生命的土壤中扎根。你要在人生的大海上抛下自己的锚。一个人如果把自己仅仅依附于身外的事物，即使是极其美好的事物，顺利时也许看不出他的内在空虚，缺乏根基，一旦起了风浪，例如社会动乱，事业挫折，亲人亡故，失恋，等等，就会一蹶不振乃至精神崩溃。正如爱默生所说："然而事实是：他早已是一只漂流着的破船，后来起的这一阵风不过向他自己暴露出他流浪的状态。"爱默生写有长文热情歌颂爱情的魅力，但我更喜欢他的这首诗：

> 为爱牺牲一切，
> 服从你的心；
> 朋友，亲戚，时日，
> 名誉，财产，
> 计划，信用与灵感，
> 什么都能放弃。
> 为爱离弃一切；
> 然而，你听我说：……
> 你须要保留今天，
> 明天，你整个的未来，
> 让它们绝对自由，
> 不要被你的爱人占领。

如果你心爱的姑娘另有所欢，你还她自由。

你应当知道
半人半神走了，
神就来了。

　　世事的无常使得古来许多贤哲主张退隐自守，清静无为，无动于衷。我厌恶这种哲学。我喜欢看见人们生气勃勃地创办事业，如痴如醉地堕入情网，痛快淋漓地享受生命。但是，不要忘记了最主要的事情：你仍然属于你自己。每个人都是一个宇宙，每个人都应该有一个自足的精神世界。这是一个安全的场所，其中珍藏着你最珍贵的宝物，任何灾祸都不能侵犯它。心灵是一本奇特的账簿，只有收入，没有支出，人生的一切痛苦和欢乐，都化作宝贵的体验记入它的收入栏中。是的，连痛苦也是一种收入。人仿佛有了两个自我，一个自我到世界上去奋斗，去追求，也许凯旋，也许败归，另一个自我便含着宁静的微笑，把这遍体汗水和血迹的哭着笑着的自我迎回家来，把丰厚的战利品指给他看，连败归者也有一份。

　　爱默生赞赏儿童身上那种不怕没得饭吃、说话做事从不半点随人的王公贵人派头。一到成年，人就注重别人的观感，得失之患多了。我想，一个人在精神上真正成熟之后，又会返璞归真，重获一颗自足的童心。他消化了社会的成规习见，把它们扬弃了。

五

　　还有一点余兴，也一并写下。有句成语叫大智若愚。人类精神的这种逆反形式很值得研究一番。我还可以举出大善若恶，大悲若喜，大信若疑，大严肃若轻浮。在爱默生的书里，我也找到了若干印证。

　　悲剧是深刻的，领悟悲剧也须有深刻的心灵。"性情浅薄的人遇到不幸，他的感情仅只是演说式的做作。"然而这不是悲剧。人生的险难关头最能检验一个人的灵魂深浅。有的人一生接连遭到不幸，却未尝体验过真正的悲剧情感。相反，表面上一帆风顺的人也可能经历巨大的内心悲剧。一切高贵的情感都羞于表白，一切深刻的体验都拙于言辞。大悲者会以笑谑嘲弄命运，以欢容掩饰哀伤。丑角也许比英雄更知人生的辛酸。爱默生举了一个例子：正当喜剧演员卡里尼使整个那不勒斯城的人都笑断肚肠的时候，有一个病人去找城里的一个医生，治疗他致命的忧郁症。医生劝他到戏院去看卡里尼的演出，他回答："我就是卡里尼。"

与此相类似，最高的严肃往往貌似玩世不恭。古希腊人就已经明白这个道理。爱默生引用普鲁塔克的话说："研究哲理而外表不像研究哲理，在嬉笑中做成别人严肃认真地做的事，这是最高的智慧。"正经不是严肃，就像教条不是真理一样。真理用不着板起面孔来增添它的权威。在那些一本正经的人中间，你几乎找不到一个严肃思考过人生的人。不，他们思考的多半不是人生，而是权力；不是真理，而是利益。真正严肃思考过人生的人知道生命和理性的限度，他能自嘲，肯宽容，愿意用一个玩笑替受窘的对手解围，给正经的论敌一个教训。他以诙谐的口吻谈说真理，仿佛故意要减弱他的发现的重要性，以便只让它进入真正知音的耳朵。

尤其是在信仰崩溃的时代，那些佯癫装疯的狂人倒是一些太严肃地对待其信仰的人。鲁迅深知此中之理，说嵇康、阮籍表面上毁坏礼教，实则倒是太相信礼教，因为不满意当权者利用和亵渎礼教，才以反礼教的过激行为发泄内心愤想。其实，在任何信仰体制之下，多数人并非真有信仰，只是做出相信的样子罢了。于是过分认真的人就起而论究是非，阐释信仰之真谛，结果被视为异端。一部基督教史就是没有信仰的人以维护信仰之名把有信仰的人当作邪教徒烧死的历史。殉道者多半死于同志之手而非敌人之手。所以，爱默生说，伟大的有信仰的人永远被目为异教徒，终于被迫以一连串的怀疑论来表现他的信念。怀疑论实在是过于认真看待信仰或知识的结果。苏格拉底为了弄明智慧的实质，遍访雅典城里号称有智慧的人，结果发现他们只是在那里盲目自信，其实并无智慧。他到头来认为自己仍然不知智慧为何物，说出了那句著名的话："我知道我一无所知。"哲学史上的怀疑论者大抵都是太认真地要追究人类认识的可靠性，结果反而疑团丛生。

自己的园地

你们读过法国作家圣埃克苏佩里写的《小王子》吗？如果没有，那就太可惜了，一定要找来读一读。在我看来，它是世界上最棒的一篇童话，哪怕你们拿全世界的唐老鸭和圣斗士来跟我交换，我也绝不肯。

童话的主人公是一个小王子，他住在一颗只比他大一点儿的星球上，与一株玫瑰为伴，天天为她浇水。有一天，他和玫瑰花拌了几句嘴，心里烦，便离开他的星球，出去漫游了。他先后到达六颗星球，遇见了一些可笑的大人。例如有一个商人，他的全部事情就是计算星星，他把这叫作"占有"。他就为"占有"而活着。他告诉小王子，他已经"占有"了一亿零一百六十二万二千七百三十一颗星星。小王子问他："你拿它们做什么呢？"他答："我把它们存到银行里去。"小王子不明白这是什么意思，商人便解释说："这就是说，我在一张纸条上写下我的星星的数目，然后把这张纸条锁在抽屉里。"小王子问："这就完了吗？"商人答："当然，这样我就很富啦。"在别的星球上，小王子遇见的大人们也都在为他不明白的东西活着，什么权力、虚荣、学问呀。他心想：大人们真是怪透了。

小王子最后来到地球。在一片盛开的玫瑰园里，他看见五千株玫瑰，不禁怀念起他自己的那株玫瑰来。他的那株玫瑰与眼前这些玫瑰长得一模一样，但他却觉得她是独一无二的。这是为什么呢？一只聪明的狐狸告诉他："是你为你的玫瑰花费的时间，使你的玫瑰变得这么重要。对于你使之驯服的东西，你是负有责任的。"

这句话说得好极了。一个人活在世上，必须有自己真正爱好的事情，才会活得有意思。这爱好完全是出于他的真性情的，而不是为了某种外在

21

的利益，例如为了金钱、名声之类。他喜欢做这件事情，只是因为他觉得事情本身非常美好，他被事情的美好所吸引。这就好像一个园丁，他仅仅因为喜欢而开辟了一块自己的园地，他在其中培育了许多美丽的花木，为它们倾注了自己的心血。当他在自己的园地上耕作时，他心里非常踏实。无论他走到哪里，他都会牵挂着那些花木，如同母亲牵挂着自己的孩子。这样一个人，他一定会活得很充实的。相反，一个人如果没有自己的园地，不管他当多大的官，做多大的买卖，他本质上始终是空虚的。这样的人一旦丢了官，破了产，他的空虚就暴露无遗了，会惶惶然不可终日，发现自己在世界上无事可做，也没有人需要他，成了一个多余的人。

事实上，我们在小时候往往都是有真性情的。就像小王子所说的："只有孩子们知道他们在寻找些什么，他们会为了一个破布娃娃而不惜让时光流逝，于是那布娃娃就变得十分重要，一旦有人把它们拿走，他们就哭了。"孩子并不问破布娃娃值多少钱，它当然不值钱啦，可是，他们天天抱着它，和它说话，便对它有了感情，它就比一切值钱的东西更有价值了。一个人在衡量任何事物时，看重的是它们在自己生活中的意义，而不是它们在市场上能卖多少钱，这样一种生活态度就是真性情。你们长大了当然不会再抱着一个破布娃娃不放，但是我希望你们不要丢掉小时候对待破布娃娃的这种态度，不要丢掉真性情，不要丢掉自己真正的爱好。

小王子十分幸运，他在地球上终于遇见了一个能够理解他的大人，那就是这篇童话的作者。他和小王子特别谈得来，不过，正因为如此，他在大人们中间真是非常孤独。他和大人们谈什么都谈不通，就只好和他们谈桥牌、高尔夫球、政治、领带什么的，而他们也就很高兴自己结识了一个正经人。后来，小王子因为想念他的玫瑰花，回到那个小星球上去了。那么，现在这位圣埃克苏佩里在哪里呢？他是第二次世界大战时法国最出色的飞行员，在一次飞行中失踪了。我相信，他一定是去寻找他的小王子了。

倾听生命自身的声音

1

"生命"是一个美丽的词，但它的美被琐碎的日常生活掩盖住了。我们活着，可是我们并不是时时对生命有所体验的。相反，这样的时候很少。大多数时候，我们倒是像无生命的机械一样活着。

人们追求幸福，其实，还有什么时刻比那些对生命的体验最强烈最鲜明的时刻更幸福呢？当我感觉到自己的肢体和血管里布满了新鲜的、活跃的生命之时，我的确认为，此时此刻我是世上最幸福的人了。

2

生命是最基本的价值。一个最简单的事实是：每个人只有一条命。在无限的时空中，再也不会有同样的机会，所有因素都恰好组合在一起，来产生这一个特定的个体了。一旦失去了生命，没有人能够活第二次。同时，生命又是人生其他一切价值的前提，没有了生命，其他一切都无从谈起。

因此，对于自己的生命，我们当知珍惜，对于他人的生命，我们当知关爱。

这个道理似乎是不言而喻的。可是，仔细想一想，有多少人一辈子只把自己当作了赚钱的机器，何尝把自己真正当作生命来珍惜；又有多少人只用利害关系的眼光估量他人的价值，何尝把他人真正当作生命去关爱。

23

3

生命是我们最珍爱的东西，它是我们所拥有的一切的前提，失去了它，我们就失去了一切。生命又是我们最忽略的东西，我们对于自己拥有它实在太习以为常了，而一切习惯了的东西都容易被我们忘记。因此，人们在道理上都知道生命的宝贵，实际上却常常做一些损害生命的事情：抽烟，酗酒，纵欲，不讲卫生，超负荷工作，等等。因此，人们为虚名浮利而忙碌，却舍不得花时间来让生命本身感到愉快，来做一些实现生命本身的价值的事情。

往往是当我们的生命真正受到威胁的时候，我们才幡然醒悟，生命的不可替代的价值才凸现在我们的眼前。但是，有时候醒悟已经为时太晚，损失已经不可挽回。

让我们记住，每一个人对于自己的生命，第一有爱护它的责任，第二有享受它的权利，而这两方面是统一的。世上有两种人对自己的生命最不知爱护也最不善享受，其一是工作狂，其二是纵欲者，他们其实是在以不同的方式透支和榨取生命。

4

生命原是人的最珍贵的价值。可是，在当今的时代，其他种种次要的价值取代生命成了人生的主要目标乃至唯一目标，人们耗尽毕生精力追逐金钱、权力、名声、地位等等，从来不问一下这些东西是否使生命获得了真正的满足，生命真正的需要是什么。

生命原是一个内容丰富的组合体，包含着多种多样的需要、能力、冲动，其中每一种都有独立的存在和价值，都应该得到实现和满足。可是，现实的情形是，多少人的内在潜能没有得到开发，他们的生命早早地就纳入了一条狭窄而固定的轨道，并且以同样的方式把自己的子女也培养成片面的人。

我们不可避免地生活在一个功利的世界上，人人必须为生存而奋斗，这一点决定了生命本身的要求在一定程度上遭到忽视的必然性。然而，我们可以也应当减少这个程度，为生命争取尽可能大的空间。

在市声尘嚣之中，生命的声音已经久被遮蔽，无人理会。现在，让我们都安静下来，每个人都向自己身体和心灵的内部倾听，听一听自己的生命在说什么，想一想自己的生命究竟需要什么。

5

在中国传统哲学中，最重视生命价值的学派应是道家。《淮南王书》把这方面的思想概括为"全性保真，不以物累形"，庄子也一再强调要"不失其性命之情"、"任其性命之情"，相反的情形则是"丧己于物，失性于俗者，谓之倒置之民"。在庄子看来，物欲与生命是相敌对的，被物欲控制住的人是与生命的本性背道而驰的，因而是颠倒的人。

自然赋予人的一切生命欲望皆无罪，禁欲主义最没有道理。我们既然拥有了生命，当然有权享受它。但是，生命欲望和物欲是两回事。一方面，生命本身对于物质资料的需要是有限的，物欲决非生命本身之需，而是社会刺激起来的。另一方面，生命享受的疆域无比宽广，相比之下，物欲的满足就太狭窄了。因此，那些只把生命用来追求物质的人，实际上既怠慢了自己生命的真正需要，也剥夺了自己生命享受的广阔疆域。

6

生命是宇宙间的奇迹，它的来源神秘莫测。是进化的产物，还是上帝的创造？这并不重要。重要的是用你的心去感受这奇迹。于是，你便会懂得欣赏大自然中的生命现象，用它们的千姿百态丰富你的心胸。于是，你便会善待一切生命，从每一个素不相识的人，到一头羚羊，一只昆虫，一棵树，从心底里产生万物同源的亲近感。于是，你便会怀有一种敬畏之心，敬畏生命，也敬畏创造生命的造物主，不管人们把它称作神还是大自然。

7

热爱生命是幸福之本；同情生命是道德之本；敬畏生命是信仰之本。

养成写日记的习惯

　　不论在什么场合，只要是面对着中学生，我最经常提的一个建议就是：养成写日记的习惯。中学是人生的一个关键时期，许多好习惯和坏习惯都是在这个时期里养成的。有两种好习惯，一旦养成了，就终身受益。我指的是阅读的习惯和写日记的习惯。这里我只说一说写日记的好处。

　　第一，日记是岁月的保险柜。每个人都只拥有一次人生，而人生是由每天、每年、每个阶段的活生生的经历组成的。如果你热爱人生，你就一定会无比珍惜自己的经历，珍惜其中的欢乐和痛苦，心情和感受，因为它们是你真正拥有的东西。令人遗憾的是，这一切不可避免地会随着时间的流逝而失去。为了留住它们，人们想出了种种办法，例如用摄影和录像保存生活中的若干场景。但是，我认为写日记是更好的办法，与图像相比，文字的容量要大得多。通过写日记，我们仿佛把逝去的一个个日子放进了保险柜，有一天打开这个保险柜，这些日子便会历历在目地重现在眼前。记忆是不可靠的，对于一个不写日记的人来说，除了某些印象特别深刻的经历外，多数往事会渐渐模糊，甚至永远沉入遗忘的深渊。相反，如果有日记作为依凭，即使许多年前的细节，也比较容易在记忆中唤醒。在这个意义上，日记使人拥有了一个更丰富的人生。

　　第二，日记是灵魂的密室。人活在世上，不但要过外部生活，比如上学，和同学交往，而且要过内心生活。内心生活并不神秘，它实际上就是一个人自己与自己进行交谈。你读到了一本使你感动的书，你看到了一片使你陶醉的风景，你见到了一个使你心仪的人，你遇到了一件使你高兴或伤心的事，在这些时候，你心中也许有一些不愿或者不能对别人说的感受，你就用笔对自己说。当你这样做的时候，你是在写日记，同时也就是在过内心生活了。有的人只习惯于与别人共处，和别人说话，自己对自己无话可说，一旦独处就难受得要命，这样的人终究是肤浅的。人必须学会倾听自己的心声，自己与自己交流，这样才能逐渐形成一个较有深度的内心世界，而写日记正是帮助我们达到这一目的的有效手段。

第三，日记是忠实的朋友。我们在人世间不能没有朋友，真正的友谊使我们在困难时得到帮助，在痛苦时得到慰藉，在一切时候得到温暖和鼓舞。不过，请不要忘记，在所有的朋友之外，每个人还可以拥有一个特殊的朋友，那就是日记。在某种意义上，它是你的最忠实的朋友。没有人——包括你最亲密的朋友——是你的专职朋友，唯有日记可以说是。别的朋友总有忙于自己的事情而不能关心你的时候，而日记却随时听从你的召唤，永远不会拒绝倾听你的诉说。一个人养成了写日记的习惯，他仍会有寂寞的时光，但不会无法忍受，因为有日记陪伴他。在隐私权受到法律保护的社会里，日记的忠实还表现在它不会背叛你，无论你对它说了什么，它都只是珍藏在心里，决不违背你的意愿向外张扬。

第四，日记是作家的摇篮。要成为一个够格的作家，基本条件是有真情实感，并且善于用恰当的语言把真情实感表达出来。在这方面，写日记是最好的训练，因为日记是写给自己看的，一个人总不会把空洞虚假的东西献给自己。对于提高写作能力来说，日记有作文不可代替的作用。作文所起的作用在很大程度上取决于教师的水平，如果教师水平低，指导失当，甚至会起坏作用。与写作文不同，在写日记时，你是自由的，可以只写自己感兴趣的东西，不用为你不感兴趣的题目绞尽脑汁。你还可以只按照自己满意的方式写，不用考虑是否合乎某个老师的要求或某种固定的规范。按照自己满意的方式写自己感兴趣的题材，这正是文学创作的主要特征，所以写日记是比写作文更接近于创作的。事实上，许多优秀作家的创作就是从写日记开始的，而且，如果他们想继续优秀，就必须在创作中始终保持写日记时的那种自由心态。

我说了这么多写日记的好处，那么，是不是一个人只要随便怎样写一点日记，就能得到这些好处呢？当然不是。依我看，要得到这些好处，必须遵守三个条件。一是坚持，尤其开始时每天都写，来不及就第二天补写，决不偷懒，决不姑息自己，这样才能形成习惯。二是认真，对触动了自己的事情和心情要仔细写，努力寻找确切的表达，决不马虎，决不敷衍自己，这样写出的日记才具有我在上面列举的这些价值。三是私密，基本上不给人看，这样在写日记时才能排除他人眼光的干扰，坦然面对自己，句句都写真心话。

写到这里，我不得不对天下的老师和家长们进一忠告，因为要遵守这第三个条件，必须有你们的理解和配合。你们一定要把日记和作文区别开来，语文老师当然可以布置学生写若干篇日记然后加以批改，但这样的日记实际上是作文，只不过其体裁是日记罢了。我现在提倡学生写的是名副其实的日记，这意味着老师和家长都必须尊重其私密性，如果不是孩子自愿，任何人不得查看。我不止一次听说这样的事情：有的孩子自发地写起私人日记来，家长和老师觉察后，便偷看或突击检查，一旦发现自以为不妥当的内容，就横加指责和羞辱。这是十足的愚蠢和野蛮，是对孩子正在生长的自由心灵和独立人格的摧残。我们应该把孩子的私人日记看作属于他们的一块不容侵犯的圣地，甚至克制我们的好奇心，鼓励孩子不给我们看。我们要相信，孩子的心灵隐私越是受到尊重，他们就越容易培养起真诚、自信、独立思考等品质，他们在精神上就越能够健康地成长。不必担心因此会互相隔膜，实际上，唯有在平等和尊重的氛围中，我们和孩子之间才可能产生实质性的交流。也无须靠检查日记来了解学生的语文水平，学生写日记是否认真，有无收获，必定会在作文中体现出来，而被有慧眼的教师看到。

第二辑　爱使人富有

爱使人富有

那是在一个边疆省会的书店里，一个美丽而羞怯的女孩从陈列架上取下最后一本《妞妞》，因为书店经理答应把这本仅剩的样书卖给她，她激动得脸蛋绯红，然后请求我为她写一句话。当时，我就在书的扉页上写下了这句话——

爱使人富有。

这句话写在我的著作《妞妞》上，是对其中讲述的我的人生体验的概括。妞妞是一个昙花一现的小生命，她的到来使我比以往任何时候都更深切地领悟了爱的实质和力量，现在她虽然走了，但因她而获得的爱的体验已经成为我的永远的财富。

这句话写给这个美丽的女孩，又是对她以及许多和她一样的年轻女性的祝愿。在每一个年轻女性的前方，都有长长的爱的故事等待着她们，故事的情节也许简单，也许曲折，结局也许幸福，也许不幸，不论情形如何，我祝愿她们的心灵都将因爱而变得丰富，成为精神上的富有者。

常常听人说：年轻美貌是财富。这对于女性好像尤其如此，一个漂亮女孩有着太多的机会，使人感到前途无量。可是，我知道，如果内心没有对真爱的追求和感悟，机会就只是一连串诱惑，只会引人失足，青春就只是一笔不可靠的财富，很容易被挥霍掉。

常常听人说：爱情会把人掏空。这在遭遇挫折的时候好像尤其如此，倾心相爱的那个人离你而去了，你会顿时感到万念俱灰。可是，我知道，只要你曾经用真心去爱，爱的收获就必定会以某种方式保藏在你的心中，当岁月渐渐抚平了创伤，你就会发现最主要的珍宝并未丢失。

爱是奉献，但爱的奉献不是单纯的支出，同时也必是收获。正是通过亲情、性爱、友爱等等这些最具体的爱，我们才不断地建立和丰富了与世界的联系。深深地爱一个人，你借此所建立的不只是与这个人的联系，而且也是与整个人生的联系。一个从来不曾深爱过的人与人生的联系也是十分薄弱的，他在这个世界上生活，但他会感觉到自己只是一个局外人。爱的经历决定了人生内涵的广度和深度，一个人的爱的经历越是深刻和丰富，他就越是深入和充分地活了一场。

　　如果说爱的经历丰富了人生，那么，爱的体验则丰富了心灵。不管爱的经历是否顺利，所得到的体验对于心灵都是宝贵的收入。因为爱，我们才有了观察人性和事物的浓厚兴趣。因为挫折，我们的观察便被引向了深邃的思考。一个人历尽挫折而仍葆爱心，正证明了他在精神上足够富有，所以输得起。在这方面，耶稣是一个象征，拿撒勒的这个穷木匠一生宣传和实践爱的教义，直到被钉上了十字架仍不改悔，因此而被世世代代的基督徒信奉为精神上最富有的人，即救世主。

表达你心中的爱和善意

——皮特·尼尔森《圣诞节清单》中译本序

这是一本令人感到温暖的书，在一个人性迷失的时代，它试图重新唤起我们对人性的信心。它提醒每一个人：你心中不但要有爱和善意，而且要及时地、公开地表达你心中的爱和善意。这个道理似乎简单，却常常被我们忽视。

我们活在世上，人人都有对爱和善意的需要。今天你出门，不必有奇遇，只要一路遇到的是友好的微笑，你就会觉得这一天十分美好。如果你知道世上有许多人喜欢你，肯定你，善待你，你就会觉得人生十分美好，这个世界十分美好。即使你是一个内心很独立的人，情形仍是如此，没有人独立到了不需要来自同类的爱和善意的地步。

那么，我们就应该经常想到，我们的亲人、朋友、同学、同事，他们都有这同样的需要。这赋予了我们一种责任：对于我们周围的人来说，这个世界是否美好，在很大程度上取决于我们是否爱他们、善待他们。我们每一个人都有责任给世界增添爱和善意，如同本书的主人公所说，借此"把世界变成一个更好的、值得留恋的地方"。

应该相信，世上绝大多数人是善良的，而在每一个善良的人心中，爱和善意原是最自然的情感。可是，在许多时候，我们宁愿把这种情感埋在心里，不向相关的人表达出来。有时候我们是顾不上表达，忙于做自己的事，似乎缺乏表达的机会。有时候我们是羞于表达，碍于一种反向的面子，似乎怕对方不在乎自己的表达甚至会感到唐突。我们中国人在这方面尤其有心理障碍，其根源也许可追溯到讲究老幼尊卑的传统文化，从小生活在连最亲的亲人——父母与子女——之间也缺乏情感语言交流的环境中，使

33

得我们始终不习惯用语言表达情感。

当然，最重要的事情是爱和善意本身，而不是表达。当然，表达有种种方式，不限于语言。然而，不可低估语言的作用。有一个人，也许他正在苦闷中，甚至患了忧郁症，认为自己已被世上一切人抛弃，你的一次充满爱心的谈话就能救他，但你没有救他，他终于自杀了。其实，这样的事经常在发生。当亲友中的某个人去世时，我们往往会后悔，有些一直想对他说的话再也没有机会说了。事实上，每一个人都在不可避免地走向死亡，我们随时面临着太迟的可能性。一切真诚的爱和善意，在本质上都是给予，并不求回报，因此没有什么可羞于启齿的。那是你心中的财富，你本应该及时把它呈献出来，让那个与它相关的人共享。

今天的时代有种种弊病，包括人们过于看重功利，由此导致人情冷漠。我不主张对少年人隐瞒社会的实情，让他们把一切都想象得非常美好，这会使他们失去免疫力，或者陷入幻灭的痛苦。但是，我更反对那种一味引导他们适应社会消极面的实用主义教育。在一定意义上，少年人今天的精神面貌决定了社会明天的面貌。我愿意向少年人推荐本书，是期望他们成为珍惜精神价值的一代，珍惜爱和善意的价值的一代，期望他们每一个人从小就树立本书主人公所表达的信念："如果说学习如何给予爱、获得爱不是这个世界上重要的事，那么我就不知道什么是重要的了。"

生命本来没有名字

这是一封读者来信，从一家杂志社转来的。每个作家都有自己的读者，都会收到读者的来信，这很平常。我不经意地拆开了信封。可是，读了信，我的心在一种温暖的感动中战栗了。

请允许我把这封不长的信抄录在这里——

"不知道该怎样称呼您，每一种尝试都令自己沮丧，所以就冒昧地开口了，实在是一份由衷的生命对生命的亲切温暖的敬意。

"记住你的名字大约是在七年前，那一年翻看一本《父母必读》，上面有一篇写孩子的或者是写给孩子的文章，是印刷体却另有一种纤柔之感，觉得您这个男人的面孔很别样。

"后来慢慢长大了，读您的文章便多了，常推荐给周围的人去读，从不多聒噪什么，觉得您的文章和人似乎是很需要我们安静的，因为什么，却并不深究下去了。

"这回读您的《时光村落里的往事》，恍若穿行乡村，沐浴到了最干净最暖和的阳光。我是一个卑微的生命，但我相信您一定愿意静静地听这个生命说：'我愿意静静地听您说话……'我从不愿把您想象成一个思想家或散文家，您不会为此生气吧。

"也许再过好多年之后，我已经老了，那时候，我相信为了年轻时读过的您的那些话语，我要用心说一声：谢谢您！"

信尾没有落款，只有这一行字："生命本来没有名字吧，我是，你是。"我这才想到查看信封，发现那上面也没有寄信人的地址，作为替代的是"时光村落"四个字。我注意了邮戳，寄自河北怀来。

从信的口气看，我相信写信人是一个很年轻的刚刚长大的女孩，一个生活在穷城僻镇的女孩。我不曾给《父母必读》寄过稿子，那篇使她和我初次相遇的文章，也许是这个杂志转载的，也许是她记错了刊载的地方，不过这都无关紧要。令我感动的是她对我的文章的读法，不是从中寻找思想，也不是作为散文欣赏，而是一个生命静静地倾听另一个生命。所以，我所获得的不是一个作家的虚荣心的满足，而是一个生命被另一个生命领悟的温暖，一种暖入人性根底的深深的感动。

"生命本来没有名字"——这话说得多么好！我们降生到世上，有谁是带着名字来的？又有谁是带着头衔、职位、身份、财产等等来的？可是，随着我们长大，越来越深地沉溺于俗务琐事，已经很少有人能记起这个最单纯的事实了。我们彼此以名字相见，名字又与头衔、身份、财产之类相连，结果，在这些寄生物的缠绕之下，生命本身隐匿了，甚至萎缩了。无论对己对人，生命的感觉都日趋麻痹。多数时候，我们只是作为一个称谓活在世上。即使是朝夕相处的伴侣，也难得以生命的本然状态相待，更多的是一种伦常和习惯。浩瀚宇宙间，也许只有我们的星球开出了生命的花朵，可是，在这个幸运的星球上，比比皆是利益的交换，身份的较量，财产的争夺，最罕见的偏偏是生命与生命的相遇。仔细想想，我们是怎样地本末倒置，因小失大，辜负了造化的宠爱。

是的——我是，你是，每一个人都是一个多么普通又多么独特的生命，原本无名无姓，却到底可歌可泣。我、你、每一个生命都是那么偶然地来到这个世界上，完全可能不降生，却毕竟降生了，然后又将必然地离去。想一想世界在时间和空间上的无限，每一个生命的诞生的偶然，怎能不感到一个生命与另一个生命的相遇是一种奇迹呢。有时我甚至觉得，两个生命在世上同时存在过，哪怕永不相遇，其中也仍然有一种令人感动的因缘。我相信，对于生命的这种珍惜和体悟乃是一切人间之爱的至深的源泉。你说你爱你的妻子，可是，如果你不是把她当作一个独一无二的生命来爱，那么你的爱还是比较有限。你爱她的美丽、温柔、贤惠、聪明，当然都对，但这些品质在别的女人身上也能找到。唯独她的生命，作为一个生命体的她，却是在普天下的女人身上也无法重组或再生的，一旦失去，便是不可挽回地失去了。世上什么都能重复，恋爱可以再谈，配偶可以另择，身份可以炮制，钱财可以重挣，甚至历史也可以重演，唯独生命不能。愈是精微的事物愈不可重复，所以，与每一个既普通又独特的生命相比，包括名声、地位、财产在内的种种外在遭遇实在粗浅得很。

既然如此，当另一个生命，一个陌生得连名字也不知道的生命，远远地却又那么亲近地发现了你的生命，透过世俗功利和文化的外观，向你的生命发出了不求回报的呼应，这岂非人生中令人感动的幸遇？

所以，我要感谢这个不知名的女孩，感谢她用她的安静的倾听和领悟点拨了我的生命的性灵。她使我愈加坚信，此生此世，当不当思想家或散文家，写不写得出漂亮文章，真是不重要。我唯愿保持住一份生命的本色，一份能够安静聆听别的生命也使别的生命愿意安静聆听的纯真，此中的快乐远非浮华功名可比。

很想让她知道我的感谢，但愿她读到这篇文章。

人人都是孤儿

我们为什么会渴望爱？我们心中为什么会有爱？我的回答是：因为我们人人都是孤儿。

当然，除了极少数的例外，我们每个人降生时都是有父有母的，随后又都在父母的抚养下逐渐长大成人。可是，仔细想想，父母之孕育我们是一件多么偶然的事啊。大千世界里，凭什么说那个后来成为你父亲的男人与那个后来成为你母亲的女人就一定会相识，一定会结合，并且又一定会在那个刚好能孕育你的时刻做爱？而倘若他们没有相识，或相识了没有结合，或结合了没有在那个时刻做爱，就压根儿不会有你！这个道理可以一直往上推，只要你的祖先中有一对未在某个特定的时刻做爱，就不会有后来导致你诞生的所有世代，也就不会有你。如此看来，我们每一个人都是茫茫宇宙间极其偶然的产物，造化只是借了同样是偶然产物的我们父母的身躯把我们从虚无中产生了出来。

父母既不是我们在这个世界上诞生的必然根据，也不能成为保护我们免受人世间种种苦难的可靠屏障。也许在童年的短暂时间里，我们相信在父母的怀抱中找到了万无一失的安全。然而，终有一天，我们会明白，凡降于我们身上的苦难，不论是疾病、精神的悲伤还是社会性的挫折，我们都必须自己承受，再爱我们的父母也是无能为力的。最后，当死神召唤我们的时候，世上决没有一个父母的怀抱可以使我们免于一死。

因此，从茫茫宇宙的角度看，我们每一个人的确都是无依无靠的孤儿，偶然地来到世上，又必然地离去。正是因为这种根本性的孤独境遇，才有了爱的价值，爱的理由。人人都是孤儿，所以人人都渴望有人爱，都想要有人疼。我们并非只在年幼时需要来自父母的疼爱，即使在年长时从爱侣那里，年老时从晚辈那里，孤儿寻找父母的隐秘渴望都始终伴随着我们，我们仍然期待着父母式的疼爱。另一方面，如果我们想到与我们一起暂时居住在这颗星球上的任何人，包括我们的亲人，都是宇宙中的孤儿，我们心中就会产生一种大悲悯，由此而生出一种博大的爱心。我相信，爱心最深厚的基础是在这种大悲悯之中，而不是在别的地方。譬如说性爱，当然是离不开性欲的冲动或旨趣的相投的，但是，假如你没有那种把你的爱侣当作一个孤儿来疼爱的心情，我敢断定你的爱情还是比较自私的。即使是子女对父母的爱，其中最刻骨铭心的因素也不是受了养育之后的感恩，而是无法阻挡父母老去的绝望，在这种绝望之中，父母作为无人能够保护的孤儿的形象清晰地展现在了你的眼前。

在黑暗中并肩行走

　　人们常常说，人与人之间，尤其相爱的人之间，应该互相了解和理解，最好做到彼此透明，心心相印。史怀泽却在《我的青少年时代》中说，这是不可能的，即使可能，任何人也无权对别人提出这种要求。"不仅存在着肉体上的羞耻，而且还存在着精神上的羞耻，我们应该尊重它。心灵也有其外衣，我们不应脱掉它。"如同对于上帝的神秘一样，对于他人灵魂的神秘，我们同样不能像看一本属于自己的书那样去阅读和认识，而只能给予爱和信任。每个人对于别人来说都是一个秘密，我们应该顺应这个事实。相爱的人们也只是"在黑暗中并肩行走"，所能做到的仅是各自努力追求心中的光明，并互相感受到这种努力，互相鼓励，而"不需要注视别人的脸和探视别人的心灵"。

　　读着这些精彩无比的议论，我无言而折服，它们使我瞥见了史怀泽的"敬畏生命"伦理学的深度。凡是有着深刻而丰富的内心生活的人，必然会深知一切精神事物的神秘性并对之充满敬畏之情，史怀泽就是这样的一个人。在他看来，一切生命现象都是世界某种神秘的精神本质的显现，由此他提出了敬畏一切生命的主张。在一切生命现象中，尤以人的心灵生活最接近世界的这种精神本质。因而，他认为对于敬畏世界之神秘本质的人来说，"敬畏他人的精神本质"乃是不言而喻的事情。

　　以互相理解为人际关系的鹄的，其根源就在于不懂得人的心灵生活的神秘性。按照这一思路，人们一方面非常看重别人是否理解自己，甚至公开索取理解。至少在性爱中，索取理解似乎成了一种最正当的行为，而指责对方不理解自己则成了最严厉的谴责，有时候还被用作破裂前的最后通牒。另一方面，人们又非常踊跃地要求理解别人，甚至以此名义强迫别人袒露内心的一切，一旦遭到拒绝，便斥以缺乏信任。在爱情中，在亲情中，在其他较亲密的交往中，这种因强求理解和被理解而造成的有声或无声的战争，我们见得还少吗？可是，仔细想想，我们对自己又真正理解了多少？一个人懂得了自己理解自己之困难，他就不会强求别人完全理解自己，也不会奢望自己完全理解别人了。

在最内在的精神生活中，我们每个人都是孤独的，爱并不能消除这种孤独，但正因为由己及人地领悟到了别人的孤独，我们内心才会对别人充满最诚挚的爱。我们在黑暗中并肩而行，走在各自的朝圣路上，无法知道是否在走向同一个圣地，因为我们无法向别人甚至向自己说清心中的圣地究竟是怎样的。然而，同样的朝圣热情使我们相信，也许存在着同一个圣地。作为有灵魂的存在物，人的伟大和悲壮尽在于此了。

爱的反义词

　　爱的反义词不是孤独。在我们的心灵深处，爱和孤独其实是同一种情感，它们如影随形，不可分离。愈是在我们感觉孤独之时，我们便愈是怀有强烈的爱之渴望。也许可以说，一个人对孤独的体验与他对爱的体验是成正比的，他的孤独的深度大致决定了他的爱的容量。反过来说也一样，人类思想史和艺术史上的那些伟大的灵魂，其深不可测的孤独岂不正是源自那博大无际的爱，这爱不是有限的人世事物所能满足的？孤独和爱是互为根源的，孤独无非是爱寻求接受而不可得，而爱也无非是对他人之孤独的发现和抚慰。在爱与孤独之间并不存在此长彼消的关系，现实的人间之爱不可能根除心灵对于孤独的体验，而且在我看来，我们也不应该对爱提出这样的要求，因为一旦没有了对孤独的体验，爱便失去了品格和动力。在两个不懂得品味孤独之美的人之间，爱必流于琐屑和平庸。

　　爱的反义词也不是恨。一个心中没有爱的人，他对什么都不在乎，也就不会恨什么。之所以爱憎分明，是因为有执着的爱，有鲜明的价值取向。在现实生活中，爱转化为恨的事例更是司空见惯，而这种转化之所以可能，就是因为两者原是同一种激情的不同形态。爱是关切，关切就会在乎，在乎就难免挑剔，于是生出了无穷的恩恩怨怨。当然，一般而言，那种容易陷入恩怨是非的爱的气象未免渺小，其中还混杂了太多的得失计较。大爱不求回报，了断浮世恩怨。然而，当大爱者的救世抱负受挫之时，大爱也会表现为像鲁迅那样"哀其不幸，怒其不争"的大恨。总之，一切人世的爱，都是不能割断与恨的联系的。

　　那么，爱的反义词是什么呢？哪一种情感状态与爱截然相反，是爱的毋庸置疑的对立面呢？回答只能是：冷漠。孤独者和恨者都是会爱的，冷漠者却与爱完全无缘。如果说孤独是爱心的没有着落，恨是爱心的受挫，那么，冷漠就是爱心的死灭。一个冷漠的人，他不但没有爱心，我们甚至可以说他没有心，没有灵魂。因为爱心原是灵魂的核心，灵魂借爱而活着，感受着，生长着，无爱的灵魂中没有了一切积极的情感，这样的灵魂已经名存实亡。无论对于个人来说，还是对于社会来说，真正可怕的是冷漠，它使个人失去生活的意义，使社会发生道德的危机。在我看来，当今社会最触目惊心的现象之一便是人心的冷漠。最近屡屡读到汽车司机肇事后把受害者处死然后逃逸的报道，处死的方式包括回车碾压伤者、把伤者扔进污水沟、带着被卷入车下的伤者继续驰行等等，无不令人发指。毫无疑问，这些罪犯对于受害者无仇无恨，他们仅仅是为了逃避对己的惩罚而不惜虐杀他人的生命，而这种惩罚本来只不过是使他们受短暂的牢狱之灾或一些财产损失而已，与一条生命的价值不可同日而语。这当然是冷漠的极端例子，然而，这类恶性事件的增多是有社会的基础的，暴露了社会上相当普遍的重利轻情、见利忘义的倾向。在一个太重功利的社会里，冷漠会像病毒一样传播，从而使有爱心的人更感到孤独，甚至感到愤恨。不过，让我们记住，我们不要由孤独和愤恨而堕入冷漠，保护爱心、拒绝冷漠乃是我们对于自己的灵魂的一份责任，也是我们对于社会的一份责任。

用什么报答母爱

母亲八十三岁了，依然一头乌发，身板挺直，步伐健稳，人都说看上去也就七十来岁。父亲去世已满十年，自那以后，她时常离开上海的家，到北京居住一些日子。不过，不是住在我这里，而是住在我妹妹那里。住在我这里，她一定会觉得寂寞，因为她只能看见这个儿子整日坐在书本或电脑前，难得有一点别的动静。母亲也是安静的性格，但终归需要有人跟她唠唠家常，我偏是最不善此道，每每大而化之，不能使她满足。母亲节即将来临，《家庭博览》杂志向我约稿，我便想到为她写一点文字，假如她读到了，就算是我痛改前非，认真地跟她唠了一回家常罢。

在我的印象里，母亲的一生平平淡淡，做了一辈子家庭主妇。当然，这个印象不完全准确，在家务中老去的她也曾有过如花的少女时代。很久以前，我在一本家庭相册里看见过她早年的照片，秀发玉容，一派清纯。她出生在上海一个职员的家里，家景小康，住在钱家塘，即后来的陕西路一带，是旧上海一个比较富裕的街区。现在回想起来，那时母亲还年轻，喜欢对我们追忆钱家塘的日子。她当年与同街区的一些女友结为姐妹，姐妹中有一人日后成了电影明星，相册里有好几张这位周曼华小姐亲笔签名的明星照。看着照片上的这个漂亮女人，少年的我暗自激动，仿佛隐约感觉到了母亲从前的青春梦想。

曾几何时，那本家庭相册失落了，母亲也不再提起钱家塘的日子。在我眼里，母亲作为家庭主妇的定位习惯成自然，无可置疑。她也许是一个有些偏心的母亲，喜欢带我上街，买某一样小食品让我单独享用，叮嘱我不要告诉别的子女。可是，渐渐长大的儿子身上忽然发生了一种变化，不肯和她一同上街了，即使上街也偏要离她一小截距离，不让人看出母子关系。那大约是青春期的心理逆反现象，但当时却惹得她十分伤心，多次责备我看不起她。再往后，这些小插曲也在岁月中淡漠了，唯一不变的是一个围着锅台和孩子转的母亲形象。后来，我到北京上大学，然后去广西工作，然后考研究生重返北京，远离了上海的家，与母亲见面少了，在我脑中定格的始终是这个形象。

最近十年来，因为母亲时常来北京居住，我与她见面又多了。当然，已入耄耋之年的她早就无须围着锅台转了，她的孩子们也都已经有了一把年纪。望着她皱纹密布的面庞，有时候我会心中一惊，吃惊她一生的行状过于简单。她结婚前是有职业的，自从有了第一个孩子，便退职回家，把五个孩子拉扯大成了她一生的全部事业。我自己有了孩子，才明白把五个孩子拉扯大哪里是简单的事情。但是，我很少听见她谈论其中的辛苦，她一定以为这种辛苦是人生的天经地义，不值得称道也不需要抱怨。作为由她拉扯大的儿子，我很想做一些能够使她欣慰的事，也算一种报答。她知道我写书，有点小名气，但从未对此表现出特别的兴趣。直到不久前，我有了一个健康可爱的女儿，当我的女儿在她面前活泼地戏耍时，我才看见她笑得格外欢。自那以后，她的心情一直很好。我知道，她不只是喜欢小生命，也是庆幸她的儿子终于获得了天伦之乐。在她看来，这是比写书和出名重要得多的。母亲毕竟是母亲，她当然是对的。在事关儿子幸福的问题上，母亲往往比儿子自己有更正确的认识。倘若普天下的儿子们都记住母亲真正的心愿，不是用野心和荣华，而是用爱心和平凡的家庭乐趣报答母爱，世界和平就有了保障。

父亲的死

一个人无论多大年龄没有了父母，他都成了孤儿。他走入这个世界的门户，他走出这个世界的屏障，都随之塌陷了。父母在，他的来路是眉目清楚的，他的去路则被遮掩着。父母不在了，他的来路就变得模糊，他的去路反而敞开了。

我的这个感觉，是在父亲死后忽然产生的。我说忽然，因为父亲活着时，我丝毫没有意识到父亲的存在对于我有什么重要。从少年时代起，我和父亲的关系就有点疏远。那时候家里子女多，负担重，父亲心情不好，常发脾气。每逢这种情形，我就当他面抄起一本书，头不回地跨出家门，久久躲在外面看书，表示对他的抗议。后来我到北京上学，第一封家信洋洋洒洒数千言，对父亲的教育方法进行了全面批判。听说父亲看了后，只是笑一笑，对弟妹们说："你们的哥哥是个理论家。"

年纪渐大，子女们也都成了人，父亲的脾气是愈来愈温和了。然而，每次去上海，我总是忙于会朋友，很少在家。就是在家，和父亲好像也没有话可说，仍然有一种疏远感。有一年他来北京，一个天气晴朗的日子，他突然提议和我一起去游香山。我有点惶恐，怕一路上两人相对无言，彼此尴尬，就特意把一个小侄子也带了去。

我实在是个不孝之子，最近十余年里，只给家里写过一封信。那是在妻子怀孕以后，我知道父母一直盼我有个孩子，便把这件事当作好消息报告了他们。我在信中说，我和妻子都希望生个女儿。父亲立刻给我回了信，说无论生男生女，他都喜欢。他的信确实洋溢着欢喜之情，我心里明白，他也是在为好不容易收到我的信而高兴。谁能想到，仅仅几天之后，就接到了父亲的死讯。

父亲死得很突然。他身体一向很好，谁都断言他能长寿。那天早晨，他像往常一样提着菜篮子，到菜场取奶和买菜。接着，步行去单位处理一件公务。然后，因为半夜里曾感到胸闷难受，就让大弟陪他到医院看病。一检查，广泛性心肌梗塞，立即抢救，同时下了病危通知。中午，他对守在病床旁的大弟说，不要大惊小怪，没事的。他真的不相信他会死。可是，一小时后，他就停止了呼吸。

父亲终于没能看到我的孩子出生。如我所希望的，我得到了一个可爱的女儿。谁又能想到，我的女儿患有绝症，活到一岁半也死了。每想到我那封报喜的信和父亲喜悦的回应，我总感到对不起他。好在父亲永远不会知道这幕悲剧了，这于他又未尝不是件幸事。但我自己做了一回父亲，体会了做父亲的心情，才内疚地意识到父亲其实一直有和我亲近一些的愿望，却被我那么矜持地回避了。

短短两年里，我被厄运纠缠着，接连失去了父亲和女儿。父亲活着时，尽管我也时常沉思死亡问题，但总好像和死还隔着一道屏障。父母健在的人，至少在心理上会有一种离死尚远的感觉。后来我自己做了父亲，却未能为女儿做好这样一道屏障。父亲的死使我觉得我住的屋子塌了一半，女儿的死又使我觉得我自己成了一间徒有四壁的空屋子。我一向声称一个人无须历尽苦难就可以体悟人生的悲凉，现在我知道，苦难者的体悟毕竟是有着完全不同的分量的。

爱情不风流

有一个字，内心严肃的人最不容易说出口，有时是因为它太假，有时是因为它太真。

爱情不风流，爱情是两性之间最严肃的一件事。

调情是轻松的，爱情是沉重的。风流韵事不过是躯体的游戏，至多还是感情的游戏。可是，当真的爱情来临时，灵魂因恐惧和狂喜而战栗了。

爱情不风流，因为它是灵魂的事。真正的爱情是灵魂与灵魂的相遇，肉体的亲昵仅是它的结果。不管持续时间是长是短，这样的相遇极其庄严，双方的灵魂必深受震撼。相反，在风流韵事中，灵魂并不真正在场，一点儿小感情只是肉欲的佐料。

爱情不风流，因为它极认真。正因为此，爱情始终面临着失败的危险，如果失败又会留下很深的创伤，这创伤甚至可能终身不愈。热恋者把自己全身心投入对方并被对方充满，一旦爱情结束，就往往有一种被掏空的感觉。风流韵事却无所谓真正的成功或失败，投入甚少，所以退出也甚易。

爱情不风流，因为它其实是很谦卑的。"爱就是奉献"——如果除去这句话可能具有的说教意味，便的确是真理，准确地揭示了爱这种情感的本质。爱是一种奉献的激情，爱一个人，就会遏制不住地想为她（他）做些什么，想使她快乐，而且是绝对不求回报的。爱者的快乐就在这奉献之中，在他所创造的被爱者的快乐之中。最明显的例子是父母对幼仔的爱，推而广之，一切真爱均应如此。可以用这个标准去衡量男女之恋中真爱所占的比重，剩下的就只是情欲罢了。

爱情不风流，因为它需要一份格外的细致。爱是一种了解的渴望，爱

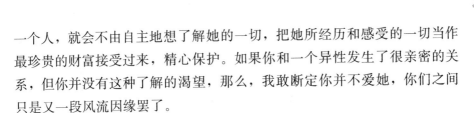

一个人，就会不由自主地想了解她的一切，把她所经历和感受的一切当作最珍贵的财富接受过来，精心保护。如果你和一个异性发生了很亲密的关系，但你并没有这种了解的渴望，那么，我敢断定你并不爱她，你们之间只是又一段风流因缘罢了。

爱情不风流，因为它虽甜犹苦，使人销魂也令人断肠，同时是天堂和地狱。正如纪伯伦所说——

"爱虽给你加冠，它也要把你钉在十字架上。它虽栽培你，它也刈剪你。

"它虽升到你的最高处，抚惜你在日中颤动的枝叶。它也要降到你的根下，摇动你的根柢的一切关节，使之归土。"

所以，内心不严肃的人，内心太严肃而又被这严肃吓住的人，自私的人，懦弱的人，玩世不恭的人，饱经风霜的人，在爱情面前纷纷逃跑了。

所以，在这人际关系日趋功利化、表面化的时代，真正的爱情似乎越来越稀少了。有人愤激地问我："这年头，你可听说某某恋爱了，某某又失恋了？"我一想，果然少了，甚至带有浪漫色彩的风流韵事也不多见了。在两性交往中，人们好像是越来越讲究实际，也越来越潇洒了。

也许现代人真是活得太累了，所以不愿再给自己加上爱情的重负，而宁愿把两性关系保留为一个轻松娱乐的园地。也许现代人真是看得太透了，所以不愿再徒劳地经受爱情的折磨，而宁愿不动感情地面对异性世界。然而，逃避爱情不会是现代人精神生活空虚的一个征兆吗？爱情原是灵肉两方面的相悦，而在普遍的物欲躁动中，人们尚且无暇关注自己的灵魂，又怎能怀着珍爱的情意去发现和欣赏另一颗灵魂呢？

可是，尽管真正的爱情确实可能让人付出撕心裂肺的代价，却也会使人得到刻骨铭心的收获。逃避爱情的代价更大。就像一万部艳情小说也不能填补《红楼梦》的残缺一样，一万件风流韵事也不能填补爱情的空白。如果男人和女人之间不再信任和关心彼此的灵魂，肉体徒然亲近，灵魂终是陌生，他们就真正成了大地上无家可归的孤魂了。如果亚当和夏娃互相不再有真情甚至不再指望真情，他们才是真正被逐出了伊甸园。

爱情不风流，因为风流不过尔尔，爱情无价。

在维纳斯脚下哭泣

一八四八年五月，海涅五十一岁，当时他流亡巴黎，贫病交加，久患的脊髓病已经开始迅速恶化。怀着一种不祥的预感，他拖着艰难的步履，到罗浮宫去和他所崇拜的爱情女神告别。一踏进那间巍峨的大厅，看见屹立在台座上的维纳斯雕像，他就禁不住号啕痛哭起来。他躺在雕像脚下，仰望着这个无臂的女神，哭泣良久。这是他最后一次走出户外，此后瘫痪在床八年，于五十九岁溘然长逝。

海涅是我十八岁时最喜爱的诗人，当时我正读大学二年级，对于规定的课程十分厌烦，却把这位德国诗人的几本诗集拿在手里翻来覆去地吟咏，自己也写了许多海涅式的爱情小诗。可是，在那以后，我便与他阔别了，三十多年里几乎没有再去探望过他。最近几天，因为一种非常偶然的机缘，我又翻开了他的诗集。现在我已经超过了海涅最后一次踏进罗浮宫的年龄，这个时候读他，就比较懂得他在维纳斯脚下哀哭的心情了。

海涅一生写得最多的是爱情诗，但是他的爱情经历说得上悲惨。他的恋爱史从他爱上两个堂妹开始，这场恋爱从一开始就是无望的，两姐妹因为他的贫寒而从未把他放在眼里，先后与凡夫俗子成婚。然而，正是这场单相思成了他的诗才的触媒，使他的灵感一发而不可收拾，写出了大量脍炙人口的诗歌，奠定了他在德国的"爱情诗之王"的地位。可是，虽然在艺术上得到了丰收，屈辱的经历却似乎在他的心中刻下了永久的伤痛。在他诗名业已大振的壮年，他早年热恋的两姐妹之一苔莱丝特意来访他，向他献殷勤。对于这位苔莱丝，当年他曾献上许多美丽的诗，最有名的一首据说先后被音乐家们谱成了 250 种乐曲，我把它引在这里——

你好像一朵花，

这样温情，美丽，纯洁；

我凝视着你，我的心中

不由涌起一阵悲切。

我觉得，我仿佛应该

用手按住你的头顶，

祷告天主永远保你

这样纯洁，美丽，温情。

真是太美了。然而，在后来的那次会面之后，他写了一首题为《老蔷薇》的诗，大意是说：她曾是最美的蔷薇，那时她用刺狠毒地刺我，现在她枯萎了，刺我的是她下巴上那颗带硬毛的黑痣。结语是："请往修道院去，或者去用剃刀刮一刮光。"把两首诗放在一起，其间的对比十分残忍，无法相信它们是写同一个人的。这首诗实在恶毒得令人吃惊，不过我知道，它同时也真实得令人吃惊，最诚实地写下了诗人此时此刻的感觉。

对两姐妹的爱恋是海涅一生中最投入的情爱体验，后来他就不再有这样的痴情了。我们不妨假设，倘若苔莱丝当初接受了他的求爱，她人老珠黄之后下巴上那颗带硬毛的黑痣还会不会令他反感？从他对美的敏感来推测，恐怕也只是程度的差异而已。其实，就在他热恋的那个时期里，他的作品就已常含美易消逝的忧伤，上面所引的那首名诗也是例证之一。不过，在当时的他眼里，美正因为易逝而更珍贵，更使人想要把它挽留住。他当时是一个痴情少年，而痴情之为痴情，就在于相信能使易逝者永存。对美的敏感原是这种要使美永存的痴情的根源，但是，它同时又意味着对美已经消逝也敏感，因而会对痴情起消解的作用，在海涅身上发生的正是这个过程。后来，他好像由一个爱情的崇拜者变成了一个爱情的嘲讽者，他的爱情诗出现了越来越强烈的自嘲和讽刺的调子。嘲讽的理由却与从前崇拜的理由相同，从前，美因为易逝而更珍贵，现在，却因此而不可信，遂使爱情也成了只能姑妄听之的谎言。这时候，他已名满天下，在风月场上春风得意，读一读《群芳杂咏》标题下的那些猎艳诗吧，真是写得非常轻松潇洒，他好像真的从爱情中拔出来了。可是，只要仔细品味，你仍可觉察出从前的那种忧伤。他自己承认："尽管饱尝胜利滋味，总缺少一种最要紧的东西"，就是"那消失了的少年时代的痴情"。由对这种痴情的怀念，我们可以看出海涅骨子里仍是一个爱情的崇拜者。

在海涅一生与女人的关系中，事事都没有结果，除了年轻时的单恋，便是成名以后的逢场作戏。唯有一个例外，就是在流亡巴黎后与一个他名之为玛蒂尔德的鞋店女店员结了婚。我们可以想见，在他们之间毫无浪漫的爱情可言。海涅年少气盛时曾在一首诗中宣布，如果他未来的妻子不喜欢他的诗，他就要离婚。现在，这个女店员完全不通文墨，他却容忍下来了。后来的事实证明，在他瘫痪卧床以后，她不愧是一个任劳任怨的贤妻。在他最后的诗作中，有两首是写这位妻子的，读了真是令人唏嘘。一首写他想象自己的周年忌日，妻子来上坟，他看见她累得脚步不稳，便嘱咐她乘出租车回家，不可步行。另一首写他哀求天使，在他死后保护他的孤零零的遗孀。这无疑是一种生死相依的至深感情，但肯定不是他理想中的爱情。在他穷困潦倒的余生，爱情已经成为一种遥远的奢侈。

即使在诗人之中，海涅的爱情遭遇也应归于不幸之列。但是，我相信问题不在于遭遇的幸与不幸，而在于他所热望的那种爱情是根本不可能实现的。在他的热望中，世上应该有永存的美，来保证爱的长久，也应该有长久的爱，来保证美的永存。在他五十一岁的那一天，当他拖着病腿走进罗浮宫的时候，他在维纳斯脸上看到的正是美和爱的这个永恒的二位一体，于是最终确信了自己的寻求是正确的。但是，他为这样的寻求已经筋疲力尽，马上就要倒下了。这时候，他一定很盼望女神给他以最后的帮助，却瞥见了女神没有双臂。米罗的维纳斯在出土时就没有了双臂，这似乎是一个象征，表明连神灵也不拥有在人间实现最理想的爱情的那种力量。当此之时，海涅是为自己也为维纳斯痛哭，他哭他对维纳斯的忠诚，也哭维纳斯没有力量帮助他这个忠诚的信徒。

2001.1

爱与孤独

1

孤独是人的宿命，它基于这样一个事实：我们每个人都是这世界上一个旋生旋灭的偶然存在，从无中来，又要回到无中去，没有任何人任何事情能够改变我们的这个命运。

是的，甚至连爱也不能。凡是领悟人生这样一种根本性孤独的人，便已经站到了一切人间欢爱的上方，爱得最热烈时也不会做爱的奴隶。

2

有两种孤独。

灵魂寻找自己的来源和归宿而不可得，感到自己是茫茫宇宙中的一个没有根据的偶然性，这是绝对的、形而上的、哲学性质的孤独。灵魂寻找另一颗灵魂而不可得，感到自己是人世间的一个没有旅伴的漂泊者，这是相对的、形而下的、社会性质的孤独。

前一种孤独使人走向上帝和神圣的爱，或者遁入空门。后一种孤独使人走向他人和人间的爱，或者陷入自恋。

一切人间的爱都不能解除形而上的孤独。然而，谁若怀着形而上的孤独，人间的爱在他眼里就有了一种形而上的深度。当他爱一个人时，他心中会充满佛一样的大悲悯。在他所爱的人身上，他又会发现神的影子。

3

孤独源于爱，无爱的人不会孤独。

也许孤独是爱的最意味深长的赠品，受此赠礼的人从此学会了爱自己，也学会了理解别的孤独的灵魂和深藏于它们之中的深邃的爱，从而为自己建立了一个珍贵的精神世界。

4

在我们的心灵深处，爱和孤独其实是同一种情感，它们如影随形，不可分离。愈是在我们感觉孤独之时，我们便愈是怀有强烈的爱之渴望。也许可以说，一个人对孤独的体验与他对爱的体验是成正比的，他的孤独的深度大致决定了他的爱的容量。孤独和爱是互为根源的，孤独无非是爱寻求接受而不可得，而爱也无非是对他人之孤独的发现和抚慰。在爱与孤独之间并不存在此长彼消的关系，现实的人间之爱不可能根除心灵对于孤独的体验，而且在我看来，我们也不应该对爱提出这样的要求，因为一旦没有了对孤独的体验，爱便失去了品格和动力。在两个不懂得品味孤独之美的人之间，爱必流于琐屑和平庸。

5

爱可以抚慰孤独，却不能也不该消除孤独。如果爱妄图消除孤独，就会失去分寸，走向反面。

分寸感是成熟的爱的标志，它懂得遵守人与人之间必要的距离，这个距离意味着对于对方作为独立人格的尊重，包括尊重对方独处的权利。

6

一个人内心生活的隐秘性是在任何情况下都应该受到尊重的，因为隐秘性是内心生活的真实性的保障，从而也是它的存在的保障，内心生活一旦不真实就不复是内心生活了。

7

生命纯属偶然，所以每个生命都要依恋另一个生命，相依为命，结伴而行。

生命纯属偶然，所以每个生命都不属于另一个生命，像一阵风，无牵无挂。

每一个问题至少有两个相反的答案。

8

当一个孤独寻找另一个孤独时，便有了爱的欲望。可是，两个孤独到了一起就能够摆脱孤独了吗？

孤独之不可消除，使爱成了永无止境的寻求。在这条无尽的道路上奔走的人，最终就会看破小爱的限度，而寻求大爱，或者——超越一切爱，而达于无爱。

9

生命与生命之间的互相吸引。我设想，在一个绝对荒芜、没有生命的星球上，一个活人即使看见一只苍蝇，或一只老虎，也会发生亲切之感的。

10

给人带来最大快乐的是人，给人带来最大痛苦的也是人。

家

如果把人生譬作一种漂流——它确实是的，对于有些人来说是漂过许多地方，对于所有人来说是漂过岁月之河——那么，家是什么呢？

一　家是一只船

南方水乡，我在湖上荡舟。迎面驶来一只渔船，船上炊烟袅袅。当船靠近时，我闻到了饭菜的香味，听到了孩子的嬉笑。这时我恍然悟到，船就是渔民的家。

以船为家，不是太动荡了吗？可是，我亲眼看到渔民们安之若素，举止泰然，而船虽小，食住器具，一应俱全，也确实是个家。

于是我转念想，对于我们，家又何尝不是一只船？这是一只小小的船，却要载我们穿过多么漫长的岁月。岁月不会倒流，前面永远是陌生的水域，但因为乘在这只熟悉的船上，我们竟不感到陌生。四周时而风平浪静，时而波涛汹涌，但只要这只船是牢固的，一切都化为美丽的风景。人世命运莫测，但有了一个好家，有了命运与共的好伴侣，莫测的命运仿佛也不复可怕。

我心中闪过一句诗："家是一只船，在漂流中有了亲爱。"

望着湖面上缓缓而行的点点帆影，我暗暗祝祷，愿每张风帆下都有一个温馨的家。

二　家是温暖的港湾

正当我欣赏远处美丽的帆影时，耳畔响起一位哲人的讽喻："朋友，走近了你就知道，即使在最美丽的帆船上也有着太多琐屑的噪音！"

这是尼采对女人的讥评。

可不是吗，家太平凡了，再温馨的家也难免有俗务琐事、闲言碎语乃至小吵小闹。

那么，让我们扬帆远航。

然而，凡是经历过远洋航行的人都知道，一旦海平线上出现港口朦胧的影子，寂寞已久的心会跳得多么欢快。如果没有一片港湾在等待着拥抱我们，无边无际的大海岂不令我们绝望？在人生的航行中，我们需要冒险，也需要休憩，家就是供我们休憩的温暖的港湾。在我们的灵魂被大海神秘的涛声陶冶得过分严肃以后，家中琐屑的噪音也许正是上天安排来放松我们精神的人间乐曲。

傍晚，征帆纷纷归来，港湾里灯火摇曳，人声喧哗，把我对大海的沉思冥想打断了。我站起来，愉快地问候："晚安，回家的人们！"

三　家是永远的岸

我知道世上有一些极骄傲也极荒凉的灵魂，他们永远无家可归，让我们不要去打扰他们。作为普通人，或早或迟，我们需要一个家。

荷马史诗中的英雄奥德修斯长年漂泊在外，历尽磨难和诱惑，正是回家的念头支撑着他，使他克服了一切磨难，抵御了一切诱惑。最后，当女神卡吕浦索劝他永久留在她的小岛上时，他坚辞道："尊贵的女神，我深知我的老婆在你的光彩下只会黯然失色，你长生不老，她却注定要死。可是我仍然天天想家，想回到我的家。"

自古以来，无数诗人咏唱过游子的思家之情。"渔灯暗，客梦回，一声声滴人心碎。孤舟五更家万里，是离人几行清泪。"家是游子梦魂萦绕的永远的岸。

不要说"赤条条来去无牵挂"。至少，我们来到这个世界，是有一个家让我们登上岸的。当我们离去时，我们也不愿意举目无亲，没有一个可以向之告别的亲人。倦鸟思巢，落叶归根，我们回到故乡故土，犹如回到从前靠岸的地方，从这里启程驶向永恒。我相信，如果灵魂不死，我们在天堂仍将怀念留在尘世的这个家。

亲子之情

1

在一切人间之爱中，父爱和母爱也许是最特别的一种，它极其本能，却又近乎神圣。爱比克泰德说得好："孩子一旦生出来，要想不爱他已经为时过晚。"正是在这种似乎被迫的主动之中，我们如同得到神启一样领悟了爱的奉献和牺牲之本质。

然而，随着孩子长大，本能便向经验转化，神圣也便向世俗转化。于是，教育、代沟、遗产等各种社会性质的问题产生了。

2

我以前认为，人一旦做了父母就意味着老了，不再是孩子了。现在我才知道，人唯有自己做了父母，才能最大限度地回到孩子的世界。

3

为人父母提供了一个机会，使我们有可能更新对于世界的感觉。用你的孩子的目光看世界，你会发现一个全新的世界。

4

凡真正美好的人生体验都是特殊的，若非亲身经历就不可能凭理解力或想象力加以猜度。为人父母便是其中之一。

5

如果孩子永远不长大，那当然是可怕的。但是，孩子会长大，婴儿时的种种可爱留不住，将来会无可挽回地消失殆尽，却也是常常使守在摇篮旁的父母感到遗憾的。

6

看着孩子可爱的模样，我心中总是响起一个声音：假如这情景能长驻该多好啊！当然，这是不可能的，孩子会长大，以后会有长大了的可爱和不可爱，没有任何办法能够阻挡孩子走向辉煌的或者平凡的成年。

即使有办法，我也不愿意阻挡，不过那是另一个问题了。

7

做孩子的朋友，孩子也肯把自己当作朋友，乃是做父母的最高境界。溺爱是动物性的爱，那是最容易的，难的是使亲子之爱获得一种精神性的品格。所谓做孩子的朋友，就是不把孩子当作宠物或工具，而是视为一个正在成形的独立的人格，不但爱他疼他，而且给予信任和尊重。凡属孩子自己的事情，既不越俎代庖，也不横加干涉，而是怀着爱心加以关注，以平等的态度进行商量。父母与孩子之间要有朋友式的讨论和交流的氛围。正是在这种氛围里，孩子便能够逐渐养成基于爱和自信的独立精神，从而健康地成长。

8

从一个人教育孩子的方式，最能看出他自己的人生态度。那种逼迫孩子参加各种班学各种技能的家长，自己在生活中往往也急功近利。相反，一个淡泊于名利的人，必定也愿意孩子顺应天性愉快地成长。

我由此获得了一个依据，去分析貌似违背这个规律的现象。譬如说，我基本可以断定，一个自己无为却逼迫孩子大有作为的人，他的无为其实是无能和不得志，一个自己拼命奋斗却让孩子自由生长的人，他的拼命多少是出于无奈，这两种人都想在孩子身上实现自己的未遂愿望。

9

在这个世界上，唯有孩子和女人最能使我真实，使我眷恋人生。

亲疏随缘

曾有人问我如何处理人际关系，我的回答是：尊重他人，亲疏随缘。这个回答基本上概括了我对待友谊的态度。

人在世上是不能没有朋友的。不论天才，还是普通人，没有朋友都会感到孤单和不幸。事实上，绝大多数人也都会有自己的或大或小的朋友圈子。如果一个人活了一辈子连一个朋友也没有，那么，他很可能怪僻得离谱，使得人人只好敬而远之，或者坏得离谱，以至于人人侧目。

不过，一个人又不可能有许多朋友。所谓朋友遍天下，不是一种诗意的夸张，便是一种浅薄的自负。热衷于社交的人往往自诩朋友众多，其实他们心里明白，社交场上的主宰绝不是友谊，而是时尚、利益或无聊。真正的友谊是不喧嚣的。根据我的经验，真正的好朋友也不像社交健儿那样频繁相聚。在一切人际关系中，互相尊重是第一美德，而必要的距离又是任何一种尊重的前提。使一种交往具有价值的不是交往本身，而是交往者各自的价值。在交往中，每人所能给予对方的东西，绝不可能超出他自己所拥有的。他在对方身上能够看到些什么，大致也取决于他自己拥有些什么。高质量的友谊总是发生在两个优秀的独立人格之间，它的实质是双方互相由衷的欣赏和尊敬。因此，重要的是使自己真正有价值，配得上做一个高质量的朋友，这是一个人能够为友谊所做的首要贡献。

我相信，一切好的友谊都是自然而然形成的，不是刻意求得的。我们身上都有一种直觉，当我们初次与人相识时，只要一开始谈话，就很快能够感觉到彼此是否相投。当两个人的心性非常接近时，或者非常远离时，我们的本能下判断最快，立刻会感到默契或抵牾。对于那些中间状态，我们也许要稍费斟酌，斟酌的快慢是和它们偏向某一端的程度成比例的。这就说明，两个人能否成为朋友，基本上是一件在他们开始交往之前就决定了的事情。也就是说，人与人之间关系的亲疏，并不是由愿望决定的，而是由有关的人各自的心性及其契合程度决定的。愿望也应该出自心性的认同，超出于此，我们就有理由怀疑那是别有用心，多半有利益方面的动机。利益之交也无可厚非，但双方应该心里明白，最好还摆到桌面上讲明白，千万不要顶着友谊的名义。凡是顶着友谊名义的利益之交，最后没有不破裂的，到头来还互相指责对方不够朋友，为友谊的脆弱大表义愤。其实，关友谊什么事呢，所谓友谊一开始就是假的，不过是利益的面具和工具罢了。今天的人们给了它一个恰当的名称，叫感情投资，这就比较诚实了，我希望人们更诚实一步，在投资时把自己的利润指标也通知被投资方。

当然，不能排除一种情况：开始时友谊是真的，只是到了后来，面对利益的引诱，一方对另一方做了不义的事，导致友谊破裂。在今日的商业社会中，这种情况也是司空见惯的。我不想去分析那行不义的一方的人品究竟是本来如此，现在暴露了，还是现在才变坏的，因为这种分析过于复杂。我想说的是，面对这种情况，我们应取的态度也是亲疏随缘，不要企图去挽救什么，更不要陷在已经不存在的昔日友谊中，感到愤愤不平，好像受了天大的委屈。应该知道，一个人的人品是天性和环境的产物，这两者都不是你能够左右的，你只能把它们的产物作为既定事实接受下来。跳出个人的恩怨，做一个认识者，借自己的遭遇认识人生和社会，你就会获得平静的心情。

第三辑　生命中不能错过什么

丰富的安静

我发现，世界越来越喧闹，而我的日子越来越安静了。我喜欢过安静的日子。

当然，安静不是静止，不是封闭，如井中的死水。曾经有一个时代，广大的世界对于我们只是一个无法证实的传说，我们每一个人都被锁定在一个狭小的角落里，如同螺丝钉被拧在一个不变的位置上。那时候，我刚离开学校，被分配到一个边远山区，生活平静而又单调。日子仿佛停止了，不像是一条河，更像是一口井。

后来，时代突然改变，人们的日子如同解冻的江河，又在阳光下的大地上纵横交错了。我也像是一条积压了太多能量的河，生命的浪潮在我的河床里奔腾起伏，把我的成年岁月变成了一道动荡不宁的急流。

而现在，我又重归于平静了。不过，这是跌宕之后的平静。在经历了许多冲撞和曲折之后，我的生命之河仿佛终于来到一处开阔的谷地，汇蓄成了一片浩渺的湖泊。我曾经流连于阿尔卑斯山麓的湖畔，看雪山、白云和森林的倒影伸展在蔚蓝的神秘之中。我知道，湖中的水仍在流转，是湖的深邃才使得湖面寂静如镜。

我的日子真的很安静。每天，我在家里读书和写作，外面各种热闹的圈子和聚会都和我无关。我和妻子女儿一起品尝着普通的人间亲情，外面各种寻欢作乐的场所和玩意也都和我无关。我对这样过日子很满意，因为我的心境也是安静的。

也许，每一个人在生命中的某个阶段是需要某种热闹的。那时候，饱涨的生命力需要向外奔突，去为自己寻找一条河道，确定一个流向。但是，一个人不能永远停留在这个阶段。托尔斯泰如此自述："随着年岁增长，我的生命越来越精神化了。"人们或许会把这解释为衰老的征兆，但是，我清楚地知道，即使在老年时，托尔斯泰也比所有的同龄人、甚至比许多年轻人更充满生命力。毋宁说，唯有强大的生命才能逐步朝精神化的方向发展。

现在我觉得，人生最好的境界是丰富的安静。安静，是因为摆脱了外界虚名浮利的诱惑。丰富，是因为拥有了内在精神世界的宝藏。泰戈尔曾说：外在世界的运动无穷无尽，证明了其中没有我们可以达到的目标，目标只能在别处，即在精神的内在世界里。"在那里，我们最为深切地渴望的，乃是在成就之上的安宁。在那里，我们遇见我们的上帝。"他接着说明："上帝就是灵魂里永远在休息的情爱。"他所说的情爱应是广义的，指创造的成就，精神的富有，博大的爱心，而这一切都超越于俗世的争斗，处在永久和平之中。这种境界，正是丰富的安静之极致。

我并不完全排斥热闹，热闹也可以是有内容的。但是，热闹总归是外部活动的特征，而任何外部活动倘若没有一种精神追求为其动力，没有一种精神价值为其目标，那么，不管表面上多么轰轰烈烈，有声有色，本质上必定是贫乏和空虚的。我对一切太喧嚣的事业和一切太张扬的感情都心存怀疑，它们总是使我想起莎士比亚对生命的嘲讽："充满了声音和狂热，里面空无一物。"

安静的位置

　　对于各种热闹，诸如记者采访、电视亮相、大学讲座之类，我始终不能习惯，总是尽量推辞。有时盛情难却答应了，结果多半是后悔。人各有志，我不反对别人追求和享受所谓文化的社会效应，只是觉得这种热闹与我的天性太不合。我的性格决定我不能做一个公众人物。做公众人物一要自信，相信自己真是一个人物；二要有表演欲，一到台上就来情绪。我偏偏既自卑又怯场，面对摄像机和麦克风没有一次不感到是在受难。因此我想，万事不可勉强，就让我顺应天性过我的安静日子吧。如果确实有人喜欢我的书，他们喜欢的也一定不是这种表面的热闹，就让我们的心灵在各自的安静中相遇吧。

　　世上从来不缺少热闹，因为一旦缺少，便必定会有不甘心的人去把它制造出来。不过，大约只是到了今日的商业时代，文化似乎才必须成为一种热闹，不热闹就不成其为文化。譬如说，从前，一个人不爱读书就老老实实不读，如果爱读，必是自己来选择要读的书籍，在选择中贯彻了他的个性乃至怪癖。现在，媒体担起了指导公众读书的职责，畅销书推出一轮又一轮，书目不断在变，不变的是全国热心读者同一时期仿佛全在读相同的书。与此相映成趣的是，这些年来，学界总有一、两个当红的热门话题，话题不断在变，不变的是不同学科的学者同一时期仿佛全在研究相同的课题。我不怀疑仍有认真的研究者，但更多的却只是凭着新闻记者式的嗅觉和喉咙，用以代替学者的眼光和头脑，正是他们的起哄把任何学术问题都变成了热门话题，亦即变成了过眼烟云的新闻。

　　在这个热闹的世界上，我常自问：我的位置究竟在哪里？我不属于任

69

何主流的、非主流的和反主流的圈子。我也不是现在有些人很喜欢标榜的所谓另类，因为这个名称也太热闹，使我想起了集市上的叫卖声。那么，我根本不属于这个热闹的世界吗？可是，我绝不是一个出世者。对此我只能这样解释：不管世界多么热闹，热闹永远只占据世界的一小部分，热闹之外的世界无边无际，那里有着我的位置，一个安静的位置。这就好像在海边，有人弄潮，有人嬉水，有人拾贝壳，有人聚在一起高谈阔论，而我不妨找一个安静的角落独自坐着。是的，一个角落——在无边无际的大海边，哪里找不到这样一个角落呢——但我看到的却是整个大海，也许比那些热闹地聚玩的人看得更加完整。

在一个安静的位置上，去看世界的热闹，去看热闹背后的无限广袤的世界，这也许是最适合我的性情的一种活法吧。

1999.1

成功的真谛

　　在通常意义上，成功指一个人凭自己的能力做出了一番成就，并且这成就获得了社会的承认。成功的标志，说穿了，无非是名声、地位和金钱。这个意义上的成功当然也是好东西。世上有人淡泊于名利，但没有人会愿意自己彻底穷困潦倒，成为实际生活中的失败者。歌德曾说："勋章和头衔能使人在倾轧中免遭挨打。"据我的体会，一个人即使相当超脱，某种程度的成功也仍然是好事，对于超脱不但无害反而有所助益。当你在广泛的范围里得到了社会的承认，你就更不必在乎在你所隶属的小环境里的遭遇了。众所周知，小环境里往往充满短兵相接的琐屑的利益之争，而你因为你的成功便仿佛站在了天地比较开阔的高处，可以俯视从而以此方式摆脱这类渺小的斗争。

　　但是，这样的俯视毕竟还是站得比较低的，只不过是恃大利而弃小利罢了，仍未脱利益的计算。真正站得高的人应该能够站到世间一切成功的上方俯视成功本身。一个人能否做出被社会承认的成就，并不完全取决于才能，起作用的还有环境和机遇等外部因素，有时候这些外部因素甚至起决定性作用。单凭这一点，就有理由不以成败论英雄。我曾经在边远省份的一个小县生活了将近十年，如果不是大环境发生变化，也许会在那里"埋没"终生。我尝自问，倘真如此，我便比现在的我差许多吗？我不相信。当然，我肯定不会有现在的所谓成就和名声，但只要我精神上足够富有，我就一定会以另一种方式收获自己的果实。成功是一个社会概念，一个直接面对上帝和自己的人是不会太看重它的。

　　我的意思是说，成功不是衡量人生价值的最高标准，比成功更重要的

71

是，一个人要拥有内在的丰富，有自己的真性情和真兴趣，有自己真正喜欢做的事。只要你有自己真正喜欢做的事，你就在任何情况下都会感到充实和踏实。那些仅仅追求外在成功的人实际上是没有自己真正喜欢做的事的，他们真正喜欢的只是名利，一旦在名利场上受挫，内在的空虚就暴露无遗。照我的理解，把自己真正喜欢做的事做好，尽量做得完美，让自己满意，这才是成功的真谛，如此感到的喜悦才是不掺杂功利考虑的纯粹的成功之喜悦。当一个母亲生育了一个可爱的小生命，一个诗人写出了一首美妙的诗，所感觉到的就是这种纯粹的喜悦。当然，这个意义上的成功已经超越于社会的评价，而人生最珍贵的价值和最美好的享受恰恰就寓于这样的成功之中。

成功是优秀的副产品

1

在确定自己的人生目标时，不应该把成功作为首选。首要的目标应该是优秀，其次才是成功。

所谓优秀，是指一个人的内在品质，有高尚的人格和真实的才学。一个优秀的人，即使他在名利场上不成功，他仍能有充实的心灵生活，他的人生仍是充满意义的。相反，一个平庸的人，即使他在名利场上风光十足，他也只是在混日子，至多是混得好一些罢了。

事实上，一个人倘若真正优秀，而时代又不是非常糟，他获得成功的机会还是相当大的。即使生不逢时，或者运气不佳，也多能在身后得到承认。优秀者的成功往往是大成功，远非那些追名逐利之辈的渺小成功可比。人类历史上一切伟大的成功者都出自精神上优秀的人之中，不管在哪一个领域，包括创造财富的领域，做成伟大事业的决非钻营之徒，而必是拥有伟大人格和智慧的人。

一个人能否成为优秀的人，基本上是可以自己做主的，能否在社会上获得成功，则在相当程度上要靠运气。所以，应该把成功看作优秀的副产品，不妨在优秀的基础上争取它，得到了最好，得不到也没有什么。在根本的意义上，作为一个人，优秀就已经是成功。

2

事业是精神性追求与社会性劳动的统一，精神性追求是其内涵和灵魂，社会性劳动是其形式和躯壳，二者不可缺一。

所以，一个仅仅为了名利而从政、经商、写书的人，无论他在社会上获得了怎样的成功，都不能说他有事业。

所以，一个不把自己的理想、思考、感悟体现为某种社会价值的人，无论他内心多么真诚，也不能说他有事业。

3

在人生中，职业和事业都是重要的。大抵而论，职业关系到生存，事业关系到生存的意义。在现实生活中，两者的关系十分复杂，从重合到分离、背离乃至于根本冲突，种种情形都可能存在。人们常常视职业与事业的一致为幸运，但有时候，两者的分离也会是一种自觉的选择，例如斯宾诺莎为了保证以哲学为事业而宁愿以磨镜片为职业。因此，事情最后也许可以归结为一个人有没有真正意义上的事业，如果没有，所谓事业与职业的关系问题也就不存在，如果有，这个关系问题也就有了答案。

4

我们都很在乎成功和失败，但对之的理解却很不一样，有必要做出区分。譬如说，通常有两种不同的含义。其一是指外在的社会遭际，飞黄腾达为成，穷困潦倒为败。其二是指事业上的追求，目标达到为成，否则为败。可以肯定，抽象地谈问题，人们一定会拥护第二义而反对第一义。但是，事业有大小，目标有高低，所谓事业成败的意义也就十分有限。我不知道如何衡量人生的成败，也许人生是超越所谓成功和失败的评价的。

5

现在书店里充斥着所谓励志类书籍，其中也许有好的，但许多是垃圾。

这些垃圾书的内容无非是两类，一是教人如何在名利场上拼搏，发财致富，出人头地，二是教人如何精明地处理人际关系，讨上司或老板欢心，在社会上吃得开。偏是这类东西似乎十分畅销，每次在书店看到它们堆放在最醒目的位置上，满眼是"经营自我"、"人生策略"、"致富圣经"之类庸俗不堪的书名，我就为这个时代感到悲哀。

"自我"原是代表每一个人最独特的禀赋和价值，认识和实现"自我"一直被视为人生的目的，现在它竟成了一个要经营的对象，亦即谋利的手段。说到"人生"，历来强调的是人生理想，现在"策略"取而代之，把人生由心灵旅程变成了功利战场。"圣经"一词象征最高真理，现在居然明目张胆地把致富宣布为最高真理了。这些语词的搭配本身已是一种亵渎，表明我们的时代急功近利到了何等地步。

励志没有什么不好，问题是励什么样的志。完全没有精神目标，一味追逐世俗的功利，这算什么"志"，恰恰是胸无大志。

6

我对成功的理解：把自己喜欢的事做得尽善尽美，让自己满意，不要去管别人怎么说。

7

对于真正有才华的人来说，机会是会以各种面目出现的。

比成功更重要的

1

在我看来，所谓成功就是把自己真正喜欢做的事情做好，其前提是要有自己真正喜欢做的事情。所以，比成功更重要的是，一个人必须有自己的真兴趣，知道自己究竟想要什么。

2

最基本的划分不是成功与失败，而是以伟大的成功和伟大的失败为一方，以渺小的成功和渺小的失败为另一方。

在上帝眼里，伟大的失败也是成功，渺小的成功也是失败。

3

有一些渺小的人获得了虚假的成功，他们的成功很快就被历史遗忘了。有一些伟大的人获得了真实的成功，他们的成功被历史永远记住了。但是，我知道，还有许多优秀的人，他们完全淡然于成功，最后也确实与成功无缘。对于这些人，历史既没有记住他们，也没有遗忘他们，他们是超越于历史之外的。

4

对于我来说，人生即事业，除了人生，我别无事业。我的事业就是要穷尽人生的一切可能性。这是一个肯定无望但极有诱惑力的事业。

5

我的野心是要证明一个没有野心的人也能得到所谓成功。

不过，我必须立即承认，这只是我即兴想到的一句俏皮话，其实我连这样的野心也没有。

6

我的"成功"（被社会承认，所谓名声）给我带来的最大便利是可以相对超脱于我所隶属的小环境及其凡人琐事，无须再为许多合理的然而琐屑的权利去进行渺小的斗争。那些东西，人们因为你的"成功"而愿意或不愿意地给你了，不给也无所谓了。

7

有一种人追求成功，只是为了能居高临下地蔑视成功。

可持续的快乐

如果一个年轻女性来问我，青春不能错过什么，要我举出十件必须做的事，我大约会这样列举：

一、至少恋爱一次，最多两次。一次也没有，未免辜负了青春。但真恋爱不容易，超过两次，就有赝品之嫌。

二、交若干好朋友，可以是闺中密友，也可以是异性知音。

三、学会烹调，能烧几样好菜。重要的不是手艺本身，而是从中体会日常生活的情趣。

四、每年小旅行一次，隔几年大旅行一次，增长见识，拓宽胸怀。

五、锻炼身体，最好有一种自己喜欢、能够持之以恒的体育项目。

六、争取受良好的教育，精通一门专业知识或技能，掌握足以维持生存的看家本领。尽量按照自己的兴趣选择职业。如果做不到，就以敬业精神对待本职工作，同时在业余发展自己的兴趣。

七、养成高品位的读书爱好，读一批好书，找到属于自己的书中知己。

八、喜欢至少一种艺术，音乐、舞蹈、绘画都行，可以自己创作和参与，也可以只是欣赏。

九、养成写日记的习惯。它可以帮助你学会享受孤独，在孤独中与自己谈心。

十、经历一次较大的挫折而不被打败。只要不被打败，你就会变得比过去强大许多倍。不经历这么一回，你不会知道自己其实多么有力量。

开完这个单子，我再来说一说我的指导思想。我的指导思想很简单，第一条是快乐。青春是人生中生命力最旺盛的时期，快乐是天经地义。我最讨厌那种说教，什么"少壮不努力，老大徒悲伤"，什么"吃得苦中苦，方为人上人"，仿佛青春的全部价值就在于为将来的成功而苦苦奋斗。在所有的人生模式中，为了未来而牺牲现在是最坏的一种，它把幸福永远向后推延，实际上是取消了幸福。人只有一个青春期，要享受青春，也只能是在青春期。有一些享受，过了青春期诚然还可以有，但滋味是不一样的。譬如说，人到中老年仍然可以恋爱，但终归减少了新鲜感和激情。同样是旅行，以青春期的好奇、敏感和精力充沛，也能取得中老年不易有的收获。依我看，"少壮不享乐，老大徒懊丧"至少也是成立的。倘若一个人在年轻时并非因为生活所迫而只知吃苦，拒绝享受，到年老力衰时即使成了人上人，却丧失了享受的能力，那又有什么意思呢。尤其是女性，我衷心希望她们有一个快乐的青春，否则这个世界也不会快乐。

但是，快乐不应该是单一的，短暂的，完全依赖外部条件的，而应该是丰富的，持久的，能够靠自己创造的，否则结果仍是不快乐。所以，我的第二条指导思想是可持续的快乐。这是套用可持续的发展一语，用在这里正合适。青春终究会消逝，如果只是及时行乐，毫不为今后考虑，倒真会"老大徒悲伤"了。为今后考虑，一方面是实际的考虑，例如要有真本事，要有健康的身体，等等。另一方面，更重要的是，要使快乐本身不但是快乐，而且具有生长的能力，能够生成新的更多的快乐。我所列举的多数事情都属于此类，它们实际上是一些精神性质的快乐。青春是心智最活泼的时期，也是心智趋于定型的时期。在这个时期，一个人倘若能够通过读书、思考、艺术、写作等等充分领略心灵的快乐，形成一个丰富的内心世界，他在自己的身上就拥有了一个永不枯竭的快乐源泉。这个源泉将泽被整个人生，使他即使在艰难困苦之中仍拥有人类最高级的快乐。在我看来，这是一个人可能在青春期获得的最重大成就。当然，女性同样如此。如果我不这样看，我就是歧视女性。如果哪个女性不这样看，她就未免太自卑了。

第三辑　生命中不能错过什么

生命中不能错过什么

——《绿山墙的安妮》中译本序

安妮是一个十一岁的孤儿，一头红发，满脸雀斑，整天耽于幻想，不断闯些小祸。假如允许你收养一个孩子，你会选择她吗？大概不会。马修和玛莉拉是一对上了年纪的独身兄妹，他们也不想收养安妮，只是因为误会，收养成了令人遗憾的既成事实。故事就从这里开始，安妮住进了美丽僻静村庄中这个叫作绿山墙的农舍，她的一言一行都将经受老处女玛莉拉的刻板挑剔眼光——以及村民们的保守务实眼光——的检验，形势对她十分不利。然而，随着故事进展，我们看到，安妮的生命热情融化了一切敌意的坚冰，给绿山墙和整个村庄带来了欢快的春意。作为读者，我们也和小说中所有人一样不由自主地喜欢上了她。正如当年马克·吐温所评论的，加拿大女作家莫德·蒙格玛丽塑造的这个人物不愧是"继不朽的艾丽丝之后最令人感动和喜爱的儿童形象"。

在安妮身上，最令人喜爱的是那种富有灵气的生命活力。她的生命力如此健康蓬勃，到处绽开爱和梦想的花朵，几乎到了奢侈的地步。安妮拥有两种极其宝贵的财富，一是对生活的惊奇感，二是充满乐观精神的想象力。对于她来说，每一天都有新的盼望，新的惊喜。她不怕盼望落空，因为她已经从盼望中享受了一半的喜悦。她生活在用想象力创造的美丽世界中，看见五月花，她觉得自己身在天堂，看见了去年枯萎的花朵的灵魂。请不要说安妮虚无缥缈，她的梦想之花确确实实结出了果实，使她周围的人在和从前一样的现实生活中品尝到了从前未曾发现的甜美滋味。

我们不但喜爱安妮，而且被她深深感动，因为她那样善良。不过，她的善良不是来自某种道德命令，而是源自天性的纯净。她的生命是一条虽然激荡却依然澄澈的溪流，仿佛直接从源头涌出，既积蓄了很大的能量，又尚未受到任何污染。安妮的善良实际上是一种感恩，是因为拥有生命、享受生命而产生的对生命的感激之情。怀着这种感激之情，她就善待一切帮助过她乃至伤害过她的人，也善待大自然中的一草一木。和怜悯、仁慈、修养相比，这种善良是一种更为本真的善良，而且也是更加令自己和别人愉快的。

所以，我认为，这本书虽然是近一百年前问世的，今天仍然很值得我们一读。作为儿童文学的一部经典之作，今天的孩子们一定还能够领会它的魅力，与可爱的主人公发生共鸣，孩子们比我聪明，无须我多言。我想特别说一下的是，今天的成人们也应当能够从中获得教益。在我看来，教益有二：一是促使我们反省对孩子的教育。我们该知道，就天性的健康和纯净而言，每个孩子身上都藏着一个安妮，我们千万不要再用种种功利的算计去毁坏他们的健康，污染他们的纯净，扼杀他们身上的安妮了。二是促使我们反省自己的人生。在今日这个崇拜财富的时代，我们该自问，我们是否丢失了那些最重要的财富，例如对生活的惊奇感，使生活焕发诗意的想象力，源自感激生命的善良，等等。安妮曾经向从来不想象和现实不同的事情的人惊呼："你错过了多少东西！"我们也该自问：我们错过了多少比金钱、豪宅、地位、名声更宝贵的东西？

时光村落里的往事

—— 蓝蓝《人间情书》序

一

人分两种，一种人有往事，另一种人没有往事。

有往事的人爱生命，对时光流逝无比痛惜，因而怀着一种特别的爱意，把自己所经历的一切珍藏在心灵的谷仓里。

世上什么不是往事呢？此刻我所看到、听到、经历到的一切，无不转瞬即逝，成为往事。所以，珍惜往事的人便满怀爱怜地注视一切，注视即将被收割的麦田，正在落叶的树，最后开放的花朵，大路上边走边衰老的行人。这种对万物的依依惜别之情是爱的至深源泉。由于这爱，一个人才会真正用心在看，在听，在生活。

是的，只有珍惜往事的人才真正在生活。

没有往事的人对时光流逝毫不在乎，这种麻木使他轻慢万物，凡经历的一切都如过眼烟云，随风飘散，什么也留不下。他根本没有想到要留下。他只是貌似在看、在听、在生活罢了，实际上早已是一具没有灵魂的空壳。

二

珍惜往事的人也一定有一颗温柔爱人的心。

当我们的亲人远行或故世之后，我们会不由自主地百般追念他们的好处，悔恨自己的疏忽和过错。然而，事实上，即使尚未生离死别，我们所爱的人何尝不是在时时刻刻离我们而去呢？

浩渺宇宙间，任何一个生灵的降生都是偶然的，离去却是必然的；一个生灵与另一个生灵的相遇总是千载一瞬，分别却是万劫不复。说到底，谁和谁不同是这空空世界里的天涯沦落人？

在平凡的日常生活中，你已经习惯了和你所爱的人的相处，仿佛日子会这样无限延续下去。忽然有一天，你心头一惊，想起时光在飞快流逝，正无可挽回地把你、你所爱的人以及你们共同拥有的一切带走。于是，你心中升起一股柔情，想要保护你的爱人免遭时光劫掠。你还深切感到，平凡生活中这些最简单的幸福也是多么宝贵，有着稍纵即逝的惊人的美……

三

人是怎样获得一个灵魂的？

通过往事。

正是被亲切爱抚着的无数往事使灵魂有了深度和广度，造就了一个丰满的灵魂。在这样一个灵魂中，一切往事都继续活着：从前的露珠在继续闪光，某个黑夜里飘来的歌声在继续回荡，曾经醉过的酒在继续芳香，早已死去的亲人在继续对你说话……你透过活着的往事看世界，世界别具魅力。活着的往事——这是灵魂之所以具有孕育力和创造力的秘密所在。

在一切往事中，童年占据着最重要的篇章。童年是灵魂生长的源头。我甚至要说，灵魂无非就是一颗成熟了的童心，因为成熟而不会再失去。圣爱克苏佩里创作的童话中的小王子说得好："使沙漠显得美丽的，是它在什么地方藏着一口水井。"我相信童年就是人生沙漠中的这样一口水井。始终携带着童年走人生之路的人是幸福的，由于心中藏着永不枯竭的爱的源泉，最荒凉的沙漠也化作了美丽的风景。

四

"上帝创造了乡村，人类创造了城市。"这是英国诗人库柏的诗句。我要补充说：在乡村中，时间保持着上帝创造时的形态，它是岁月和光阴；在城市里，时间却被抽象成了日历和数字。

在城市里，光阴是停滞的。城市没有季节，它的春天没有融雪和归来的候鸟，秋天没有落叶和收割的庄稼。只有敏感到时光流逝的人才有往事，可是，城里人整年被各种建筑物包围着，他对季节变化和岁月交替会有什么敏锐的感觉呢？

何况在现代商业社会中，人们活得愈来愈匆忙，哪里有工夫去注意草木发芽、树叶飘落这种小事！哪里有闲心用眼睛看，用耳朵听，用心灵感受！时间就是金钱，生活被简化为尽快地赚钱和花钱。沉思未免奢侈，回味往事简直是浪费。一个古怪的矛盾：生活节奏加快了，然而没有生活。天天争分夺秒，岁岁年华虚度，到头来发现一辈子真短。怎么会不短呢？没有值得回忆的往事，一眼就望到了头。

五

就在这样一个愈来愈没有往事的世界上，一个珍惜往事的人悄悄写下了她对往事的怀念。这是一些太细小的往事，就像她念念不忘的小花、甲虫、田野上的炊烟、井台上的绿苔一样细小。可是，在她心目中，被时光带来又带走的一切都是造物主写给人间的情书，她用情人的目光从其中读出了无穷的意味，并把它们珍藏在忠贞的心中。

这就是摆在你们面前的这本《人间情书》。你们将会发现，我的序中的许多话都是蓝蓝说过的，我只是稍作概括罢了。

蓝蓝上过大学，出过诗集，但我觉得她始终只是个乡下孩子。她的这本散文集也好像是乡村田埂边的一朵小小的野花，在温室鲜花成为时髦礼品的今天也许是很不起眼的。但是，我相信，一定会有读者喜欢它，并且想起泰戈尔的著名诗句——

"我的主，你的世纪，一个接着一个，来完成一朵小小的野花。"

记住回家的路

生活在今日的世界上，心灵的宁静不易得。这个世界既充满着机会，也充满着压力。机会诱惑人去尝试，压力逼迫人去奋斗，都使人静不下心来。我不主张年轻人拒绝任何机会，逃避一切压力，以闭关自守的姿态面对世界。年轻的心灵本不该静如止水，波澜不起。世界是属于年轻人的，趁着年轻到广阔的世界上去闯荡一番，原是人生必要的经历。所须防止的只是，把自己完全交给了机会和压力去支配，在世界上风风火火或浑浑噩噩，迷失了回家的路途。

每到一个陌生的城市，我的习惯是随便走走，好奇心驱使我去探寻这里的热闹的街巷和冷僻的角落。在这途中，难免暂时地迷路，但心中一定要有把握，自信能记起回住处的路线，否则便会感觉不踏实。我想，人生也是如此。你不妨在世界上闯荡，去建功创业，去探险猎奇，去觅情求爱，可是，你一定不要忘记了回家的路。这个家，就是你的自我，你自己的心灵世界。

寻求心灵的宁静，前提是首先要有一个心灵。在理论上，人人都有一个心灵，但事实上却不尽然。有一些人，他们永远被外界的力量左右着，永远生活在喧闹的外部世界里，未尝有真正的内心生活。对于这样的人，心灵的宁静就无从谈起。一个人唯有关注心灵，才会因为心灵被扰乱而不安，才会有寻求心灵的宁静之需要。所以，具有过内心生活的禀赋，或者养成这样的习惯，这是最重要的。有此禀赋或习惯的人都知道，其实内心生活与外部生活并非互相排斥的，同一个人完全可能在两方面都十分丰富。区别在于，注重内心生活的人善于把外部生活的收获变成心灵的财富，缺乏此种禀赋或习惯的人则往往会迷失在外部生活中，人整个儿是散的。自我是一个中心点，一个人有了坚实的自我，他在这个世界上便有了精神的坐标，无论走多远都能够找到回家的路。换一个比方，我们不妨说，一个有着坚实的自我的人便仿佛有了一个精神的密友，他无论走到哪里都带着这个密友，这个密友将忠实地分享他的一切遭遇，倾听他的一切心语。

如果一个人有自己的心灵追求，又在世界上闯荡了一番，有了相当的人生阅历，那么，他就会逐渐认识到自己在这个世界上的位置。世界无限广阔，诱惑永无止境，然而，属于每一个人的现实可能性终究是有限的。你不妨对一切可能性保持着开放的心态，因为那是人生魅力的源泉，但同时你也要早一些在世界之海上抛下自己的锚，找到最适合自己的领域。一个人不论伟大还是平凡，只要他顺应自己的天性，找到了自己真正喜欢做的事，并且一心把自己喜欢做的事做得尽善尽美，他在这世界上就有了牢不可破的家园。于是，他不但会有足够的勇气去承受外界的压力，而且会有足够的清醒来面对形形色色的机会的诱惑。我们当然没有理由怀疑，这样的一个人必能获得生活的充实和心灵的宁静。

1998.4

活出真性情

1

我的人生观若要用一句话概括，就是真性情。我从来不把成功看作人生的主要目标，觉得只有活出真性情才是没有虚度了人生。所谓真性情，一面是对个性和内在精神价值的看重，另一面是对外在功利的看轻。

2

"定力"不是修炼出来的，它直接来自所做的事情对你的吸引力。我的确感到，读书、写作以及享受爱情、亲情和友情是天下最快乐的事情。人生有两大幸运，一是做自己喜欢做的事，另一是和自己喜欢的人在一起。所以，也可以说，我的"定力"来自我的幸运。

3

真实不在这个世界的某一个地方，而是我们对这个世界的一种态度，是我们终于为自己找到的一种生活信念和准则。

4

世上有味之事，包括诗，酒，哲学，爱情，往往无用。吟无用之诗，

醉无用之酒，读无用之书，钟无用之情，终于成一无用之人，却因此活得有滋有味。

5

活得真诚、独特、潇洒，这样活当然很美。不过，首先要活得自在，才谈得上这些。如果你太关注自己活的样子，总是活给别人看，或者哪怕是活给自己看，那么，你愈是表演得真诚、独特、潇洒，你实际上却活得愈是做作、平庸、拘谨。

6

真实是最难的，为了它，一个人也许不得不舍弃许多好东西：名誉，地位，财产，家庭。但真实又是最容易的，在世界上，唯有它，一个人只要愿意，总能得到和保持。

7

人不可能永远真实，也不可能永远虚假。许多真实中一点虚假，或许多虚假中一点真实，都是动人的。最令人厌倦的是一半对一半。

8

真正有独特个性的人并不竭力显示自己的独特，他不怕自己显得与旁人一样。那些时时处处想显示自己与众不同的人，往往是一些虚荣心十足的平庸之辈。

9

我的生活中没有用身份标示的目标，诸如院士、议员、部长之类。那些为这类目标奋斗的人，无论他们为挫折而焦虑，还是为成功而欣喜，我从他们身上都闻到同一种气味，这种气味使我不能忍受和他们在一起待上三分钟。

10

每当我接到一张写满各种头衔的名片，我就惊愕自己又结识了一个精力超常的人，并且永远断绝了再见这个人的念头。

11

你说，得活出个样儿来。我说，得活出个味儿来。名声地位是衣裳，不妨弄件穿穿。可是，对人对己都不要衣帽取人。衣裳换来换去，我还是我。脱尽衣裳，男人和女人更本色。

12

成熟了，却不世故，依然一颗童心。成功了，却不虚荣，依然一颗平常心。兼此二心者，我称之为有真性情。

13

不避平庸岂非也是一种伟大，不拒小情调岂非也是一种大器度？

14

我不愿用情人脸上的一个微笑换取身后一个世代的名声。

消费＝享受？

我讨厌形形色色的苦行主义。人活一世，生老病死，苦难够多的了，在能享受时凭什么不享受？享受实在是人生的天经地义。蒙田甚至把善于享受人生称作"至高至圣的美德"，据他说，恺撒、亚历山大都是视享受生活乐趣为自己的正常活动，而把他们呵叱风云的战争生涯看作非正常活动的。

然而，怎样才算真正享受人生呢？对此就不免见仁见智了。依我看，我们时代的迷误之一是把消费当作享受，而其实两者完全不是一回事。我并不想介入高消费能否促进繁荣的争论，因为那是经济学家的事，和人生哲学无关。我也无意反对名车、豪宅、五星级饭店之类，只想指出这一切仅属于消费范畴，而奢华的消费并非享受的必要条件，更非充分条件。

当然，消费和享受不是绝对互相排斥的，有时两者会发生重合。但是，它们之间的区别又是显而易见的。例如，纯粹泄欲的色情活动只是性消费，灵肉与共的爱情才是性的真享受；走马看花式的游览景点只是旅游消费，陶然于山水之间才是大自然的真享受；用电视、报刊、书籍解闷只是文化消费，启迪心智的读书和艺术欣赏才是文化的真享受。要而言之，真正的享受必是有心灵参与的，其中必定包含了所谓"灵魂的愉悦和升华"的因素。否则，花钱再多，也只能叫作消费。享受和消费的不同，正相当于创造和生产的不同。创造和享受属于精神生活的范畴，就像生产和消费属于物质生活的范畴一样。

以为消费的数量会和享受的质量成正比，实在是一种糊涂看法。苏格拉底看遍雅典街头的货摊，惊叹道："这里有多少我不需要的东西呵！"每个稍有悟性的读者读到这个故事，都不禁要会心一笑。塞涅卡说得好："许多东西，仅当我们没有它们也能对付时，我们才发现它们原来是多么不必要的东西。我们过去一直使用着它们，这并不是因为我们需要它们，而是因为我们拥有它们。"另一方面呢，正因为我们拥有了太多的花钱买来的东西，便忽略了不用花钱买的享受。"清风朗月不用一钱买"，可是每天夜晚守在电视机前的我们哪里还想得起它们？"何处无月，何处无竹柏，但少闲人如吾两人耳。"在人人忙于赚钱和花钱的今天，这样的闲人更是到哪里去寻？

那么，难道不存在纯粹肉体的、物质的享受了吗？不错，人有一个肉体，这个肉体也是很喜欢享受，为了享受也是很需要物质手段的。可是，仔细想一想，我们便会发现，人的肉体需要是有被它的生理构造所决定的极限的，因而由这种需要的满足而获得的纯粹肉体性质的快感差不多是千古不变的，无非是食色温饱健康之类。殷纣王"以酒为池，悬肉为林"，但他自己只有一只普通的胃。秦始皇筑阿房宫，"东西五百步，南北五十丈"，但他自己只有五尺之躯。多么热烈的美食家，他的朵颐之快也必须有间歇，否则会消化不良。多么勤奋的登徒子，他的床笫之乐也必须有节制，否则会肾虚。每一种生理欲望都是会餍足的，并且严格地遵循着过犹不足的法则。山珍海味，挥金如土，更多的是摆阔气。藏娇纳妾，美女如云，更多的是图虚荣。万贯家财带来的最大快乐并非直接的物质享受，而是守财奴清点财产时的那份欣喜，败家子挥霍财产时的那份痛快。凡此种种，都已经超出生理满足的范围了，但称它们为精神享受未免肉麻，它们至多只是一种心理满足罢了。

我相信人必定是有灵魂的，而灵魂与感觉、思维、情绪、意志之类的心理现象必定属于不同的层次。灵魂是人的精神"自我"的栖居地，所寻求的是真挚的爱和坚实的信仰，关注的是生命意义的实现。幸福只是灵魂的事，它是爱心的充实，是一种活得有意义的鲜明感受。肉体只会有快感，不会有幸福感。奢侈的生活方式给人带来的至多是一种浅薄的优越感，也谈不上幸福感。当一个享尽人间荣华富贵的幸运儿仍然为生活的空虚苦恼时，他听到的正是他的灵魂的叹息。

简单生活

1

在五光十色的现代世界中，让我们记住一个古老的真理：活得简单才能活得自由。

2

自古以来，一切贤哲都主张过一种简朴的生活，以便不为物役，保持精神的自由。

事实上，一个人为维持生存和健康所需要的物品并不多，超乎此的属于奢侈品。它们固然提供享受，但更强求服务，反而成了一种奴役。

现代人是活得愈来愈复杂了，结果得到许多享受，却并不幸福，拥有许多方便，却并不自由。

3

一切奢侈品都给精神活动带来不便。

4

有钱又有闲当然幸运，倘不能，退而求其次，我宁做有闲的穷人，不做有钱的忙人。我爱闲适胜于爱金钱。金钱终究是身外之物，闲适却使我感到自己是生命的主人。

5

只有一次的生命是人生最宝贵的财富，但许多人宁愿用它来换取那些次宝贵或不甚宝贵的财富，把全部生命耗费在学问、名声、权力或金钱的积聚上。他们临终时当如此悔叹："我只是使用了生命，而不曾享受生命！"

6

人们不妨赞美清贫，却不可讴歌贫困。人生的种种享受是需要好的心境的，而贫困会剥夺好的心境，足以扼杀生命的大部分乐趣。

金钱的好处便是使人免于贫困。

但是，在提供积极的享受方面，金钱的作用极其有限。人生最美好的享受，包括创造、沉思、艺术欣赏、爱情、亲情等等，都非金钱所能买到。原因很简单，所有这类享受皆依赖于心灵的能力，而心灵的能力是与钱包的鼓瘪毫不相干的。

7

智者的共同特点是：一方面，最少的物质就能使他们满足；另一方面，再多的物质也不能使他们满足。

8

一个人可以凭聪明、勤劳和运气挣许多钱，但如何花掉这些钱却要靠智慧了。

如何花钱比如何挣钱更能见出一个人的品位高下。

9

　　金钱，消费，享受，生活质量——当我把这些相关的词排列起来时，我忽然发现它们有一种递减关系：金钱与消费的联系最为紧密，与享受的联系要弱一些，与生活质量的联系就更弱。因为至少，享受不限于消费，还包括创造，生活质量不只看享受，还要看承受苦难的勇气。在现代社会里，金钱的力量有目共睹，但是这种力量肯定没有大到足以修改我们对生活的基本理解。

不占有

1

我们总是以为，已经到手的东西便是属于自己的，一旦失去，就觉得蒙受了损失。其实，一切皆变，没有一样东西能真正占有。得到了一切的人，死时又交出一切。不如在一生中不断地得而复失，习以为常，也许能更为从容地面对死亡。

另一方面，对于一颗有接受力的心灵来说，没有一样东西会真正失去。

2

我失去了的东西，不能再得到了。我还能得到一些东西，但迟早还会失去。我最后注定要无可挽救地失去我自己。既然如此，我为什么还要看重得与失呢？到手的一切，连同我的生命，我都可以拿它们来做试验，至多不过是早一点失去罢了。

3

一切外在的欠缺或损失，包括名誉、地位、财产等等，只要不影响基本生存，实质上都不应该带来痛苦。如果痛苦，只是因为你在乎，愈在乎就愈痛苦。只要不在乎，就一根毫毛也伤不了。

4

守财奴的快乐并非来自财产的使用价值，而是来自所有权。所有权带来的心理满足远远超过所有物本身提供的生理满足。一件一心盼望获得的东西，未必要真到手，哪怕它被放到月球上，只要宣布它属于我了，就会产生一种愚蠢的欢乐。

5

耶稣说："富人要进入天国，比骆驼穿过针眼还要困难。"对耶稣所说的富人，不妨作广义的解释，凡是把自己所占有的世俗的价值，包括权力、财产、名声等等，看得比精神的价值更宝贵，不肯舍弃的人，都可以包括在内。如果心地不明，我们在尘世所获得的一切就都会成为负担，把我们变成负重的骆驼，而把通往天国的路堵塞成针眼。

6

大损失在人生中的教化作用：使人对小损失不再计较。

7

"无穷天地，那驼儿用你精细。"张养浩此言可送天下精细人做座右铭。

数学常识：当分母为无穷大时，不论分子为几，其值均等于零。而你仍在分子上精细，岂不可笑？

习惯于失去

出门时发现，搁在楼道里的那辆新自行车不翼而飞了。两年之中，这已是第三辆。我一面为世风摇头，一面又感到内心比前两次失窃时要平静得多。

莫非是习惯了？

也许是。近年来，我的生活中接连遭到惨重的失去，相比之下，丢辆把自行车真是不足挂齿。生活的劫难似乎使我悟出了一个道理：人生在世，必须习惯于失去。

一般来说，人的天性是习惯于得到，而不习惯于失去。呱呱坠地，我们首先得到了生命。自此以后，我们不断地得到：从父母得到衣食、玩具、爱和抚育，从社会得到职业的训练和文化的培养。长大成人以后，我们靠着自然的倾向和自己的努力继续得到：得到爱情、配偶和孩子，得到金钱、财产、名誉、地位，得到事业的成功和社会的承认，如此等等。

当然，有得必有失，我们在得到的过程中也确实不同程度地经历了失去。但是，我们比较容易把得到看作是应该的，正常的，把失去看作是不应该的，不正常的。所以，每有失去，仍不免感到委屈。所失愈多愈大，就愈委屈。我们暗暗下决心要重新获得，以补偿所失。在我们心中的蓝图上，人生之路仿佛是由一系列的获得勾画出来的，而失去则是必须涂抹掉的笔误。总之，不管失去是一种多么频繁的现象，我们对它反正不习惯。

道理本来很简单：失去当然也是人生的正常现象。整个人生是一个不断地得而复失的过程，就其最终结果看，失去反比得到更为本质。我们迟早要失去人生最宝贵的赠礼——生命，随之也就失去了在人生过程中得到

97

的一切。有些失去看似偶然，例如天灾人祸造成的意外损失，但也是无所不包的人生的题中应有之义。"人有旦夕祸福"，既然生而为人，就得有承受旦夕祸福的精神准备和勇气。至于在社会上的挫折和失利，更是人生在世的寻常遭际了。由此可见，不习惯于失去，至少表明对人生尚欠觉悟。一个只求得到不肯失去的人，表面上似乎富于进取心，实际上是很脆弱的，很容易在遭到重大失去之后一蹶不振。

为了习惯于失去，有时不妨主动地失去。东西方宗教都有布施一说。照我的理解，布施的本义是教人去除贪鄙之心，由不执着于财物，进而不执着于一切身外之物，乃至于这尘世的生命。如此才可明白，佛教何以把布施列为"六度"之首，即从迷惑的此岸渡向觉悟的彼岸的第一座桥梁。俗众借布施积善图报，寺庙靠布施敛财致富，实在是小和尚念歪了老祖宗的经。我始终把佛教看作古今中外最透彻的人生哲学，对它后来不伦不类的演变深不以为然。佛教主张"无我"，既然"我"不存在，也就不存在"我的"这回事了。无物属于自己，连自己也不属于自己，何况财物。明乎此理，人还会有什么得失之患呢？

当然，佛教毕竟是一种太悲观的哲学，不宜提倡。只是对于入世太深的人，它倒是一帖必要的清醒剂。我们在社会上尽可以积极进取，但是，内心深处一定要为自己保留一份超脱。有了这一份超脱，我们就能更加从容地品尝人生的各种滋味，其中也包括失去的滋味。

由丢车引发这么多议论，可见还不是太不在乎。如果有人嘲笑我阿Q精神，我乐意承认。试想，对于人生中种种不可避免的失去，小至破财，大至死亡，没有一点阿Q精神行吗？由社会的眼光看，盗窃是一种不义，我们理应与之做力所能及的斗争，而不该摆出一副哲人的姿态容忍姑息。可是，倘若社会上有更多的人了悟人生根本道理，世风是否会好一些呢？那么，这也许正是我对不义所做的一种力所能及的斗争吧。

和命运结伴而行

1

命运主要由两个因素决定：环境和性格。环境规定了一个人的遭遇的可能范围，性格则规定了他对遭遇的反应方式。由于反应方式不同，相同的遭遇就有了不同的意义，因而也就成了本质上不同的遭遇。我在此意义上理解赫拉克利特的这一名言："性格即命运"。

但是，这并不说明人能决定自己的命运，因为人不能决定自己的性格。

性格无所谓好坏，好坏仅在于人对自己的性格的使用，在使用中便有了人的自由。

命运当然是有好坏的。不过，除了明显的灾祸是厄运之外，人们对于命运的评价实在也没有一致的标准，正如对于幸福没有一致的标准一样。

2

究竟是性格决定命运，还是命运造就性格？这个问题可能像鸡生蛋还是蛋生鸡的问题一样，是争不清的，因为在性格和命运之间显然存在着一种互为因果的关系。如果性格是指个人不能支配的内在禀赋，命运是指个人不能支配的外在遭遇，那么，它们都又同样具有一种被决定的性质。一种可供选择的思路是引进它们之外的第三个因素，即个人对于自己所不能支配的东西——不管它是命运还是性格——的态度，也许个人的自由、价

99

值和尊严就寓于这态度之中。不过，在另一些人看来，这一思路也许难免有自欺或逃避之嫌。

3

在命运问题上，人有多大自由？三种情况：1）因果关系之网上个人完全不可支配的那个部分，无自由可言，听天命；2）因果关系之网上个人在一定程度上可支配的部分，个人的努力也参与因果关系并使之发生某种改变，有一定自由，尽人力；3）对命运即一切已然和将然的事件的态度，有完全的自由。

4

命运是不可改变的，可改变的只是我们对命运的态度。

5

就命运是一种神秘的外在力量而言，人不能支配命运，只能支配自己对命运的态度。一个人愈是能够支配自己对于命运的态度，命运对于他的支配力量就愈小。

6

狂妄的人自称命运的主人，谦卑的人甘为命运的奴隶。除此之外还有一种人，他照看命运，但不强求，接受命运，但不卑怯。走运时，他会挪揄自己的好运。倒运时，他又会调侃自己的厄运。他不低估命运的力量，也不高估命运的价值。他只是做命运的朋友罢了。

7

塞涅卡说：愿意的人，命运领着走；不愿意的人，命运拖着走。他忽略了第三种情况：和命运结伴而行。

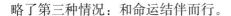

8

"愿意的人，命运领着走。不愿意的人，命运拖着走。"太简单一些了吧？活生生的人总是被领着也被拖着，抗争着但终于不得不屈服。

9

昔日的同学走出校门，各奔东西，若干年后重逢，便会发现彼此在做着很不同的事，在名利场上的沉浮也相差悬殊。可是，只要仔细一想，你会进一步发现，各人所走的道路大抵有线索可寻，符合各自的人格类型和性格逻辑，说得上各得其所。

上帝借种种偶然性之手分配人们的命运，除开特殊的天灾人祸之外，它的分配基本上是公平的。

10

围绕偶然与必然、决定论与意志自由的争论贯穿于整个哲学史。这一争论因为所使用的概念的模糊和歧义而变得非常复杂，我对这些概念做了一个形象化但也肯定简单化的解释——

偶然与必然涉及上帝（造化）的行为，一件事若是上帝有意做成的，便是必然的，若是上帝无意做成的，便是偶然的。可是，由于我们无法推测上帝是有意还是无意，所以我们也就很难划清偶然与必然的界限。事实上，只要是上帝所做成的事，落到人头上就都成了必然。

决定论与意志自由涉及人的行为，一件事若是人有意做成的，便可说是出于自由意志，若是人无意做成的，便可说是被决定的。可是，我们无法确定我们的有意和无意本身是否已经是被一种更高的意志所决定的。也许，只要是人所做成的事，在上帝眼里就都是被决定的。

11

偶然性是上帝的心血来潮，它可能是灵感喷发，也可能只是一个恶作剧，可能是神来之笔，也可能只是一个笔误。因此，在人生中，偶然性便成了一个既诱人又恼人的东西。我们无法预测会有哪一种偶然性落到自己头上，所能做到的仅是——如果得到的是神来之笔，就不要辜负了它；如果得到的是笔误，就精心地修改它，使它看起来像是另一种神来之笔，如同有的画家把偶然落到画布上的污斑修改成整幅画的点睛之笔那样。当然，在实际生活中，修改上帝的笔误绝非一件如此轻松的事情，有的人为此付出了毕生的努力，而这努力本身便展现为辉煌的人生历程。

12

人活世上，第一重要的还是做人，懂得自爱自尊，使自己有一颗坦荡又充实的灵魂，足以承受得住命运的打击，也配得上命运的赐予。倘能这样，也就算得上做命运的主人了。

13

每个人都只有一个人生，她是一个对我们从一而终的女子。我们不妨尽自己的力量引导她，充实她，但是，不管她终于成个什么样子，我们好歹得爱她。

14

在这个世界上，一个人重感情就难免会软弱，求完美就难免有遗憾。也许，宽容自己这一点软弱，我们就能坚持；接受人生这一点遗憾，我们就能平静。

15

"祸兮福之所倚，福兮祸之所伏。"老子如是说。

既然祸福如此无常，不可预测，我们就应该与这外在的命运保持一个距离，做到某种程度的不动心，走运时不得意忘形，背运时也不丧魂落魄。也就是说，在宏观上持一种被动、超脱、顺其自然的态度。

既然祸福如此微妙，互相包含，在每一具体场合，我们又非无可作为。我们至少可以做到，在幸运时警惕和防备那潜伏在幸福背后的灾祸，在遭灾时等待和争取那依傍在灾祸身上的转机。也就是说，在微观上持一种主动、认真、事在人为的态度。

16

在设计一个完美的人生方案时，人们不妨海阔天空地遐想。可是，倘若你是一个智者，你就会知道，最美妙的好运也不该排除苦难，最耀眼的绚烂也要归于平淡。原来，完美是以不完美为材料的，圆满是必须包含缺憾的。最后你发现，上帝为每个人设计的方案无须更改，重要的是能够体悟其中的意蕴。

第四辑 人的高贵在于灵魂

第一重要的是做人

人活世上，除吃睡之外，不外乎做事情和与人交往，它们构成了生活的主要内容。做事情，包括为谋生需要而做的，即所谓本职业务，也包括出于兴趣、爱好、志向、野心、使命感等等而做的，即所谓事业。与人交往，包括同事、邻里、朋友关系以及一般所谓的公共关系，也包括由性和血缘所联结的爱情、婚姻、家庭等关系。这两者都是人看得见的行为，并且都有一个是否成功的问题，而其成功与否也都是看得见的。如果你在这两方面都顺利，譬如说，一方面事业兴旺，功成名就，另一方面婚姻美满，朋友众多，就可以说你在社会上是成功的，甚至可以说你的生活是幸福的。在别人眼里，你便是一个令人羡慕的幸运儿。如果相反，你在自己和别人心目中就都会是一个倒霉蛋。这么说来，做事和交人的成功似乎应该是衡量生活质量的主要标准了。

然而，在看得见的行为之外，还有一种看不见的东西，依我之见，那是比做事和交人更重要的，是人生第一重要的东西，这就是做人。当然，实际上做人并不是做事和交人之外的一个独立的行为，而是蕴含在两者之中的，是透过做事和交人体现出来的一种总体的生活态度。

就做人与做事的关系来说，做人主要并不表现于做的什么事和做了多少事，例如是做学问还是做生意，学问或者生意做得多大，而是表现在做事的方式和态度上。一个人无论做学问还是做生意，无论做得大还是做得小，他做人都可能做得很好，也都可能做得很坏，关键就看他是怎么做事的。学界有些人很贬薄别人下海经商，而因为自己仍在做学问就摆出一副大义凛然的气势。其实呢，无论商人还是学者中都有君子，也都有小人，

107

实在不可一概而论。有些所谓的学者，在学术上没有自己真正的追求和建树，一味赶时髦，抢风头，唯利是图，骨子里比一般商人更是一个市侩。

从一个人如何与人交往，尤能见出他的做人。这倒不在于人缘好不好，朋友多不多，各种人际关系是否和睦。人缘好可能是因为性格随和，也可能是因为做人圆滑，本身不能说明问题。在与人交往上，孔子最强调一个"信"字，我认为是对的。待人是否诚实无欺，最能反映一个人的人品是否光明磊落。一个人哪怕朋友遍天下，只要他对其中一个朋友有背信弃义的行径，我们就有充分的理由怀疑他是否真爱朋友，因为一旦他认为必要，他同样会背叛其他的朋友。"与朋友交而不信"，只能得逞一时之私欲，却是做人的大失败。

做事和交人是否顺利，包括地位、财产、名声方面的遭际，也包括爱情、婚姻、家庭方面的遭际，往往受制于外在的因素，非自己所能支配，所以不应该成为人生的主要目标。一个人当然不应该把非自己所能支配的东西当作人生的主要目标。一个人真正能支配的唯有对这一切外在遭际的态度，简言之，就是如何做人。人生在世最重要的事情不是幸福或不幸，而是不论幸福还是不幸都保持做人的正直和尊严。我确实认为，做人比事业和爱情都更重要。不管你在名利场和情场上多么春风得意，如果你做人失败了，你的人生就在总体上失败了。最重要的不是在世人心目中占据什么位置，和谁一起过日子，而是你自己究竟是一个什么样的人。

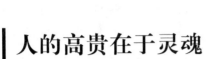

人的高贵在于灵魂

　　法国思想家帕斯卡尔有一句名言："人是一支有思想的芦苇。"他的意思是说，人的生命像芦苇一样脆弱，宇宙间任何东西都能置人于死地。可是，即使如此，人依然比宇宙间任何东西高贵得多，因为人有一颗能思想的灵魂。我们当然不能也不该否认肉身生活的必要，但是，人的高贵却在于他有灵魂生活。作为肉身的人，人并无高低贵贱之分。唯有作为灵魂的人，由于内心世界的巨大差异，人才分出了高贵和平庸，乃至高贵和卑鄙。

　　两千多年前，罗马军队攻进了希腊的一座城市，他们发现一个老人正蹲在沙地上专心研究一个图形。他就是古代最著名的物理学家阿基米德。他很快便死在了罗马军人的剑下，当剑朝他劈来时，他只说了一句话："不要踩坏我的圆！"在他看来，他画在地上的那个图形是比他的生命更加宝贵的。更早的时候，征服了欧亚大陆的亚历山大大帝视察希腊的另一座城市，遇到正躺在地上晒太阳的哲学家第欧根尼，便问他："我能替你做些什么？"得到的回答是："不要挡住我的阳光！"在他看来，面对他在阳光下的沉思，亚历山大大帝的赫赫战功显得无足轻重。这两则传为千古美谈的小故事表明了古希腊优秀人物对于灵魂生活的珍爱，他们爱思想胜于爱一切包括自己的生命，把灵魂生活看得比任何外在的事物包括显赫的权势更加高贵。

　　珍惜内在的精神财富甚于外在的物质财富，这是古往今来一切贤哲的共同特点。英国作家王尔德到美国旅行，入境时，海关官员问他有什么东西要报关，他回答："除了我的才华，什么也没有。"使他引以自豪的是，他没有什么值钱的东西，但他拥有不能用钱来估量的艺术才华。正是这位骄傲的作家在他的一部作品中告诉我们："世间再没有比人的灵魂更宝贵的东西，任何东西都不能跟它相比。"

　　其实，无须举这些名人的事例，我们不妨稍微留心观察周围的现象。我常常发现，在平庸的背景下，哪怕是一点不起眼的灵魂生活的迹象，也会闪放出一种很动人的光彩。

　　有一回，我乘车旅行。列车飞驰，车厢里闹哄哄的，旅客们在聊天、打牌、吃零食。一个少女躲在车厢的一角，全神贯注地读着一本书。她读得那么专心，还不时地往随身携带的一个小本子上记些什么，好像完全没有听见周围嘈杂的人声。望着她仿佛沐浴在一片光辉中的安静的侧影，我心中充满感动，想起了自己的少年时代。那时候我也和她一样，不管置身于多么混乱的环境，只要拿起一本好书，就会忘记一切。如今我自己已经是一个作家，出过好几本书了，可是我却羡慕这个埋头读书的少女，无限缅怀已经渐渐远逝的有着同样纯正追求的我的青春岁月。

　　每当北京举办世界名画展览时，便有许多默默无闻的青年画家节衣缩食，自筹旅费，从全国各地风尘仆仆来到首都，在名画前流连忘返。我站在展厅里，望着这一张张热忱仰望的年轻的面孔，心中也会充满感动。我对自己说：有着纯正追求的青春岁月的确是人生最美好的岁月。

　　若干年过去了，我还会常常不由自主地想起列车上的那个少女和展厅里的那些青年，揣摩他们现在不知怎样了。据我观察，人在年轻时多半是富于理想的，随着年龄增长就容易变得越来越实际。由于生存斗争的压力和物质利益的诱惑，大家都把眼光和精力投向外部世界，不再关注自己的内心世界。其结果是灵魂日益萎缩和空虚，只剩下了一个在世界上忙碌不止的躯体。对于一个人来说，没有比这更可悲的事情了。我暗暗祝愿他们仍然保持着纯正的追求，没有走上这条可悲的路。

善良·丰富·高贵

如果我是一个从前的哲人，来到今天的世界，我会最怀念什么？一定是这六个字：善良，丰富，高贵。

看到医院拒收付不起昂贵医疗费的穷人，听凭危急病人死去，看到商人出售假药和伪劣食品，制造急性和慢性的死亡，看到矿难频繁，矿主用工人的生命换取高额利润，看到每天发生的许多凶杀案，往往为了很少的一点钱或一个很小的缘由夺走一条命，我为人心的冷漠感到震惊，于是我怀念善良。

善良，生命对生命的同情，多么普通的品质，今天仿佛成了稀有之物。中外哲人都认为，同情是人与兽的区别的开端，是人类全部道德的基础。没有同情，人就不是人，社会就不是人待的地方。人是怎么沦为兽的？就是从同情心的麻木和死灭开始的，由此下去可以干一切坏事，成为法西斯，成为恐怖主义者。善良是区分好人与坏人的最初界限，也是最后界限。

看到今天许多人以满足物质欲望为人生唯一目标，全部生活由赚钱和花钱两件事组成，我为人们的心灵的贫乏感到震惊，于是我怀念丰富。

丰富，人的精神能力的生长、开花和结果，上天赐给万物之灵的最高享受，为什么人们弃之如敝屣呢？中外哲人都认为，丰富的心灵是幸福的真正源泉，精神的快乐远远高于肉体的快乐。上天的赐予本来是公平的，每个人天性中都蕴含着精神需求，在生存需要基本得到满足之后，这种需求理应觉醒，它的满足理应越来越成为主要的目标。那些永远折腾在功利世界上的人，那些从来不谙思考、阅读、独处、艺术欣赏、精神创造等心灵快乐的人，他们是怎样辜负了上天的赐予啊，不管他们多么有钱，他们

111

是度过了怎样贫穷的一生啊。

看到有些人为了获取金钱和权力毫无廉耻，可以干任何出卖自己尊严的事，然后又依仗所获取的金钱和权力毫无顾忌，肆意凌辱他人的尊严，我为这些人的灵魂的卑鄙感到震惊，于是我怀念高贵。

高贵，曾经是许多时代最看重的价值，被看得比生命还重要，现在似乎很少有人提起了。中外哲人都认为，人要有做人的尊严，要有做人的基本原则，在任何情况下都不可违背，如果违背，就意味着不把自己当人了。今天的一些人就是这样，不知尊严为何物，不把别人当人，任意欺凌和侮辱，而根源正在于他没有把自己当人，事实上你在他身上也已经看不出丝毫人的品性。高贵者的特点是极其尊重他人，他的自尊正因此得到了最充分的体现。人的灵魂应该是高贵的，人应该做精神贵族，世上最可恨也最可悲的岂不是那些有钱有势的精神贱民？

我听见一切世代的哲人在向今天的人们呼唤：人啊，你要有善良的心，丰富的心灵，高贵的灵魂，这样你才无愧于人的称号，你才是作为真正的人在世间生活。

善良，丰富，高贵——令人怀念的品质，人之为人的品质，我期待今天更多的人拥有它们。

内在生命的伟大

一

　　小时候，也许我也曾经像那些顽童一样，尾随一个盲人，一个瘸子，一个驼背，一个聋哑人，在他们的背后指指戳戳，嘲笑，起哄，甚至朝他们身上扔石子。如果我那样做过，现在我忏悔，请求他们的原谅。

　　即使我不曾那样做过，现在我仍要忏悔。因为在很长的时间里，我多么无知，竟然以为残疾人和我是完全不同的种类，在他们面前，我常常怀有一种愚蠢的优越感，一种居高临下的怜悯。

　　现在，我当然知道，无论是先天的残疾，还是后天的残疾，这厄运没有落到我的头上，只是侥幸罢了。遗传，胚胎期的小小意外，人生任何年龄都可能突发的病变，车祸，地震，不可预测的飞来横祸，种种造成了残疾的似乎偶然的灾难原是必然会发生的，无人能保证自己一定不被选中。

　　被选中诚然是不幸，但是，暂时——或者，直到生命终结，那其实也是暂时——未被选中，又有什么可优越的？那个病灶长在他的眼睛里，不是长在我的眼睛里，他失明了，我仍能看见。那场地震发生在他的城市，不是发生在我的城市，他失去了双腿，我仍四肢齐全……我要为此感到骄傲吗？我多么浅薄啊！

　　上帝掷骰子，我们都是芸芸众生，都同样地无助。阅历和思考使我懂得了谦卑，懂得了天下一切残疾人都是我的兄弟姐妹。在造化的恶作剧中，他们是我的替身，他们就是我，他们在替我受苦，他们受苦就是我受苦。

二

我继续问自己：现在我不瞎不聋，肢体完整，就证明我不是残疾了吗？我双眼深度近视，摘了眼镜寸步难行，不敢独自上街。在运动场上，我跑不快，跳不高，看着那些矫健的身姿，心中只能羡慕。置身于一帮能歌善舞的朋友中，我为我的身体的笨拙和歌喉的暗哑而自卑。在所有这些时候，我岂不都觉得自己是一个残疾人吗？

事实上，残疾与健全的界限是十分相对的。从出生那一天起，我们每一个人的身体就已经注定要走向衰老，会不断地受到损坏。由于环境的限制和生活方式的片面，我们的许多身体机能没有得到开发，其中有一些很可能已经萎缩。严格地说，世上没有绝对健全的人。有形的残缺仅是残疾的一种，在一定的意义上，人人皆患着无形的残疾，只是许多人对此已经适应和麻木了而已。

人的肉体是一架机器，如同别的机器一样，它会发生故障，会磨损、折旧并且终于报废。人的肉体是一团物质，如同别的物质一样，它由元素聚合而成，最后必定会因元素的分离而解体。人的肉体实在太脆弱了，它经受不住钢铁、石块、风暴、海啸的打击，火焰会把它烤焦，严寒会把它冻伤，看不见的小小的病菌和病毒也会置它于死地。

不错，我们有千奇百怪的养生秘方，有越来越先进的医疗技术，有超级补品、冬虫夏草、健身房、整容术，这一切都是用来维护肉体的。可是，纵然有这一切，我们仍无法防备种种会损毁肉体的突发灾难，仍不能逃避肉体的必然衰老和死亡。

我不得不承认，如果人的生命仅是肉体，则生命本身就有着根本的缺陷，它注定会在岁月的风雨中逐渐地或突然地缺损，使它的主人成为明显或不明显的残疾人。那么，生命抵御和战胜残疾的希望究竟何在？

三

此刻我的眼前出现了一系列高贵的残疾人形象。在西方，从盲诗人荷马，到双耳失聪的大音乐家贝多芬，双目失明的大作家博尔赫斯，全身瘫

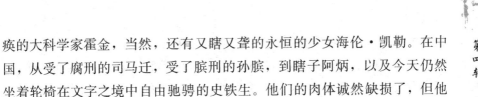

痪的大科学家霍金，当然，还有又瞎又聋的永恒的少女海伦·凯勒。在中国，从受了腐刑的司马迁，受了膑刑的孙膑，到瞎子阿炳，以及今天仍然坐着轮椅在文字之境中自由驰骋的史铁生。他们的肉体诚然缺损了，但他们的生命因此也缺损了吗？当然不，与许多肉体没有缺损的人相比，他们拥有的是多么完整而健康的生命。

由此可见，生命与肉体显然不是一回事，生命的质量肯定不能用肉体的状况来评判。肉体只是一个躯壳，是生命的载体，它的确是脆弱的，很容易破损。但是，寄寓在这个躯壳之中，又超越于这个躯壳，我们更有一个不易破损的内在生命，这个内在生命的通俗名称叫作精神或者灵魂。就其本性来说，灵魂是一个单纯的整体，而不像肉体那样由许多局部的器官组成。外部的机械力量能够让人的肢体断裂，但不能切割下哪怕一小块人的灵魂。自然界的病菌能够损坏人的器官，但没有任何路径可以侵蚀人的灵魂。总之，一切能够致残肉体的因素，都不能致残我们的内在生命。正因为此，一个人无论躯体怎样残缺，仍可使自己的内在生命保持完好无损。

原来，上帝只在一个不太重要的领域里掷骰子，在现象世界播弄芸芸众生的命运。在本体世界，上帝是公平的，人人都被赋予了一个不可分割的灵魂，一个永远不会残缺的内在生命。同样，在现象世界，我们的肉体受千百种外部因素的支配，我们自己做不了主人。可是，在本体世界，我们是自己内在生命的主人，不管外在遭遇如何，都能够以尊严的方式活着。

四

诗人里尔克常常歌咏盲人。在他的笔下，盲人能穿越纯粹的空间，能听见从头发上流过的时间和在脆玻璃上丁零作响的寂静。在热闹的世界上，盲人是安静的，而他的感觉是敏锐的，能以小小的波动把世界捉住。最后，面对死亡，盲人有权宣告："那把眼睛如花朵般摘下的死亡，将无法企及我的双眸……"

是的，我也相信，盲人失去的只是肉体的眼睛，心灵的眼睛一定更加明亮，能看见我们看不见的事物，生活在一个更本质的世界里。

感官是通往这个世界的门户，同时也是一种遮蔽，会使人看不见那个更高的世界。貌似健全的躯体往往充满虚假的自信，踌躇满志地要在外部

115

世界里闯荡，寻求欲望和野心的最大满足。相反，身体的残疾虽然是限制，同时也是一种敞开。看不见有形的事物了，却可能因此看见了无形的事物。不能在人的国度里行走了，却可能因此行走在神的国度里。残疾提供了一个机会，使人比较容易觉悟到外在生命的不可靠，从而更加关注内在生命，致力于灵魂的锻炼和精神的创造。

在这个意义上，不妨说，残疾人更受神的眷顾，离神更近。

五

上述思考为我确立了认识残奥会的一个角度，一种立场。

残疾人为何要举办体育运动会？为何要撑着拐杖赛跑，坐着轮椅打球？是为了证明他们残缺的躯体仍有力量和技能吗？是为了争到名次和荣誉吗？从现象看，是；从本质看，不是。

其实，与健康人的奥运会比，残奥会更加鲜明地表达了体育的精神意义。人们观看残奥会，不会像观看奥运会那样重视比赛的输赢。人们看重的是什么？残奥会究竟证明了什么？

我的回答是：证明了残疾人仍然拥有完整的内在生命，在生命本质的意义上，残疾人并不残疾。

残奥会证明了人的内在生命的伟大。

有所敬畏

在这个世界上，有的人信神，有的人不信，由此而区分为有神论者和无神论者，宗教徒和俗人。不过，这个区分并非很重要。还有一个比这重要得多的区分，便是有的人相信神圣，有的人不相信，人由此而分出了高尚和卑鄙。

一个人可以不信神，但不可以不相信神圣。是否相信上帝、佛、真主或别的什么主宰宇宙的神秘力量，往往取决于个人所隶属的民族传统、文化背景和个人的特殊经历，甚至取决于个人的某种神秘体验，这是勉强不得的。一个没有这些宗教信仰的人，仍然可能是一个善良的人。然而，倘若不相信人世间有任何神圣价值，百无禁忌，为所欲为，这样的人就与禽兽无异了。

相信神圣的人有所敬畏。在他心目中，总有一些东西属于做人的根本，是亵渎不得的。他并不是害怕受到惩罚，而是不肯丧失基本的人格。不论他对人生怎样充满着欲求，他始终明白，一旦人格扫地，他在自己面前竟也失去了做人的自信和尊严，那么，一切欲求的满足都不能挽救他的人生的彻底失败。

相反，对于那些毫无敬畏之心的人来说，是不存在人格上的自我反省的。如果说"知耻近乎勇"，那么，这种人因为不知耻便显出一种卑怯的无赖相和残忍相。只要能够不受惩罚，他们可以在光天化日下干任何恶事，欺负、迫害乃至残杀无辜的弱者。盗匪之中，多这种愚昧兼无所敬畏之徒。一种消极的表现则是对他人生命的极端冷漠，见死不救，如今这类事既频频发生在众多路人旁观歹徒行凶的现场，也频频发生在号称治病救人实则草芥人命的某些医院里。类似行为每每使善良的人们不解，因为善良的人们无法相信，世上竟然真的会有这样丧失起码人性的人。在一个正常社会里，这种人总是极少数，并且会受到法律或正义力量的制裁。可是，当一个民族普遍丧失对神圣价值的信念时，这种人便可能相当多地滋生出来，成为触目惊心的颓败征兆。

赤裸裸的凶蛮和冷漠只是不知耻的粗糙形式，不知耻还有稍微精致一些的形式。有的人有很高的文化程度，仍然可能毫无敬畏之心。他可以玩弄真心爱他的女人，背叛诚恳待他的朋友，然后装出一副无辜的面孔。他的足迹所到之处，再神圣的东西也敢践踏，再美好的东西也敢毁坏，而且内心没有丝毫不安。不论他的头脑里有多少知识，他的心是蒙昧的，真理之光到不了那里。这样的人有再多的艳遇，也没有能力真正爱一回，交再多的哥们，也体味不了友谊的纯正，获取再多的名声，也不知什么是光荣。我对此深信不疑：不相信神圣的人，必被世上一切神圣的事物所抛弃。

精神栖身于茅屋

　　如果你爱读人物传记，你就会发现，许多优秀人物生前都非常贫困。就说说那位最著名的印象派画家梵高吧，现在他的一幅画已经卖到了几千万美元，可是，他活着时，他的一张画连一餐饭钱也换不回，经常挨饿，一生穷困潦倒，终致精神失常，在37岁时开枪自杀了。要论家境，他的家族是当时欧洲最大的画商，几乎控制着全欧洲的美术市场。作为一名画家，他有得天独厚的便利条件，完全可以像那些平庸画家那样迎合时尚以谋利，成为一个富翁，但他不屑于这么做。他说，他可不能把他唯一的生命耗费在给非常愚蠢的人画非常蹩脚的画上面，做艺术家并不意味着卖好价钱，而是要去发现一个未被发现的新世界。确实，凡高用他的作品为我们发现了一个全新的世界，一个万物在阳光中按照同一节奏舞蹈的世界。另一个荷兰人斯宾诺莎是名垂史册的大哲学家，他为了保持思想的自由，宁可靠磨镜片的收入维持最简单的生活，谢绝了海德堡大学以不触犯宗教为前提要他去当教授的聘请。

　　我并不是提倡苦行僧哲学。问题在于，如果一个人太看重物质享受，就必然要付出精神上的代价。人的肉体需要是很有限的，无非是温饱，超于此的便是奢侈，而人要奢侈起来却是没有尽头的。温饱是自然的需要，奢侈的欲望则是不断膨胀的市场刺激起来的。你本来习惯于骑自行车，不觉得有什么欠缺，可是，当你看到周围不少人开上了汽车，你就会觉得你缺汽车，有必要也买一辆。富了总可以更富，事实上也必定有人比你富，于是你永远不会满足，不得不去挣越来越多的钱。这样，赚钱便成了你的唯一目的。即使你是画家，你哪里还顾得上真正的艺术追求；即使你是学

119

者，你哪里还会在乎科学的良心？

　　所以，自古以来，一切贤哲都主张一种简朴的生活方式，目的就是为了不当物质欲望的奴隶，保持精神上的自由。古罗马哲学家塞涅卡说得好："自由人以茅屋为居室，奴隶才在大理石和黄金下栖身。"柏拉图也说：胸中有黄金的人是不需要住在黄金屋顶下面的。或者用孔子的话说："君子居之，何陋之有？"我非常喜欢关于苏格拉底的一个传说，这位被尊称为"师中之师"的哲人在雅典市场上闲逛，看了那些琳琅满目的货摊后惊叹："这里有多少我用不着的东西呵！"的确，一个热爱精神事物的人必定是淡然于物质的奢华的，而一个人如果安于简朴的生活，他即使不是哲学家，也相去不远了。

玩骰子的儿童

一

公元前六世纪左右，在希腊殖民的伊奥尼亚地区有两个最著名的城邦，一是米利都，一是爱菲索。这两个城邦都地处繁荣的港口，盛产商人。然而，它们之所以青史留名，则是因为出产了一个比商人稀有得多的品种——哲人。米利都向人类贡献了最早的哲学家泰勒斯、阿那克西曼德和阿那克西美尼，史称米利都学派。比较起来，哲学家在爱菲索就显得孤单，史无爱菲索学派，只有一位爱菲索的赫拉克利特（公元前535—475）。

这倒适合赫拉克利特的脾气，他生性孤傲，不屑与任何人为伍。希腊哲学家讲究师承，唯独他前无导师，后无传承，仿佛天地间偶然蹦出了这一个人。他自己说，他不是任何人的学生，从自己身上就学到了一切。他也的确不像别的哲学家那样招收门徒，延续谱系。他一定是一个独身者，文献中找不到他曾经结婚的蛛丝马迹。世俗的一切，包括家庭、财产、名声、权力，都不在他的眼里。当时爱菲索处在波斯帝国的统治下，国王大流士一世慕名邀他进宫，他回信谢绝道："我惧怕显赫，安于卑微，只要这卑微适宜于我的心灵。"其实他的出身一点儿也不卑微，在爱菲索首屈一指，是城邦的王位继承人，但他的灵魂更是无比高贵，足以使他藐视人世间一切权力，把王位让给了他的弟弟。

在赫拉克利特的人际关系中，我们只知道他有过一个好友，名叫赫谟多洛。赫谟多洛是一位政治家，在城邦积极推进恢复梭伦所立法律的事业，

121

结果被爱菲索人驱逐。这件事给赫拉克利特的刺激必定极大,使他对公众的愚昧和多数的暴力产生了深深的厌恶。针对此事,他悲愤地说:"应该把爱菲索的成年人都吊死,把城邦交给少年人管理,因为他们驱逐了他们中间那个最优秀的人。"也许在这之后,赫拉克利特与全爱菲索人决裂了,过起了离群索居的生活,成了一个隐士。

在爱菲索城郊有一座阿耳忒弥斯神庙,供奉月亮和狩猎女神。赫拉克利特在世时,神庙处在第二次重建之中,这项工程历时一百二十年,终于建成为早期伊奥尼亚式最壮丽的建筑,到那时为止全希腊最大的神殿,被后人列为世界七大奇观之一。赫拉克利特的隐居所就在这座神庙附近。可以想象,当时由于正在施工,它实际上是一片工地,孩子们便常来这里玩耍。我们的哲学家也和孩子们一起玩耍,玩得最多的是掷用羊踝骨做的骰子。在爱菲索人眼里,一个成年人不干正事,成天和孩子们一起扔动物骨头,不啻是疯子的行径。于是,全城的人都涌来瞧热闹,起哄,嘲笑。这时候,疯子向喧嚣的人群抛出了一句无比轻蔑的话:"无赖,有什么可大惊小怪的!这岂不比和你们一起搞政治更正当吗?"阿耳忒弥斯神庙建成后六十余年即毁于火灾,不复存在,而这一句警语却越过岁月的废墟,至今仍在我的耳边回响。

后来,赫拉克利特越发愤世嫉俗,竟至于不愿再看见人类,干脆躲进了深山,与禽兽为伍,以草根树皮为食,患了水肿病,在六十岁上死了。

二

哲学家往往和世俗保持相当的距离,站在这距离之外看俗界世相,或者超然而淡漠,或者豁达而宽容。古希腊哲人大多如此,他们生活在自己的世界里,懒得与俗人较真。苏格拉底虽然在最后时刻不向俗人屈服,从容就义,但平时的态度也十分随和,最多只是说几句聪明的挖苦话罢了。哲学家而愤世嫉俗,似乎有失哲人风度。在古希腊,常有城邦驱逐哲学家的事发生,然而,像赫拉克利特这样自我放逐于城邦的情形却绝无仅有。纵观西方哲学史,也能找出少数以愤世嫉俗著称的哲学家,例如叔本华和尼采,但都远没有弄到荒山穴居做野人的地步。在古今哲学家中,赫拉克利特实为愤世嫉俗之最。

赫拉克利特显然是一个有严重精神洁癖的人。他虽然鄙弃了贵族的地位和生活，骨子里却是一个贵族主义者。不过，他心目中的贵族完全是精神意义上的。在他看来，区分人的高贵和卑贱的唯一界限是精神，是精神上的优秀或平庸。他明确宣布，一个优秀的人抵得上一万人。他还明确宣布，多数人是坏的，只有极少数人是好的。他所说的优劣好坏仅指灵魂，与身份无关。"最美丽的猴子与人相比也是丑陋的。"我从这句话中听出的意思是：那些没有灵魂的家伙，不管在社会上多么风光，仍是一副丑相。

赫拉克利特生前有诸多绰号，其中之一是"辱骂群众的人"。他的确看不起芸芸众生，在保存下来的不多言论中，有好些是讥讽庸众的。他说："如果幸福在于肉体的快感，那么牛找到草料吃的时候便是幸福的"；"驴子宁要草料不要黄金"；"猪在污泥中取乐"。通常把这些话的含义归结为价值的相对性，未免肤浅。当他说着这些话的时候，他显然不只是在说牛、驴子和猪，而一定想到了那些除了物质享乐不知幸福为何物的人。庸众既不谙精神的幸福，亦没有真正的信仰。他们的所谓信仰，不过是世俗的欲望加上迷信，祭神时所祈求的全是非常实在的回报。即使真有神存在，也绝不会如俗人所想象，能够听见和满足他们的世俗欲望。看到人们站在神殿里向假想的神祈祷，赫拉克利特觉得他们就像在向房子说话一样愚蠢可笑。他是最早把宗教归于个人内心生活的思想家之一，宣称唯有"内心完全净化的人"才有真信仰，这样的人摈弃物质的祭祀，仅在独处中与神交流。

最使赫拉克利特愤恨的是庸众的没有头脑。"多数人对自己所遇到的事情不作思考，即使受到教训后也不明白，虽然自以为明白。"人们基本上是人云亦云，"相信街头卖唱的人"，受意见的支配，而意见不过是"儿戏"。更可悲的是，在普遍的无知之中，人们不以无知为耻，反以为荣。常常可以看见这样的人，他们脑中只有一些流行的观念和浅薄的常识，偏喜欢在大庭广众之中当作创见宣布出来。仿佛是针对他们，赫拉克利特说："掩盖自己的无知要比公开表露好些。"理由不言而喻：无知而谦卑表明还知耻，无知而狂妄则是彻头彻尾的无耻了。

在赫拉克利特看来，多数人的灵魂是蒙昧的。不过，公平地说，他倒并不认为先天就是如此。他明确地说："理性能力是灵魂所固有的"，"人人都有认识自己和健全思考的能力"。然而，人们不去发展灵魂中这种最宝贵的能力，运用它认识世界的真理，反而任其荒废，甘愿生活在内部和外部的黑暗之中。灵魂蒙昧的人如同行尸走肉，用一句谚语来说，便是"人虽在场却不在场"，在场的只是躯体，不在场的是灵魂。没有灵魂的引导，眼睛和耳朵就成了坏的见证，只会对真理视而不见、听而不闻了。"他们既不懂得怎样听，也不懂得怎样说"，"即使听见了，也不理解，就像聋子一样"。上帝不给你头脑倒也罢了，可恨的是给了你头脑而你偏不用，仍像没有头脑一样地活着。赫拉克利特实在是恨铁不成钢。铁本来是可以成为钢的，所以才恨铁不成钢，没有人会恨废料不成钢。可是，看来许多铁已与废料无异，不可能成为钢了。赫拉克利特经常用醒和睡作譬。举目四望，他是唯一的醒者，众人皆昏睡，唤也唤不醒。最后，他终于绝望了，抛弃了这些昏睡者，也抛弃了人类。

三

赫拉克利特不但蔑视群众，还蔑视在他之前和与他同时的所有哲学家。倘若他活到今天，我相信他还会蔑视在他之后的绝大多数哲学家。在他眼里，希腊自荷马以来几乎没有一个智慧的人。在说出"博学不能使人智慧"这句名言之后，他把赫西俄德、毕达哥拉斯、塞诺芬尼举做了例子。听了许多同时代人的讲演，他断定其中没有一个人知道何为智慧。那么，究竟什么是智慧呢？他说就是"认识那驾驭并贯穿一切的思想"，简要地说，就是"认识一切是一"。这听起来好像一点儿也不新鲜。寻找多中之一，原是哲学的题中应有之义，自泰勒斯以来，包括被他举作不智慧典型的毕达哥拉斯、塞诺芬尼在内，哲学家们都在做这件事。赫拉克利特的独特之处在哪里？

一切皆变，生命无常，这是人类生存所面临的一个基本事实。这个事实给人类生存的意义打上了问号，而人类之所以需要哲学，正是为了摆脱这个问号。绝大多数哲学家的办法是，在变易背后寻找一个不变的东西，名之为本原、本体、实体、本质等等，并据此把变易贬为现象。正是在这一点上，赫拉克利特显示了他的与众不同。他对变易极其敏感，任何静止的假象都骗不了他，他眼中的世界是一条永不停息的河流，人不能两次踏进去，甚至不能一次踏进去，因为在踏进的瞬间它已发生变化。他不但只看见变易，而且相信感官的证据，也只承认变易。即使从整体上把握，世界也仍是一个无始无终的变化过程。变是唯一的不变之事，在变的背后并不存在一个不变之物。所谓"一切是一"中的"一"，不是一个超越于变化的实体，而就是这个永恒的变化过程。当赫拉克利特用"永恒的活火"来称呼这个过程时，应该说是找到了一个确切的象征。火不是实体，而是燃烧和熄灭，作用和过程。"永恒的活火"就是永恒的变易，无始无终的创造和毁灭。总之，变易是世界的唯一真理，除了变易，别无所有。

　　可是，对于人类来说，这样一种世界观岂不太可怕了一些？如果变易就是一切，世界没有一个稳定的核心，一个我们可以寄予希望的彼岸，我们如何还有生活下去的信心？一个人持有这样的世界观，就不可避免地会厌世，看破了一切暂时之物的无价值。赫拉克利特也许就是这样。我听见他说出了一句冷酷的话："时间是一个玩骰子的儿童，儿童掌握着王权！"如此看来，当他在阿耳忒弥斯神庙旁和孩子们一起玩骰子时，他哪里是在游戏，简直是在从事一种"行为哲学"。我仿佛看见他以鄙夷的目光望着围观的爱菲索人，又越过围观者望着人类，冷笑道：人类呵，你们吃着，喝着，繁殖着，倾轧着，还搞什么政治，自以为是世界的主人。殊不知你们的命运都掌握在一个任性的孩子手里，这孩子就是时间，它像玩骰子一样玩弄着你们的命运，使你们忽输忽赢，乍悲乍喜，玩厌了一代人，又去玩新的一代，世世代代的人都要被他玩弄，被他抛弃……

　　然而，对于这同一句话，有一个哲学家听出了另一种全然不同的意思。跨越两千多年的时空，尼采在赫拉克利特身上找到了他的唯一的哲学知己。他相信，当赫拉克利特和顽童们游戏时，心中所想的是宇宙大顽童宙斯的游戏。作为永恒变易过程的宇宙，它就是一个大顽童，创造着也破坏着，创造和破坏都是它的游戏，它在万古岁月中以这游戏自娱。我们如果感受到了它的游戏的快乐，就不会为生存的短暂而悲哀了。一切暂时之物都是有价值的，按照尼采的说法，即是审美的价值，因为孩子在游戏时就是艺术家，游戏的快乐就是审美的快乐。

　　有道理吗？也许有一点儿。永恒的活火对于我们的生存既是判决，又是辩护。它判决我们的生存注定是暂时的，断绝了通往永恒的一切路径。同时，正因为它废除了彼岸，也就宣告无须等到天国或来世，就在此时此刻，我们的生存已经属于永恒，是宇宙永恒变易过程的一个片段。然而，即便如此，做永恒活火的一朵瞬间熄灭的火苗，这算什么安慰呢？事实上，我在赫拉克利特身上并没有发现所谓的审美快乐，毋宁说他是冷漠的。他超出人类无限远，面对人类仿佛只是面对着幻象，以至于尼采也把他比喻为"一颗没有大气层的星辰"。对于我来说，赫拉克利特的世界观是可信而不可爱的，因为我不可能成为玩骰子的宇宙大顽童本人，又不甘心只在它某一次掷骰子的手势中旋生旋灭。

四

"那个在德尔斐庙里发布谶语的大神既不挑明，也不遮掩，而只是用隐喻暗示。"赫拉克利特如是说。其实他自己与阿波罗神有着相同的爱好。

赫拉克利特著述不多，据说只有一部，不像后来的希腊哲学家，几乎个个是写作狂，作品清单一开百把十部。流传下来的则更少，皆格言式，被称为残篇，但我相信那就是他本来的写作形式。大约因为料定无人能读懂，他把作品藏在阿耳忒弥斯神庙里，秘不示人。身后不久，这些作品流散开来，使他获得了晦涩哲人的名号。苏格拉底读到过，承认自己只读懂了一部分，但意识到了这是一个宝藏，对欧里庇得斯说，若要领会其中妙处，就必须"像一个潜水探宝者那样深入到它的底部去"。亚里士多德也读到过，他的严格的修辞学头脑却接受不了这些神谕式的文字，抱怨读不懂甚至无法断句。

从保存下来的文字看，其实不可一概而论。其中，有一些十分通俗明白，例如："不要对重要的事情过早下判断。""获得好名誉的捷径是做好人。""在变化中得到休息；服侍同一个主人是疲劳的。"有一些言简意赅，耐人寻味，例如："我寻找过我自己。""性格就是命运。"还有一些就很费猜测了，例如："灵魂在地狱里嗅着。""凡是在地上爬行的东西，都被神的鞭子赶到牧场上去。"其间明晦的差别，显然是因为话题的不同，本来简单的就不要故弄玄虚，本来深奥的就无法直白。不过，无论哪一种情况，我们都看到，共同的特点是简练。第欧根尼·拉尔修辑录的赫氏言行是后世了解这位哲学家的最主要来源之一，他虽也谈及了人们对其文风的非议，但仍赞扬道："他的表达的简洁有力是无与伦比的。"这是公正的评价，在相当程度上至今仍然适用。我们至少可以把赫拉克利特看作西方哲学中格言体的始祖，而把奥勒留、帕斯卡尔、尼采等人看作他的优秀的继承者。

就哲学写作而言，我认为简练是一个基本要求。简练所追求的正是不晦涩，即用最准确因而也就是最少而精的语言表达已经想清楚的道理。无能做到简练，往往是因为思想本来不清晰，或者缺乏捕捉准确语言的能力，于是不得不说许多废话。更坏的是故弄玄虚，用最复杂的语言说最贫乏的内容，云山雾罩之下其实空无一物，转弯抹角之后终于扑了一空。然而，在不动脑子的读者眼里，简练很容易被看作晦涩。这也正是赫拉克利特的命运。简练之所以必要，理由之一恰恰是要让这样的读者看不懂，防止他们把作者的深思熟虑翻译成他们的日常俗见。一个珍爱自己思想的哲学家应该这样写作：一方面，努力让那些精致的耳朵听懂每一句话；另一方面，决不为了让那些粗糙的耳朵听懂——它们反正听不懂——而多说一句不必要的话。如此写出的作品，其风格必是简练的。

在涉及某些最深奥的真理时，晦涩也许是不可避免的。赫拉克利特说："自然喜欢躲藏起来。"这句话本身是隐喻，同时也阐释了隐喻的理由。我从中听出了两层含义：第一，自然是顽皮的，喜欢和寻找它的人捉迷藏；第二，自然是羞怯的，不喜欢暴露在光天化日之下。所以，在接近自然的奥秘时，一个好的哲人应当怀有两种心情，既像孩子一样天真好奇，又像恋人一样体贴小心。他知道真理是不易被捉到，更不可被说透的。真理躲藏在人类语言之外的地方，于是他只好说隐喻。

2005.2

梦并不虚幻

　　那是一个非常美丽的真实的故事——

　　在巴黎，有一个名叫夏米的老清洁工，他曾经替朋友抚育过一个小姑娘。为了给小姑娘解闷，他常常讲故事给她听，其中讲了一个金蔷薇的故事。他告诉她，金蔷薇能使人幸福。后来，这个名叫苏珊娜的小姑娘离开了他，并且长大了。有一天，他们偶然相遇。苏珊娜生活得并不幸福。她含泪说："要是有人送我一朵金蔷薇就好了。"从此以后，夏米就把每天在首饰坊里清扫到的灰尘搜集起来，从中筛选金粉，决心把它们打成一朵金蔷薇。金蔷薇打好了，可是，这时他听说，苏珊娜已经远走美国，不知去向。不久后，人们发现，夏米悄悄地死去了，在他的枕头下放着用皱巴巴的蓝色发带包扎的金蔷薇，散发出一股老鼠的气味。

　　送给苏珊娜一朵金蔷薇，这是夏米的一个梦想。使我们感到惋惜的是，他终于未能实现这个梦想。也许有人会说：早知如此，他就不必年复一年徒劳地筛选金粉了。可是，我倒觉得，即使夏米的梦想毫无结果，这寄托了他的善良和温情的梦想本身已经足够美好，给他单调的生活增添了一种意义，把他同那些没有任何梦想的普通清洁工区分开来了。

　　说到梦想，我发现和许多大人真是讲不通。他们总是这样提问题：梦想到底有什么用？在他们看来，一样东西，只要不能吃，不能穿，不能卖钱，就是没有用。他们比起一则童话故事里的小王子可差远了，这位小王子从一颗外星落在地球的一片沙漠上，感到渴了，寻找着一口水井。他一边寻找，一边觉得沙漠非常美丽，明白了一个道理："使沙漠显得美丽的，是它在什么地方藏着一口水井。"沙漠中的水井是看不见的，我们也许能找到，也许找不到。可是，正是对看不见的东西的梦想驱使我们去寻找，去追求，在看得见的事物里发现隐秘的意义，从而觉得我们周围的世界无比美丽。

　　其实，诗、童话、小说、音乐等都是人类的梦想。印度诗人泰戈尔说得好："如果我小时候没有听过童话故事，没有读过《一千零一夜》和《鲁滨逊漂流记》，远处的河岸和对岸辽阔的田野景色就不会如此使我感动，世界对我就不会这样富有魅力。"英国诗人雪莱肯定也听到过人们指责诗歌没有用，他反驳说：诗才"有用"呢，因为它"创造了另一种存在，使我们成为一个新世界的居民"。的确，一个有梦想的人和一个没有梦想的人，他们是生活在完全不同的世界里的。如果你和那种没有梦想的人一起旅行，你一定会觉得乏味透顶。一轮明月当空，他们最多说月亮像一张烧饼，压根儿不会有"把酒问青天，明月几时有"的豪情。面对苍茫大海，他们只看到一大摊水，决不会像安徒生那样想到海的女儿，或像普希金那样想到渔夫和金鱼的故事。唉，有时我不免想，与只知做梦的人比，从来不做梦的人是更像白痴的。

好梦何必成真

好梦成真——这是现在流行的一句祝词，人们以此互相慷慨地表达友善之意。每当听见这话，我就不禁思忖：好梦都能成真，都非要成真吗？

有两种不同的梦。

第一种梦，它的内容是实际的，譬如说，梦想升官发财，梦想娶一个倾国倾城的美人或嫁一个富甲天下的款哥，梦想得诺贝尔奖奖金，等等。对于这些梦，弗洛伊德的定义是适用的：梦是未实现的愿望的替代。未实现不等于不可能实现，世上的确有人升了官发了财，娶了美人或嫁了富翁，得了诺贝尔奖奖金。这种梦的价值取决于能否变成现实，如果不能，我们就说它是不切实际的梦想。

第二种梦，它的内容与实际无关，因而不能用能否变成现实来衡量它的价值。譬如说，陶渊明梦见桃花源，鲁迅梦见好的故事，但丁梦见天堂，或者作为普通人的我们梦见一片美丽的风景。这种梦不能实现也不需要实现，它的价值在其自身，做这样的梦本身就是享受，而记载了这类梦的《桃花源记》、《好的故事》、《神曲》本身便成了人类的精神财富。

所谓好梦成真往往是针对第一种梦发出的祝愿，我承认有其合理性。一则古代故事描绘了一个贫穷的樵夫，说他白天辛苦打柴，夜晚大做其富贵梦，奇异的是每晚的梦像连续剧一样向前推进，最后好像是当上了皇帝。这个樵夫因此过得十分快活，他的理由是：倘若把夜晚的梦当成现实，把白天的现实当成梦，他岂不就是天下最幸福的人。这种自欺的逻辑遭到了当时人的哄笑，我相信我们今天的人也多半会加入哄笑的行列。

可是，说到第二种梦，情形就很不同了。我想把这种梦的范围和含义扩大一些，举凡组成一个人的心灵生活的东西，包括生命的感悟，艺术的体验，哲学的沉思，宗教的信仰，都可归入其中。这样的梦永远不会变成看得见摸得着的直接现实，在此意义上不可能成真。但也不必在此意义上成真，因为它们有着与第一种梦完全不同的实现方式，不妨说，它们的存在本身就已经构成了一种内在的现实，这样的好梦本身就已经是一种真。对真的理解应该宽泛一些，你不能说只有外在的荣华富贵是真实的，内在的智慧教养是虚假的。一个内心生活丰富的人，与一个内心生活贫乏的人，他们是在实实在在的意义上过着截然不同的生活。

　　我把第一种梦称作物质的梦，把第二种梦称作精神的梦。不能说做第一种梦的人庸俗，但是，如果一个人只做物质的梦，从不做精神的梦，说他庸俗就不算冤枉。如果整个人类只梦见黄金而从不梦见天堂，则即使梦想成真，也只是生活在铺满金子的地狱里而已。

理想主义

1

据说，一个人如果在十四岁时不是理想主义者，他一定庸俗得可怕，如果在四十岁时仍是理想主义者，他又未免幼稚得可笑。

我们或许可以引申说，一个民族如果全体都陷入某种理想主义的狂热，当然太天真，如果在它的青年人中竟然也难觅理想主义者，又实在太堕落了。

由此我又相信，在理想主义普遍遭耻笑的时代，一个人仍然坚持做理想主义者，就必定不是因为幼稚，而是因为精神上的成熟和自觉。

2

有两种理想。一种是社会理想，旨在救世和社会改造。另一种是人生理想，旨在自救和个人完善。如果说前者还有一个是否切合社会实际的问题，那么，对于后者来说，这个问题根本不存在。人生理想仅仅关涉个人的灵魂，在任何社会条件下，一个人总是可以追求智慧和美德的。如果你不追求，那只是因为你不想，决不能以不切实际为由来替自己辩解。

3

理想有何用？

人有灵魂生活和肉身生活。灵魂生活也是人生最真实的组成部分。理想便是灵魂生活的寄托。

所以，就处世来说，如果世道重实利而轻理想，理想主义会显得不合时宜；就做人来说，只要一个人看重灵魂生活，理想主义对他便永远不会过时。

当然，对于没有灵魂的东西，理想毫无用处。

4

对于一切有灵魂生活的人来说，精神的独立价值和神圣价值是不言而喻的，是无法证明也不需证明的公理。

5

圣徒是激进的理想主义者，智者是温和的理想主义者。在没有上帝的世界上，一个寻求信仰而不可得的理想主义者会转而寻求智慧的救助，于是成为智者。

6

我们永远只能生活在现在，要伟大就现在伟大，要超脱就现在超脱，要快乐就现在快乐。总之，如果你心目中有了一种生活的理想，那么，你应该现在就来实现它。倘若你只是想象将来有一天能够伟大、超脱或快乐，而现在却总是委琐、钻营、苦恼，则我敢断定你永远不会有伟大、超脱、快乐的一天。作为一种生活态度，理想是现在进行时的，而不是将来时的。

7

"善"有两层意思。一是指个人的善，即个人道德上、人格上、精神上的提高和完善。另一是指社会的善，即社会的进步和公正。这两方面都牵涉到理想和价值标准的问题。"善"的个人是好人，"善"的社会是好社会，

133

可是好人和好社会应该是什么样子的呢？对于个人来说，理想的人性模式是怎样的，怎样度过一生才最有意义？对于社会来说，如何判断一个社会是否公正，社会进步的目标究竟是什么？这些问题并无现成的一成不变的答案，需要每个人和每一代人进行独立的探索。我们只能确定一点，就是无论个人还是社会都要有理想，并且为实现理想而努力。没有理想，个人便是堕落的个人，社会便是腐败的社会。

追 求

1

每个追求者都渴望成功，然而，还有比成功更宝贵的东西，这就是追求本身。我宁愿做一个未必成功的追求者，而不愿是一个不再追求的成功者。如果说成功是青春的一个梦，那么，追求即是青春本身，是一个人心灵年轻的最好证明。谁追求不止，谁就青春常在。一个人的青春是在他不再追求的那一天结束的。

2

在精神领域的追求中，不必说世俗的成功，社会和历史所承认的成功，即便是精神追求本身的成功，也不是主要的目标。在这里，目标即寓于过程之中，对精神价值的追求本身成了生存方式，这种追求愈执着，就愈是超越于所谓成败。一个默默无闻的贤哲也许更是贤哲，一个身败名裂的圣徒也许更是圣徒。如果一定要论成败，一个伟大的失败者岂不比一个渺小的成功者更有权被视为成功者？

3

能被失败阻止的追求是一种软弱的追求，它暴露了力量的有限。能被成功阻止的追求是一种浅薄的追求，它证明了目标的有限。

4

在艰难中创业，在万马齐暗时呐喊，在时代舞台上叱咤风云，这是一种追求。

在淡泊中坚持，在天下沸沸扬扬时沉默，在名利场外自甘于寂寞和清贫，这也是一种追求。

追求未必总是显示进取的姿态。

5

船舷上，一个年轻的僧人面朝大江，合目伫立。望着他披戴青灰色袈裟的朴素的身影，我想起刚才在船舱里目睹的一幕，不禁肃然起敬。

船舱里闷热异常，乘客们纷纷挤到自来水旁洗脸。他手拿毛巾，静静等候在一边。终于轮到他了，又有一名乘客夺步上前，把他挤开。他面无愠色，退到旁边，礼貌地以手示意："请，请。"

我知道，这也是一种追求。

6

那个在无尽的道路上追求着的人迷惘了。那个在无路的荒原上寻觅着的人失落了。怪谁呢？谁叫他追求，谁叫他寻觅！

无所追求和寻觅的人们，绝不会有迷惘感和失落感，他们活得明智而充实。

7

我不想知道你有什么，只想知道你在寻找什么，你就是你所寻找的东西。

8

有的人总是在寻找，凡到手的，都不是他要的。有的人从来不寻找，凡到手的，都是他要的。

各有各的活法。究竟哪种好，只有天知道。

9

一颗觉醒的灵魂，它的觉醒的鲜明征兆是对虚假的生活突然有了敏锐的觉察和强烈的排斥。这时候，它就会因为清醒而感到痛苦。

10

人天生就是一种浪漫的动物。对于人来说，一切享受若没有想象力的参与，就不会是真正的享受。人的想象力总是要在单纯的物质上添加一些别的价值，那添加的部分实际上就是精神价值。如果没有追求的激情在事前铺张，怀念的惆怅在事后演绎，直接的拥有必定是十分枯燥的。事实上，怀念和追求构成了我们的精神生活的基本内容。

11

一个人，一个民族，精神上发生危机，恰好表明这个人、这个民族有执拗的精神追求，有自我反省的勇气。可怕的不是危机，而是麻木。

12

一个精神贫乏、缺乏独特个性的人，当然不会遭受精神危机的折磨。可是，对于一个精神需求很高的人来说，危机，即供求关系的某种脱节，却是不可避免的。他太挑剔了，世上不乏友谊、爱和事业，但不是他要的那一种，他的精神仍然感到饥饿。这样的人，必须自己来为自己创造精神

137

的食物。

13

　　许多人的所谓成熟，不过是被习俗磨去了棱角，变得世故而实际了。那不是成熟，而是精神的早衰和个性的夭亡。真正的成熟，应当是独特个性的形成，真实自我的发现，精神上的结果和丰收。

人品和智慧

1

我相信苏格拉底的一句话："美德即智慧。"一个人如果经常想一些世界和人生的大问题，对于俗世的利益就一定会比较超脱，不太可能去做那些伤天害理的事情。说到底，道德败坏是一种蒙昧。当然，这与文化水平不是一回事，有些识字多的人也很蒙昧。

2

假、恶、丑从何而来？人为何会虚伪、凶恶、丑陋？我只找到一个答案：因为贪欲。人为何会有贪欲？佛教对此有一个很正确的解答：因为"无明"。通俗地说，就是没有智慧，对人生缺乏透彻的认识。所以，真正决定道德素养的是人生智慧，而非意识形态。把道德沦丧的原因归结为意识形态的失控，试图通过强化意识形态来整饬世风人心，这种做法至少是肤浅的。

3

意识形态和人生智慧是两回事，前者属于头脑，后者属于心灵。人与人之间能否默契，并不取决于意识形态的认同，而是取决于人生智慧的相通。

一个人的道德素质也是更多地取决于人生智慧而非意识形态。所以，在不同的意识形态集团中，都有君子和小人。

社会愈文明，意识形态愈淡化，人生智慧的作用就愈突出，人与人之间的关系也就愈真实自然。

4

人生与道德、做人与处世、精神追求与社会关切之间有着内在的联系。如果要在两者之间寻找一个结合点，伦理学无疑最具备此种资格。伦理学的内容应该拓宽，把人生哲学的基本原理也包括进去，不能只局限于道德学说。

5

在评价人时，才能与人品是最常用的两个标准。两者当然是可以分开的，但是在最深的层次上，它们是否相通的？譬如说，可不可以说，大才也是德，大德也是才，天才和圣徒是同一种神性的显现？又譬如说，无才之德是否必定伪善，因而亦即无德，无德之才是否必定浅薄，因而亦即非才？当然，这种说法已经蕴含了对才与德的重新解释，我倾向于把两者看作慧的不同表现形式。

6

人品和才分不可截然分开。人品不仅有好坏优劣之分，而且有高低宽窄之分，后者与才分有关。才分大致规定了一个人为善为恶的风格和容量。有德无才者，其善多为小善，谓之平庸。无德无才者，其恶多为小恶，谓之猥琐。有才有德者，其善多为大善，谓之高尚。有才无德者，其恶多为大恶，谓之邪恶。

7

人品不但有好坏之别，也有宽窄深浅之别。好坏是质，宽窄深浅未必只是量。古人称卑劣者为"小人"、"斗筲之徒"是很有道理的，多少恶行都是出于浅薄的天性和狭小的器量。

8

知识是工具，无所谓善恶。知识可以为善，也可以为恶。美德与知识的关系不大。美德的真正源泉是智慧，即一种开阔的人生觉悟。德行如果不是从智慧流出，而是单凭修养造就，便至少是盲目的，很可能是功利的和伪善的。

9

我听到一场辩论：挑选一个人才，人品和才智哪一个更重要？双方各执一端，而有一个论据是相同的。一方说，人品重要，因为才智是可以培养的，人品却难改变。另一方说，才智重要，因为人品是可以培养的，才智却难改变。

其实，人品和才智都是可以改变的，但要有大的改变都很难。

10

人是会由蠢而坏的。傻瓜被惹怒，跳得比聪明人更高。有智力缺陷者常常是一种犯罪人格。

11

我相信，在现代的市场竞争中，综合素质是更加重要的，其中也包括精神素质。市场上的大手笔往往出自精神视野宽阔的人，玩弄小伎俩的人虽能得逞于一时，但绝没有大出息。

不满足的人比满足的猪幸福

常有人问我：不去想那些人生的大问题，岂不可以活得快乐一些？

我想用英国哲学家约翰·穆勒的话来回答：不满足的人比满足的猪幸福，不满足的苏格拉底比满足的傻瓜幸福。

人和猪的区别就在于，人有灵魂，猪没有灵魂。苏格拉底和傻瓜的区别就在于，苏格拉底的灵魂醒着，傻瓜的灵魂昏睡着。灵魂生活开始于不满足。不满足什么？不满足于像动物那样活着。正是在这不满足之中，人展开了对意义的寻求，创造了丰富的精神世界。

中国古话说：知足常乐。这也对。智者的特点正在于，在物质生活上很容易知足，却又绝对不满足于仅仅过物质生活。相反，正如伊壁鸠鲁所说：凡不能满足于少量物资的人，再多的物质也不会使他们满足。

那么，何以见得不满足的人比满足的猪幸福呢？穆勒说，因为前者的快乐更丰富，但唯有兼知两者的人才能做出判断。也就是说，如果你是一头满足的猪，跟你说了也白说。我不是骂任何人，因为我相信，每个人身上都藏着一个不满足的苏格拉底。

爱国的平常心

——答《父母》杂志

1. 您认为，我们几千年文化中最值得传承的是什么？

儒家思想中，我最赞赏的是对个人道德修养和操守的重视，把自我完善看作人生最高目标。做一个好人，这本身就是价值，就是目的，至于别人是否知道，会不会表扬你，在社会上能否得到好报，都不重要。另外，儒家看重家庭和亲情，如果剔除了宗法等级观念，在现代生活中也能起好作用。道家思想中，我最赞赏的是对个人精神自由的重视，把自我实现看作人生最高目标。人活在世上，要超脱功利和习俗，活出自己的真性情。在现在这个急功近利的社会里，这尤其可贵。

2. 您认为孩子最应该知道的关于中国的概念是什么？

一个我们祖祖辈辈繁衍和生长的地方，一个生我养我的地方。无论走到哪里，我的身体里总是流着中国人的血。无论到什么时候，我的子子孙孙的身体里永远流着中国人的血。总之，是民族的概念，血缘的概念。这是最本质的东西，制度会变，意识形态会变，这个东西不会变。

3. 您认为孩子最需要知道的历史人物和事件有哪些？（5 个以内就好）

孔子（中国主流文化传统的奠基人），庄子（中国最智慧的哲学家），秦始皇（中国历史上影响最深远的政治家），玄奘（中国最认真的学者和信仰者），苏轼（中国最有才情、最可爱的文学家）。

143

4. 您会通过什么样的方式让自己的孩子了解中国？

阅读和旅行。根据年龄和理解力，推荐合适的古典作品，不让她背诵，而是和她讨论和交流。假期带她去旅游，多走一些地方，不必名山大川，国界之内哪里不是中国。

5. 在日益全球化的今天，强调爱国的意义是什么？

要有平常心，我认为不必刻意强调爱国。过去我们在大国心态和弱国心态的双重支配下，自大又自卑，排外又媚外，出尽了洋相，也吃够了苦头。今天仍有相当多的青年，一面高喊过激的爱国口号，一面费尽力气要出国定居，这应该怪不当的引导。做人要自爱自尊，作为民族也如此，而自大和自卑都是自尊的反面。两极相通，狭隘民族主义是很容易变成民族虚无主义的。正是在日益全球化的今天，我们更应该、也更有条件用全球的、人类的眼光来看中国，更好地辨别中国文化的精华和糟粕，认识中国的过去、现在和未来，从而建设一个更伟大的中国。在我看来，这才是真正的爱国。

"己所欲，勿施于人"

中外圣哲都教导我们："己所不欲，勿施于人。"这是要我们将心比心，不把自己视为恶、痛苦、灾祸的东西强加于人。己所不欲却施于人，损人利己，把自己的快乐建立在别人的痛苦之上，这种行径当然是对别人的严重侵犯。然而，这只是事情的一个方面。

另一方面，自己视为善、快乐、幸福的东西，难道就可以强加于人了吗？要是别人并不和你一样认为它们是善、快乐、幸福，这样做岂不也是对别人的一种严重侵犯？在实际生活中，更多的纷争的确起于强求别人接受自己的趣味、观点、立场等等。大至在信仰问题上，试图以自己所信奉的某种教义统一天下，甚至不惜为此发动战争。小至在思维方式上，在生活习惯上，在艺术欣赏上，在文学批评上，人们很容易以自己所是为是，斥别人所是为非。即使在一个家庭的内部，夫妇间改造对方趣味的斗争也是屡见不鲜的。

事情的这一个方面往往遭到了忽视。人们似乎认为，以己不欲施于人是明显的恶，出发点就是害人；以己所欲施于人的动机却是好的，是为了助人、救人、造福于人。殊不知在人类历史上，以救主自居的世界征服者们造成的苦难远远超过普通的歹徒。我们应该记住，己所欲未必是人所欲，同样不可施于人。如果说"己所不欲，勿施于人"是一个文明人的起码品德，它反对的是对他人的故意伤害，主张自己活也让别人活，那么，"己所欲，勿施于人"便是一个文明人的高级修养，它尊重的是他人的独立人格和精神自由，进而提倡自己按自己的方式活，也让别人按别人的方式活。

现代社会是一个价值多元的社会，在遵守法律的前提下，人们在精神信仰领域和私生活领域都享有了越来越多的自由。在我看来，这是一个合理化的进程，而那些以己所欲施于人者则是这个进程中的消极因素，倘若他们被越来越多的人们宣布为不受欢迎的人，我是丝毫不会感到意外的。

1997.11

苦难的精神价值

　　维克多·弗兰克是意义治疗法的创立者，他的理论已成为弗洛伊德、阿德勒之后维也纳精神治疗法的第三学派。第二次世界大战期间，他曾被关进奥斯维辛集中营，受尽非人的折磨，九死一生，但是侥幸地活了下来。在《活出意义来》这本小书中，他回顾了当时的经历。作为一名心理学家，他并非像一般受难者那样流于控诉纳粹的暴行，而是尤能细致地捕捉和分析自己的内心体验以及其他受难者的心理现象，许多章节读来饶有趣味，为研究受难心理学提供了极为生动的材料。不过，我在这里想着重谈的是这本书的另一个精彩之处，便是对苦难的哲学思考。

　　对意义的寻求是人的最基本的需要。当这种需要找不到明确的指向时，人就会感到精神空虚，弗兰克称之为"存在的空虚"。这种情形普遍地存在于当今西方的"富裕社会"。当这种需要有明确的指向却不可能实现时，人就会有受挫之感，弗兰克称之为"存在的挫折"。这种情形发生在人生的各种逆境或困境之中。

　　寻求生命意义有各种途径，通常认为，归结起来无非一是创造，以实现内在的精神能力和生命的价值；二是体验，借爱情、友谊、沉思、对大自然和艺术的欣赏等美好经历获得心灵的愉悦。那么，倘若一个人落入了某种不幸境遇，基本上失去了积极创造和正面体验的可能，他的生命是否还有一种意义呢？在这种情况下，人们一般是靠希望活着的，即相信或至少说服自己相信厄运终将过去，然后又能过一种有意义的生活。然而，第一，人生中会有一种可以称作绝境的境遇，所遭遇的苦难是致命的，或者是永久性的，人不复有未来，不复有希望。这正是弗兰克曾经陷入的境遇，因为对于奥斯维辛集中营的战俘来说，煤气室和焚尸炉几乎是不可逃脱的结局。我们还可以举出绝症患者，作为日常生活中的一个相关例子。如果苦难本身毫无价值，则一旦陷入此种境遇，我们就只好承认生活没有任何意义了。第二，不论苦难是否是暂时的，如果把眼前的苦难生活仅仅当作一种虚幻不实的生活，就会如弗兰克所说忽略了苦难本身所提供的机会。他以狱中亲历指出，这种态度是使大多数俘虏丧失生命力的重要原因，他们正因此而放弃了内在的精神自由和真实自我，意志消沉，一蹶不振，彻底成为苦难环境的牺牲品。

所以，在创造和体验之外，有必要为生命意义的寻求指出第三种途径，即肯定苦难本身在人生中的意义。一切宗教都很重视苦难的价值，但认为这种价值仅在于引人出世，通过受苦，人得以救赎原罪，进入天国（基督教），或看破红尘，遁入空门（佛教）。与它们不同，弗兰克的思路属于古希腊以来的人文主义传统，他是站在肯定人生的立场上来发现苦难的意义的。他指出，即使处在最恶劣的境遇中，人仍然拥有一种不可剥夺的精神自由，即可以选择承受苦难的方式。一个人不放弃他的这种"最后的内在自由"，以尊严的方式承受苦难，这种方式本身就是"一项实实在在的内在成就"，因为它所显示的不只一种个人品质，而且是整个人性的高贵和尊严，证明了这种尊严比任何苦难更有力，是世间任何力量不能将它剥夺的。正是由于这个原因，在人类历史上，伟大的受难者如同伟大的创造者一样受到世世代代的敬仰。也正是在这个意义上，陀思妥耶夫斯基说出了这句耐人寻味的话："我只担心一件事，就是怕我配不上我所受的苦难。"

我无意颂扬苦难。如果允许选择，我宁要平安的生活，得以自由自在地创造和享受。但是，我赞同弗兰克的见解，相信苦难的确是人生的必含内容，一旦遭遇，它也的确提供了一种机会。人性的某些特质，唯有借此机会才能得到考验和提高。一个人通过承受苦难而获得的精神价值是一笔特殊的财富，由于它来之不易，就决不会轻易丧失。而且我相信，当他带着这笔财富继续生活时，他的创造和体验都会有一种更加深刻的底蕴。

1996.10

做一个能够承受不幸的人

古希腊哲人彼亚斯说："一个不能承受不幸的人是真正不幸的。"彼翁说了相同意思的话："不能承受不幸本身就是一种巨大的不幸。"

为什么这样说呢？

首先是因为，不幸之为不幸，是因为它会对人造成伤害。一个能够承受不幸的人，实际上是减小了不幸对自己的杀伤力，尤其是不让它伤及自己的生命核心。相反，一个不能承受的人，同样的不幸就可能使他元气大伤，一蹶不振，甚至因此毁灭。因此，看似遭遇了同样的不幸，结果是完全不一样的。

其次，一个不能承受的人，即使暂时没有遭遇不幸，因为他的内在的脆弱，他身上就好像已经埋着不幸的种子一样。在现实生活中，大大小小的不幸总是难免的，因此，他被不幸击倒只是迟早的事情而已。

做一个能够承受不幸的人，这是人生观的重要内容。承受不幸不仅是一种能力，来自坚强的意志，更是一种觉悟，来自做人的尊严、与身外遭遇保持距离的智慧和超越尘世遭遇的信仰。

第五辑　人生贵在行胸臆

诗人的执着与超脱

一

除夕之夜，陪伴我的只有苏东坡的作品。

读苏东坡豪迈奔放的诗词文章，你简直想不到他有如此坎坷艰难的一生。

有一天饭后，苏东坡捧着肚子踱步，问道："我肚子里藏些什么？"

侍儿们分别说，满腹都是文章，都是识见。唯独他那个聪明美丽的侍妾朝云说：

"学士一肚子不合时宜。"

苏东坡捧腹大笑，连声称是。在苏东坡的私生活中，最幸运的事就是有这么一个既有魅力、又有理解力的女人。

以苏东坡之才，治国经邦都会有独特的建树，他任杭州太守期间的政绩就是明证。可是，他毕竟太富于诗人气质了，禁不住有感便发，不平则鸣，结果总是得罪人。他的诗名冠绝一时，流芳百世，但他的五尺之躯却见容不了当权派。无论政敌当道，还是同党秉政，他都照例不受欢迎。自从身不由己地被推上政治舞台以后，他两度遭到贬谪，从三十五岁开始颠沛流离，在一地居住从来不满三年。你仿佛可以看见，在那交通不便的时代，他携家带眷，风尘仆仆，跋涉在中国的荒野古道上，无休无止地向新的谪居地进发。最后，孤身一人流放到海南岛，他这个一天都离不了朋友的豪放诗人，却被迫像野人一样住在蛇蝎衍生的椰树林里，在语言不通的

153

蛮族中了却残生。

二

具有诗人气质的人，往往在智慧上和情感上都早熟，在政治上却一辈子也成熟不了。他始终保持一颗纯朴的童心。他用孩子般天真单纯的眼光来感受世界和人生，不受习惯和成见之囿，于是常常有新鲜的体验和独到的发现。他用孩子般天真单纯的眼光来衡量世俗的事务，却又不免显得不通世故，不合时宜。

苏东坡曾把写作喻作"行云流水"，"常行于所当行，常止于不可不止"，完全出于自然。这正是他的人格的写照。个性的这种不可遏止的自然的奔泻，在旁人看来，是一种执着。

真的，诗人的性格各异，可都是一些非常执着的人。他们的心灵好像固结在童稚时代那种色彩丰富的印象上了，但这种固结不是停滞和封闭，反而是发展和开放。在印象的更迭和跳跃这一点上，谁能比得上孩子呢？那么，终身保持孩子般速率的人，他所获得的新鲜印象不是就丰富得惊人了吗？具有诗人气质的人似乎在孩子时期一旦尝到了这种快乐，就终身不能放弃了。他一生所执着的就是对世界、对人生的独特的新鲜的感受——美感。对于他来说，这种美感是生命的基本需要。富比王公，没有这种美感，生活就索然乏味。贫如乞儿，不断有新鲜的美感，照样可以过得快乐充实。

美感在本质上的确是一种孩子的感觉。孩子的感觉，其特点一是纯朴而不雕琢，二是新鲜而不因袭。这两个特点不正是美感的基本素质吗？然而，除了孩子的感觉，我不知道还有什么别的感觉。雕琢是感觉的伪造，因袭是感觉的麻痹，所以，美感的丧失就是感觉机能的丧失。

可是，这个世界毕竟是成人统治的世界啊，他们心满意足，自以为是，像惩戒不听话的孩子一样惩戒童心不灭的诗人。不必说残酷的政治，就是世俗的爱情，也常常无情地挫伤诗人的美感。多少诗人以身殉他们的美感，就这样地毁灭了。一个执着于美感的人，必须有超脱之道，才能维持心理上的平衡。愈是执着，就必须愈是超脱。这就是诗与哲学的结合。凡是得以安享天年的诗人，哪一个不是兼有一种哲学式的人生态度呢？歌德，托尔斯泰，泰戈尔，苏东坡……他们在某种程度上都同时是哲学家。

三

美感作为感觉，是在对象化的过程中实现自己的。不能超脱的诗人，总是执着于某一些特殊的对象。他们的心灵固结在美感上，他们的美感又固结在这些特殊的对象上，一旦丧失这些对象，美感就失去寄托，心灵就遭受致命的打击。他们不能成为美感的主人，反而让美感受对象的役使。对于一个诗人来说，最大的祸害莫过于执着于某些特殊的对象了。这是审美上的异化。自由的心灵本来是美感的源泉，现在反而受自己的产物——对象化的美感即美的对象——的支配，从而丧失了自由，丧失了美感的原动力。

苏东坡深知这种执着于个别对象的审美方式的危害。在他看来，美感无往而不可对象化。"凡物皆有可观，苟有可观，皆有可乐，非必怪奇伟丽者也。"如果执着于一物，"游于物之内"，自其内而观之，物就显得又高又大。物挟其高大以临我，我怎么能不眩惑迷乱呢？他说，他之所以能无往而不乐，就是因为"游于物之外"。"游于物之外"，就是不要把对象化局限于具体的某物，更不要把对象化的要求变成对某物的占有欲。结果，反而为美感的对象化打开了无限广阔的天地。"惟江上之清风，与山间之明月，耳得之而为声，目遇之而成色，取之无禁，用之不竭，是造物者之无尽藏也"，你再执着于美感，又有何妨？只要你的美感不执着于一物，不异化为占有，就不愁得不到满足。

诗人的执着，在于始终保持一种审美的人生态度。诗人的超脱，在于没有狭隘的占有欲望。

所以，苏东坡能够"谈笑生死之际"，尽管感觉敏锐，依然胸襟旷达。

苏东坡在惠州谪居时，有一天，在山间行走，已经十分疲劳，而离家还很远。他突然悟到：人本是大自然之子，在大自然的怀抱里，何处不能歇息？于是"心若挂钩之鱼，忽得解脱"。

"人生到处知何似？应似飞鸿踏雪泥，泥上偶然留指爪，鸿飞那复计东西。"诗人的灵魂就像飞鸿，它不会眷恋自己留在泥上的指爪，它的唯一使命是飞，自由自在地飞翔在美的国度里。

我相信，哲学是诗的守护神。只有在哲学的广阔天空里，诗的精灵才能自由地、耐久地飞翔。

1983.12

人生贵在行胸臆

一

读《袁中郎全集》，感到清风徐徐扑面，精神阵阵爽快。

明末的这位大才子一度做吴县县令，上任伊始，致书朋友们道："吴中得若令也，五湖有长，洞庭有君，酒有主人，茶有知己，生公说法石有长老。"开卷读到这等潇洒不俗之言，我再舍不得放下了，相信这个人必定还会说出许多妙语。

我的期望没有落空。

请看这一段："天下有大败兴事三，而破国亡家不与焉。山水朋友不相凑，一败兴也。朋友忙，相聚不久，二败兴也。游非及时，或花落山枯，三败兴也。"

真是非常的飘逸。中郎一生最爱山水，最爱朋友，难怪他写得最好的是游记和书信。

不过，倘若你以为他只是个耽玩的倜傥书生，未免小看了他。《明史》记载，他在吴县任上"听断敏决，公庭鲜事"，遂整日"与士大夫谈说诗文，以风雅自命"。可见极其能干，游刃有余。但他是真风雅，天性耐不得官场俗务，终于辞职。后来几度起官，也都以谢病归告终。

在明末文坛上，中郎和他的两位兄弟是开一代新风的人物。他们的风格，用他评其弟小修诗的话说，便是"独抒性灵，不拘格套，非从自己胸臆流出，不肯下笔"。其实，这话不但说出了中郎的文学主张，也说出了他

157

的人生态度。他要依照自己的真性情生活，活出自己的本色来。他的潇洒绝非表面风流，而是他的内在性灵的自然流露。性者个性，灵者灵气，他实在是个极有个性极有灵气的人。

二

每个人一生中，都曾经有过一个依照真性情生活的年代，那便是童年。孩子是天真烂漫，不肯拘束自己的。他活着整个儿就是在享受生命，世俗的利害和规矩暂时还都不在他眼里。随着年龄增长，染世渐深，俗虑和束缚愈来愈多，原本纯真的孩子才被改造成了俗物。

那么，能否逃脱这个命运呢？很难，因为人的天性是脆弱的，环境的力量是巨大的。随着童年的消逝，倘若没有一种成年人的智慧及时来补救，几乎不可避免地会失掉童心。所谓大人先生者不失赤子之心，正说明智慧是童心的守护神。凡童心不灭的人，必定对人生有着相当的彻悟。

所谓彻悟，就是要把生死的道理想明白。名利场上那班人不但没有想明白，只怕连想也不肯想。袁中郎责问得好："天下皆知生死，然未有一人信生之必死者……趋名骛利，唯曰不足，头白面焦，如虑铜铁之不坚，信有死者，当如是耶？"名利的追求是无止境的，官做大了还想更大，钱赚多了还想更多。"未得则前涂为究竟，涂之前又有涂焉，可终究欤？已得则即景为寄寓，寓之中无非寓焉，故终身驰逐而已矣。"在这终身的驰逐中，不再有工夫做自己真正感兴趣的事，接着连属于自己的真兴趣也没有了，那颗以享受生命为最大快乐的童心就这样丢失得无影无踪了。

事情是明摆着的：一个人如果真正想明白了生之必死的道理，他就不会如此看重和孜孜追逐那些到头来一场空的虚名浮利了。他会觉得，把有限的生命耗费在这些事情上，牺牲了对生命本身的享受，实在是很愚蠢的。人生有许多出于自然的享受，例如爱情、友谊、欣赏大自然、艺术创造等等，其快乐远非虚名浮利可比，而享受它们也并不需要太多的物质条件。在明白了这些道理以后，他就会和世俗的竞争拉开距离，借此为保存他的真性情赢得了适当的空间。而一个人只要依照真性情生活，就自然会努力去享受生命本身的种种快乐。用中郎的话说，这叫作："退得一步，即为稳实，多少受用。"

当然，一个人彻悟了生死的道理，也可能会走向消极悲观。不过，如果他是一个热爱生命的人，这一前途即可避免。他反而会获得一种认识：生命的密度要比生命的长度更值得追求。从终极的眼光看，寿命是无稽的，无论长寿短寿，死后都归于虚无。不止如此，即使用活着时的眼光作比较，寿命也无甚意义。中郎说："试令一老人与少年并立，问彼少年，尔所少之寿何在，觅之不得。问彼老人，尔所多之寿何在，觅之亦不得。少者本无，多者亦归于无，其无正等。"无论活多活少，谁都活在此刻，此刻之前的时间已经永远消逝，没有人能把它们抓在手中。所以，与其贪图活得长久，不如争取活得痛快。中郎引惠开的话说："人生不得行胸臆，纵年百岁犹为夭。"就是这个意思。

三

我们或许可以把袁中郎称作享乐主义者，不过他所提倡的乐，乃是合乎生命之自然的乐趣，体现生命之质量和浓度的快乐。在他看来，为了这样的享乐，付出什么代价也是值得的，甚至这代价也成了一种快乐。

有两段话，极能显出他的个性的光彩。

在一处他说："世人所难得者唯趣"，尤其是得之自然的趣。他举出童子的无往而非趣，山林之人的自在度日，愚不肖的率心而行，作为这种趣的例子。然后写道："自以为绝望于世，故举世非笑之不顾也，此又一趣也。"凭真性情生活是趣，因此遭到全世界的反对又是趣，从这趣中更见出了怎样真的性情！

另一处谈到人生真乐有五，原文太精彩，不忍割爱，照抄如下：

> 目极世间之色，耳极世间之声，身极世间之鲜，口极世间之谭，一快活也。堂前列鼎，堂后度曲，宾客满席，男女交舄，烛气熏天，珠翠委地，皓魄入帐，花影流衣，二快活也。箧中藏万卷书，书皆珍异。宅畔置一馆，馆中约真正同心友十余人，人中立一识见极高，如司马迁、罗贯中、关汉卿者为主，分曹部署，各成一书，远文唐宋酸儒之陋，近完一代未竟之篇，三快活也。千金买一舟，舟中置鼓吹一部，妓妾数人，游闲数人，泛家浮宅，不知老之将至，四快活也。然

人生受用至此，不及十年，家资田产荡尽矣。然后一身狼狈，朝不谋夕，托钵歌妓之院，分餐孤老之盘，往来乡亲，恬不知耻，五快活也。

前四种快活，气象已属不凡，谁知他笔锋一转，说享尽人生快乐以后，一败涂地，沦为乞丐，又是一种快活！中郎文中多这类飞来之笔，出其不意，又顺理成章。世人常把善终视作幸福的标志，其实经不起推敲。若从人生终结看，善不善终都是死，都无幸福可言。若从人生过程看，一个人只要痛快淋漓地生活过，不管善不善终，都称得上幸福了。对于一个洋溢着生命热情的人来说，幸福就在于最大限度地穷尽人生的各种可能性，其中也包括困境和逆境。极而言之，乐极生悲不足悲，最可悲的是从来不曾乐过，一辈子稳稳当当，也平平淡淡，那才是白活了一场。

中郎自己是个充满生命热情的人，他做什么事都兴致勃勃，好像不要命似的。爱山水，便说落雁峰"可值百死"。爱朋友，便叹"以友为性命"。他知道"世上希有事，未有不以死得者"，值得要死要活一番。读书读到会心处，便"灯影下读复叫，叫复读，僮仆睡者皆惊起"，真是忘乎所以。他爱女人，坦陈有"青娥之癖"。他甚至发起懒来也上瘾，名之"懒癖"。

关于癖，他说过一句极中肯的话："余观世上语言无味面目可憎之人，皆无癖之人耳。若真有所癖，将沉湎酣溺，性命死生以之，何暇及钱奴宦贾之事。"有癖之人，哪怕有的是怪癖恶癖，终归还保留着一种自己的真兴趣真热情，比起那班名利俗物来更是一个活人。当然，所谓癖是真正着迷，全心全意，死活不顾。譬如巴尔扎克小说里的于洛男爵，爱女色爱到财产名誉地位性命都可以不要，到头来穷困潦倒，却依然心满意足，这才配称好色，那些只揩油不肯作半点牺牲的偷香窃玉之辈是不够格的。

四

一面彻悟人生的实质，一面满怀生命的热情，两者的结合形成了袁中郎的人生观。他自己把这种人生观与儒家的谐世、道家的玩世、佛家的出世并列为四，称作适世。若加比较，儒家是完全入世，佛家是完全出世，中郎的适世似与道家的玩世相接近，都在入世出世之间。区别在于，玩世是入世者的出世法，怀着生命的忧患意识逍遥世外，适世是出世者的入世法，怀着大化的超脱心境享受人生。用中郎自己的话说，他是想学"凡间仙，世中佛，无律度的孔子"。

明末知识分子学佛参禅成风，中郎是不以为然的。他"自知魔重"，"出则为湖魔，入则为诗魔，遇佳友则为谈魔"，舍不得人生如许乐趣，绝不肯出世。况且人只要生命犹存，真正出世是不可能的。佛祖和达摩舍太子位出家，中郎认为是没有参透生死之理的表现。他批评道："当时便在家何妨，何必掉头不顾，为此偏枯不可训之事？似亦不圆之甚矣。"人活世上，如空中鸟迹，去留两可，无须拘泥区区行藏的所在。若说出家是为了离生死，你总还带着这个血肉之躯，仍是跳不出生死之网。若说已经看破生死，那就不必出家，在网中即可作自由跳跃。死是每种人生哲学不可回避的根本问题。中郎认为，儒道释三家，至少就其门徒的行为看，对死都不甚了悟。儒生"以立言为不死，是故著书垂训"，道士"以留形为不死，是故锻金炼气"，释子"以寂灭为不死，是故耽心禅观"，他们都企求某种方式的不死。而事实上，"茫茫众生，谁不有死，堕地之时，死案已立。"不死是不可能的。

那么，依中郎之见，如何才算了悟生死呢？说来也简单，就是要正视生之必死的事实，放下不死的幻想。他比较赞赏孔子的话："朝闻道，夕死可矣。"一个人只要明白了人生的道理，好好地活过一场，也就死而无憾了。既然死是必然的，何时死，缘何死，便完全不必在意。他曾患呕血之病，担心必死，便给自己讲了这么一个故事：有人在家里藏一笔钱，怕贼偷走，整日提心吊胆，频频查看。有一天携带着远行，回来发现，钱已不知丢失在途中何处了。自己总担心死于呕血，而其实迟早要生个什么病死去，岂不和此人一样可笑？这么一想，就宽心了。

总之，依照自己的真性情痛快地活，又抱着宿命的态度坦然地死，这大约便是中郎的生死观。

未免太简单了一些！然而，还能怎么样呢？我自己不是一直试图对死进行深入思考，而结论也仅是除了平静接受，别无更好的法子？许多文人，对于人生问题作过无穷的探讨，研究过各种复杂的理论，在兜了偌大圈子以后，往往回到一些十分平易质朴的道理上。对于这些道理，许多文化不高的村民野夫早已了然于胸。不过，倘真能这样，也许就对了。罗近溪说：

161

"圣人者,常人而肯安心者也。"中郎赞"此语抉圣学之髓",实不为过誉。我们都是有生有死的常人,倘若我们肯安心做这样的常人,顺乎天性之自然,坦然于生死,我们也就算得上是圣人了。只怕这个境界并不容易达到呢。

1992.3

孔子的洒脱

我喜欢读闲书，即使是正经书，也不妨当闲书读。譬如说《论语》，林语堂把它当作孔子的闲谈读，读出了许多幽默，这种读法就很对我的胃口。近来我也闲翻这部圣人之言，发现孔子乃是一个相当洒脱的人。

在我的印象中，儒家文化一重事功，二重人伦，是一种很入世的文化。然而，作为儒家始祖的孔子，其实对于功利的态度颇为淡泊，对于伦理的态度又颇为灵活。这两个方面，可以用两句话来代表，便是"君子不器"和"君子不仁"。

孔子是一个读书人。一般读书人寒窗苦读，心中都悬着一个目标，就是有朝一日成器，即成为某方面的专门家，好在社会上混一个稳定的职业。说一个人不成器，就等于说他没出息，这是很忌讳的。孔子却坦然说，一个真正的人本来就是不成器的。也确实有人讥他博学而无所专长，他听了自嘲说，那么我就以赶马车为专长罢。

其实，孔子对于读书有他自己的看法。他主张读书要从兴趣出发，不赞成为求知而求知的纯学术态度（"知之者不如好之者，好之者不如乐之者"）。他还主张读书是为了完善自己，鄙夷那种沽名钓誉的庸俗文人（"古之学者为己，今之学者为人"）。他一再强调，一个人重要的是要有真才实学，而无须在乎外在的名声和遭遇，类似于"不患莫己知，求为可知也"这样的话，《论语》中至少重复了四次。

"君子不器"这句话不仅说出了孔子的治学观，也说出了他的人生观。有一回，孔子和他的四个学生聊天，让他们谈谈自己的志向。其中三人分别表示想做军事家、经济家和外交家。唯有曾点说，他的理想是暮春三月，

163

轻装出发，约了若干大小朋友，到河里游泳，在林下乘凉，一路唱歌回来。孔子听罢，喟然叹曰："我和曾点想的一样。"圣人的这一叹，活泼泼地叹出了他的未染的性灵，使得两千年后一位最重性灵的文论家大受感动，竟改名"圣叹"，以志纪念。人生在世，何必成个什么器，做个什么家呢，只要活得悠闲自在，岂非胜似一切？

学界大抵认为"仁"是孔子思想的核心，至于什么是"仁"，众说不一，但都不出伦理道德的范围。孔子重人伦是一个事实，不过他到底是一个聪明人，而一个人只要足够聪明，就绝不会看不透一切伦理规范的相对性质。所以，"君子而不仁者有矣夫"这句话竟出自孔子之口，他不把"仁"看作理想人格的必备条件，也就不足怪了。有人把"仁"归结为"忠恕"二字，其实孔子决不主张愚忠和滥恕。他总是区别对待"邦有道"和"邦无道"两种情况，"邦无道"之时，能逃就逃（"乘桴浮于海"），逃不了则少说话为好（"言孙"），会装傻更妙（"愚不可及"这个成语出自《论语》，其本义不是形容愚蠢透顶，而是孔子夸奖某人装傻装得高明极顶的话，相当于郑板桥说的"难得糊涂"）。他也不像基督那样，当你的左脸挨打时，要你把右脸也送上去。有人问他该不该"以德报怨"，他反问：那么用什么来报德呢？然后说，应该是用公正回报怨仇，用恩德回报恩德。

孔子实在是一个非常通情达理的人，他有常识，知分寸，丝毫没有偏执狂。"信"是他亲自规定的"仁"的内涵之一，然而他明明说："言必信，行必果"，乃是僵化小人的行径（"硁硁然小人哉"）。要害是那两个"必"字，毫无变通的余地，把这位老先生惹火了。他还反对遇事过分谨慎。我们常说"三思而后行"，这句话也出自《论语》，只是孔子并不赞成，他说再思就可以了。

也许孔子还有不洒脱的地方，我举的只是一面。有这一面毕竟是令人高兴的，它使我可以放心承认孔子是一位够格的哲学家了，因为哲学家就是有智慧的人，而有智慧的人怎么会一点不洒脱呢？

1991.8

庄周梦蝶的故事

　　睡着了会做梦，这是一种很平常的现象。正常人都能分清梦和真实，不会把它们混淆起来。如果有谁梦见自己变成了一只蝴蝶，醒来后继续把自己当作蝴蝶，张开双臂整天在花丛草间作飞舞状，大家一定会认为他疯了。然而，两千多年前有一个名叫庄周的中国哲学家，有一回他梦见自己变成了一只蝴蝶，醒来后提出了一个著名的问题：

　　"究竟是刚才庄周梦见自己变成了蝴蝶呢，还是现在蝴蝶梦见自己变成了庄周？"

　　好像没有人因为庄周提出这个问题而把他看成一个疯子，相反，大家都承认他是一个大哲学家。哲学家和疯子大约都不同于正常人，但他们是以不同的特点区别于正常人的。疯子不能弄懂某些最基本的常识，例如不能像正常人那样分清梦与真实，所以在日常生活中会遇到严重的障碍。哲学家完全明白常识的含义，但他们不像一般的正常人那样满足于此，而是要对人人都视为当然的常识追根究底，追问它们是否真有道理。

　　按照常识，不管我梦见了什么，梦只是梦，梦醒后我就回到了真实的生活中，这个真实的生活决不是梦。可是，哲学家偏要问：你怎么知道前者是梦，后者不是梦呢？你究竟凭什么来区别梦和真实？

　　可不要小看了这个问题，回答起来还真不容易呢。你也许会说，你凭感觉就能分清哪是梦，哪是真实。譬如说，梦中的感觉是模糊的，醒后的感觉是清晰的，梦里的事情往往变幻不定，缺乏逻辑，现实中的事情则比较稳定，条理清楚，人做梦迟早会醒，而醒了却不能再醒，如此等等。然而，哲学家会追问你，你的感觉真的那么可靠吗？你有时候会做那样的梦，

165

感觉相当清晰，梦境栩栩如生，以至于不知道是在做梦，还以为梦中的一切是真事。那么，你怎么知道你醒着时所经历的整个生活不会也是这样性质的一个梦，只不过时间长久得多而已呢？事实上，在大多数梦里，你的确是并不知道自己在做梦的，要到醒来时才发现原来是一个梦。那么，你之所以不知道你醒时的生活也是梦，是否仅仅因为你还没有从这个大梦中醒来呢？梦和醒之间真的有原则的区别吗？

这么看来，庄周提出的问题貌似荒唐，其实是一个非常重要的哲学问题。这个问题便是：我们凭感官感知到的这个现象世界究竟是否真的存在着？庄周对此显然是怀疑的。在他看来，既然我们在梦中会把不存在的东西感觉为存在的，这就证明我们的感觉很不可靠，那么，我们在醒时所感觉到的我们自己以及我们周围世界的存在也很可能是一个错觉，一种像梦一样的假象。

爱书家的乐趣

一

上大学时，一位爱书的同学有一天突然对我说："谁知道呢，也许我们一辈子别无成就，到头来只是染上了戒不掉的书癖。"我从这自嘲中听出一种凄凉，不禁心中黯然。诚然，天下之癖，无奇不有，嗜书不过是其中一癖罢了。任何癖好，由旁人观来，都不免有几分可笑，几分可悲，书癖也不例外。

有一幅题为《书痴》的版画，画面是一间藏书室，四壁书架直达天花板。一位白发老人站在高高梯凳顶上，胁下、两腿间都夹着书，左手持一本书在读，右手从架上又抽出一本。天花板有天窗，一缕阳光斜射在他的身上和书上。

如果我看见这幅画，就会把它揣摩成一幅善意的讽刺画。偌大世界，终老书斋的生活毕竟狭窄得可怜。

然而，这只是局外人的眼光，身在其中者会有全然不同的感想。叶灵凤先生年轻时见到这幅画，立刻"深刻地迷恋着这张画面上所表现的一切"，毫不踌躇地花费重金托人从辽远的纽约买来了一张原版。

读了叶先生的三集《读书随笔》，我能理解他何以如此喜欢这幅画。叶先生自己就是一个"书痴"，或用他的话说，是一位"爱书家"，购书、藏书、品书几乎成了他毕生的主要事业。他完完全全是此道中人，从不像我似的有时用局外人的眼光看待书痴。他津津乐道和书有关的一切，举凡版

167

本印次，书中隽语，作家逸事，文坛掌故，他都用简洁的笔触娓娓道来，如数家珍。借他的书话，我仿佛不仅参观了他的藏书室，而且游览了他的既单纯又丰富的精神世界，领略了一位爱书家的生活乐趣。于是我想，人生在世的方式有千百种而每个人只能选择一种，说到底谁的生活都是狭窄的。一个人何必文垂千秋，才盖天下，但若能品千秋之文，善解盖世之才，也就算不负此生了。尤当嗜权嗜物恶癖风行于世，孰知嗜书不是一种洁癖，做爱书家不是淡泊中的一种执着，退避中的一种追求呢？

二

叶先生自称"爱书家"，这可不是谦辞。在他眼里，世上合格的爱书家并不多。学问家务求"开卷有益"，版本家挑剔版本格式，所爱的不是书，而是收益或古董。他们都不是爱书家。

爱书家的读书，是一种超越了利害和技术的境界。就像和朋友促膝谈心，获得的是精神上的安慰。叶先生喜欢把书比作"友人"或"伴侣"。他说常置案头的"座佑书"是些最知己的朋友，又说翻开新书的心情就像在寂寞的人生旅途上为自己搜寻新的伴侣，而随手打开一本熟悉的书则像是不期而遇一位老友。他还借吉辛之口叹息那些无缘再读一遍的好书如同从前偶然邂逅的友人，倘若临终时记起它们，"这最后的诀别之中将含着怎样的惋惜"！可见爱书家是那种把书和人生亲密无间地结合起来的人，书在他那里有了生命，像活生生的人一样牵扯着他的情怀，陪伴着他的人生旅程。

凡是真正爱书的人，想必都领略过那种澄明的心境。夜深人静，独坐灯下，摊开一册喜欢的书，渐觉尘嚣远遁，杂念皆消，忘却了自己也获得了自己。然而，这种"心境澄澈的享受"不易得。对于因为工作关系每天离不开书的职业读书人来说，更是难乎其难。就连叶先生这样的爱书家也觉得自己常常"并非在读书，而是在翻书、查书、用书"，以致在某个新年给自己许下大愿："今年要少写多读。如果做不到，那么，就应该多读多写。万万不能只写不读。"

这是因为以读书为精神的安慰和享受，是需要一种寂寞的境遇的。由于寂寞，现实中缺少或远离友人，所以把书当友人，从书中找安慰。也由于寂寞，没有纷繁人事的搅扰，所以能沉醉在书中，获得澄明的享受。但寂寞本身就不易得，这不仅是因为社会的责任往往难于坚辞，而且是因为人性中固有不甘寂寞的一面。试看那些叫苦不迭的忙人，一旦真的门庭冷落，清闲下来，我担保十有八九会耐不住寂寞，缅怀起往日的热闹时光。大凡人只要有法子靠实际的交往和行动来排遣寂寞，他就不肯求诸书本。只有到了人生的逆境，被剥夺了靠交往和行动排遣寂寞的机会，或者到了人生的困境，怀着一种靠交往和行动排遣不了的寂寞，他才会用书来排遣这无可排遣的寂寞。如此看来，逆境和困境倒是有利于读书的。叶先生说："真正的爱书家和藏书家，他必定是一个在广阔的人生道上尝遍了哀乐，而后才走入这种狭隘的嗜好以求慰藉的人。"我相信这是叶先生的既沉痛又欣慰的自白。一个人终于成了爱书家，多半是无缘做别的更显赫的家的结果，但他却也品尝到了别的更显赫的家所无缘品尝的静谧的快乐。

三

爱书家不但嗜爱读书，而且必有购书和藏书的癖好。那种只借书不买书的人是称不上爱书家的。事实上，在书的乐趣中，购和藏占了相当一部分。爱书的朋友聚到一起，说起自己购得一本好书时的那份得意，听到别人藏有一本好书时的那股羡慕，就是明证。

叶先生对于购书的癖好有很准确的描述："有用的书，无用的书，要看的书，明知自己买了也不会看的书，无论什么书，凡是自己动了念要买的，迟早总要设法买回来才放心。"由旁人看来，这种锲而不舍的购书欲简直是偏执症，殊不料它成了书迷们的快乐的源泉。购书本身是一种快乐，而寻购一本书的种种艰难曲折似乎化为价值添加到了这本书上，强化了购得时的快乐。

书生多穷，买书时不得不费斟酌，然而穷书生自有他的"穷开心"。叶先生有篇文字专谈逛旧书店的种种乐趣，如今旧书业萧条已久，叶先生谈到的诸如"意外的发现"之类的乐趣差不多与我们无缘了。然而，当我们偶尔从旧书店或书市廉价买到从前想买而错过或嫌贵而却步的书时，我们岂不也感到过节一般的快乐，那份快乐简直不亚于富贾一举买下整座图书馆的快乐？自己想来不禁哑然失笑，因为即使在购买别的商品时占了大十倍的便宜，我们也绝不会这般快乐。

由于在购书过程中倾注了心血，交织着情感，因此，爱书的人即使在别的方面慷慨大度，对于书却总不免有几分吝啬。叶先生曾举一例：中国古代一位藏书家在所藏每卷书上都盖印曰"借书不孝"，以告诫子孙不可借书与人。这当然是一个极端的例子，但我们每个爱书的人想必都体会过借书与人时的复杂心情，尤其是自己喜欢的书，一旦借出，就朝夕盼归，万一有去无回，就像死了一位亲人一样，在心中为它筑了一座缅怀的墓。可叹世上许多人以借钱不还为耻，却从不以借书不还为耻，其实在借出者那里，后者给他造成的痛苦远超过前者，因为钱是身外之物，书却是他的生命的一部分。

爱书家的藏书，确是把书当作了他的生命的一部分。叶先生发挥日本爱书家斋藤昌三的见解，强调"书斋是一个有机体"，因为它是伴随主人的精神历程而新陈代谢，不断生长的。在书斋与主人之间，有一个共生并存的关系。正如叶先生所说："架上的书籍不特一本一本的跟收藏人息息相关，而且收藏人的生命流贯其中，连成一体。"这与某些"以藏书的丰富和古版的珍贵自满"的庸俗藏书家是大异其趣的。正因为此，一旦与主人断绝了关系，书斋便解体，对于别人它至多是一笔财产，而不再是一个有机体。那位训示子孙以"借书不孝"的藏书家昧于这层道理，所以一心要保全他的藏书，想借此来延续他死后的生命。事实上，无论古今，私人书斋是难于传之子孙的，因为子孙对它已不具有它的主人曾经具有的血肉相连的感情。这对于书斋主人来说，倒不是什么了不得的憾事，既然生命行将结束，那和他生死与共的书斋的使命应该说是圆满完成了。

四

叶先生的《读书随笔》不单论书的读、购、藏，更多的篇幅还是论他所读过的一本本具体的书，以及爱书及人，论他所感兴趣的一个个具体的作家。其中谈及作家的奇癖乖行，例如十九世纪英国作家的吸鸦片成风，纪德的同性恋及其在作品中的自我暴露，普鲁斯特的怕光、怕冷、怕声音乃至于要穿厚大衣点小灯坐在隔音室里写作，这些固可博人一粲。但是，谈及人和书的命运的那些篇什又足令人扼腕叹息。

作家中诚有生前即已功成名就、人与书俱荣的幸运儿，然更不乏穷困潦倒一生、只留下身后名的苦命人。诗人布莱克毕生靠雕版卖艺糊口，每当家里分文不名，他的妻子便在吃饭时放一只空餐盆在他面前，提醒他拿起刻刀挣钱。汤普生在一家鞋店做帮工，穷得买不起纸，诗稿都写在旧账簿和包装纸上。吉辛倒是生前就卖文为生，但入不敷出，常常挨饿，住处简陋到没有水管，每天只好潜入图书馆的盥洗室漱洗，终遭管理员发现而谢绝。只是待到这些苦命作家撒手人间，死后终被"发现"，生前连一碗粥、一片面包也换不到的手稿便突然价值千金，但得益的是不相干的后人。叶先生叹道："世上最值钱的东西是作家的原稿，但是同时也是最不值钱的。"人亡书在，书终获好运，不过这好运已经和人无关了。

作家之不能支配自己的书的命运，还有一种表现，就是有时自己寄予厚望的作品被人遗忘，不经意之作却得以传世。安徒生一生刻意经营剧本和长篇小说，视之为大树，而童话只是他在余暇摆弄的小花小草，谁知正是这些小花小草使他在文艺花园里获得了不朽地位。笛福青壮年时期热衷于从政经商，均无成就，到六十岁屈尊改行写小说，不料《鲁滨逊飘流记》一举成名，永垂史册。

真正的好作品，不管如何不受同时代人乃至作者自己的重视，它们在文化史上大抵终能占据应有的地位。里尔克说罗丹的作品像海和森林一样，有其自身的生命，而且随着岁月继续在生长中。这话也适用于为数不多的好书。绝大多数书只有短暂的寿命，死在它们的作者前头，和人一起被遗忘了。只有少数书活得比人长久，乃至活在世世代代的爱书家的书斋里，——也就是说，被组织进他们的有机体，充实了他们的人生。

爱书家的爱书纯属个人爱好，不像评论家的评书是一种社会责任，因而和评论家相比，爱书家对书的选择更不易受权势或时尚左右。历史上常常有这样的情形：一本好书在评论界遭冷落或贬斥，却被许多无名读者热爱和珍藏。这种无声的评论在悠长的岁月中发挥着作用，归根结底决定了书籍的生命。也许，这正是爱书家们在默默无闻中对于文化史的一种参与？

1989.9

读鲁迅的不同眼光

我第一次通读鲁迅的作品，是在"文化大革命"开始不久的 1967 年。那时候，我的好友郭世英因为被学校里的"造反派"当作"专政"的对象，受到孤立和经常的骚扰，精神上十分苦闷，便有一位朋友建议他做一件可以排遣苦闷的事——编辑鲁迅语录。郭世英欣然从命，并且拉我一起来做。在几个月的时间里，我们兴致勃勃地投入了这项工作，其步骤是各人先通读全集，抄录卡片，然后两人对初选内容展开讨论，进行取舍和分类。我们的态度都很认真，在前海西街的那个深院里，常常响起我们愉快而激烈的争吵声。我们使用的全集是他父亲的藏书，上面有郭沫若阅读时画的记号。有时候，郭世英会指着画了记号的某处笑着说："瞧，尽挑毛病。"他还常对我说起一些掌故，其中之一是，他听父亲说，鲁迅那首著名的《自题小像》的主题并非通常所解释的爱国，而是写鲁迅自己的一段爱情心史的。当然，在当时的政治环境里，这些话只能私下说说，传出去是会惹祸的。

鲁迅在中国大陆的命运十分奇特。由于毛泽东的推崇，他成了不容置疑的旗帜和圣人。在"文革"初期，民间盛行编辑语录，除了革命领袖之外，也只有鲁迅享有被编的资格了。当时社会上流传的鲁迅语录有好多种，一律突出"革命"主题，被用作批"走资派"和打派仗的武器。与它们相比，我和郭世英编的不但内容丰富得多，而且视角也是超脱的。可惜的是，最后它不仅没有出版，而且那厚厚的一摞稿子也不知去向了。

现在我重提往事，不只是出于怀旧，而是想说明一个事实：即使我们这些当时被看作不"革命"的学生，也是喜欢鲁迅的。在大学一年级时，我曾问郭世英最喜欢哪个中国现代作家，郭沫若的这个儿子毫不犹豫地回答："鲁迅。"可是，正是因为大学一年级时的思想表现，他被判做按照"内部矛盾"处理的"反动"学生，并因此在"文革"中被"造反派"整死，时在编辑鲁迅语录一年之后。郭世英最喜欢的外国作家是尼采和陀思妥耶夫斯基，而我们知道，鲁迅也是极喜欢这两人的。由于受到另一种熏陶，我们读鲁迅也就有了另一种眼光。在我们的心目中，鲁迅不只是一个嫉恶如仇的社会斗士，更是一个洞察人生之真实困境的精神先知。后来我对尼采有了更多的了解，也就更能体会鲁迅喜欢他的原因了。虚无及对虚无的反抗，孤独及孤独中的充实，正是这两位巨人的最深邃的相通之处。

近一、二十年来，对于鲁迅的解读渐见丰富起来，他的精神的更深层面越来越被注意到了。鲁迅不再是中国现代文学史上的"唯一者"，他从宝座上走下来，开始享受到作为一个真正的伟人应有的权利，那就是不断被重新解释。而这意味着，没有人具有做出唯一解释的特权。我当然相信，鲁迅若地下有知，他一定会满意这样的变化的，因为他将因此而获得更多的真知音，并摆脱掉至今尚未绝迹的那些借他的名字唬人的假勇士。

2001.8

智慧和信仰

——读史铁生《病隙碎笔》

　　三年前，在轮椅上坐了三十个年头的史铁生的生活中没有出现奇迹，反而又有新的灾难降临。由于双肾功能衰竭，从此以后，他必须靠血液透析维持生命了。当时，一个问题立刻使我——我相信还有其他许多喜欢他的读者——满心忧虑：他还能写作吗？在瘫痪之后，写作是他终于找到的活下去的理由和方式，如果不能了，他怎么办呀？现在，仿佛是作为一个回答，他的新作摆在了我的面前。

　　史铁生把他的新作题做《病隙碎笔》，我知道有多么确切。他每三天透析一回。透析那一天，除了耗在医院里的工夫外，坐在轮椅上的他往返医院还要经受常人想象不到的折腾，是不可能有余力的了。第二天是身体和精神状况最好（能好到哪里啊！）的时候，唯有那一天的某一时刻他才能动一会儿笔。到了第三天，血液里的毒素重趋饱和，体况恶化，写作又成奢望。大部分时间在受病折磨和与病搏斗，不折不扣是病隙碎笔，而且缝隙那样小得可怜！

　　然而，读这本书时，我在上面却没有发现一丝病的愁苦和阴影，看到的仍是一个沐浴在思想的光辉中的开朗的史铁生。这些断断续续记录下来的思绪也毫不给人以细碎之感，倒是有着内在的连贯性。这部新作证明，在自己的"写作之夜"，史铁生不是一个残疾人和重病患者，他的自由的心魂漫游在世界和人生的无疆之域，思考着生与死、苦难与信仰、残缺与爱情、神命与法律、写作与艺术等重大问题，他的思考既执着又开阔，既深刻又平易近人，他的"写作之夜"依然充实而完整。对此我只能这样来解释：在史铁生身上业已形成了一种坚固的东西，足以使他的精神历尽苦难

174

而依然健康，备受打击而不会崩溃。这是什么东西呢？是哲人的智慧，还是圣徒的信念，抑或两者都是？

常常听人说，史铁生之所以善于思考，是因为残疾，是因为他被困在轮椅上，除了思考便无事可做。假如他不是一个残疾人呢，人们信心十足地推断，他就肯定不会成为现在这个史铁生，——他们的意思是说，不会成为这么一个优秀的作家或者这么一个智慧的人。在我看来，没有比这更加肤浅的对史铁生的解读了。当然，如果不是残疾，他也许不会走上写作这条路，但也可能走上，这不是问题的关键。关键在于，他的那种无师自通的哲学智慧绝不是残疾解释得了的。一个明显的证据是，我们在别的残疾人身上很少发现这一显著特点。当然，在非残疾人身上也很少发现。这至少说明，这种智慧是和残疾不残疾无关的。

关于残疾，史铁生自己有一个清晰的认识："人所不能者，即是限制，即是残疾"，在此意义上，残疾是与生俱来的，对所有的人来说都是这样。看到人所必有的不能和限制，这是智慧的起点。两千多年前，苏格拉底就是因为知道人之必然的无知，而被阿波罗神赞为最智慧的人的。众所周知，苏格拉底就不是一个残疾人。我相信，史铁生不过碰巧是一个残疾人罢了，如果他不是，他也一定能够由生命中必有的别的困境而觉悟到人的根本限制。

人要能够看到限制，前提是和这限制拉开一个距离。坐井观天，就永远不会知道天之大和井之小。人的根本限制就在于不得不有一个肉身凡胎，它被欲望所支配，受有限的智力所指引和蒙蔽，为生存而受苦。可是，如果我们总是坐在肉身凡胎这口井里，我们也就不可能看明白它是一个根本限制。所以，智慧就好像某种分身术，要把一个精神性的自我从这个肉身的自我中分离出来，让它站在高处和远处，以便看清楚这个在尘世挣扎的自己所处的位置和可能的出路。

从一定意义上说，哲学家是一种分身有术的人，他的精神性自我已经能够十分自由地离开肉身，静观和俯视尘世的一切。在史铁生身上，我也看到了这种能力。他在作品中经常把史铁生其人当作一个旁人来观察和谈论，这不是偶然的。站在史铁生之外来看史铁生，这几乎成了他的第二本能。这另一个史铁生时而居高临下俯瞰自己的尘世命运，时而冷眼旁观自己的执迷和嘲笑自己的妄念，当然，时常也关切地走近那个困顿中的自己，

175

对他劝说和开导。有时候我不禁觉得，如同罗马已经不在罗马一样，史铁生也已经不在那个困在轮椅上的史铁生的躯体里了。也许正因为如此，肉身所遭遇的接二连三的灾难就伤害不了已经不在肉身中的这个史铁生了。

看到并且接受人所必有的限制，这是智慧的起点，但智慧并不止于此。如果只是忍受，没有拯救，或者只是超脱，没有超越，智慧就会沦为冷漠的犬儒主义。可是，一旦寻求拯救和超越，智慧又不会仅止于智慧，它必不可免地要走向信仰了。

其实，当一个人认识到人的限制、缺陷、不完美是绝对的，困境是永恒的，他已经是在用某种绝对的完美之境做参照系了。如果只是把自己和别人作比较，看到的就只能是限制的某种具体形态，譬如说肉体的残疾。俗话说，人比人，气死人，以自己的残缺比别人的肢体齐全，以自己的坎坷比别人的一帆风顺，所产生的只会是怨恨。反过来也一样，以别人的不能比自己的能够，以别人的不幸比自己的幸运，只会陷入浅薄的沾沾自喜。唯有在把人与神作比较时，才能看到人的限制之普遍，因而不论这种限制在自己或别人身上以何种形态出现，都不馁不骄，心平气和。对人的限制的这样一种宽容，换一个角度来看，便是面对神的谦卑。所以，真正的智慧中必蕴含着信仰的倾向。这也是哲学之所以必须是形而上学的道理之所在，一种哲学如果不是或明或暗地包含着绝对价值的预设，它作为哲学的资格就颇值得怀疑。

进一步说，真正的信仰也必是从智慧中孕育出来的。如果不是太看清了人的限制，佛陀就不会寻求解脱，基督就无须传播福音。任何一种信仰倘若不是以人的根本困境为出发点，它作为信仰的资格也是值得怀疑的。因此，譬如说，如果有一个人去庙里烧香磕头，祈求佛为他消弭某一个具体的灾难，赐予某一项具体的福乐，我们就有理由说他没有信仰，只有迷信。或者，用史铁生的话说，他是在向佛行贿。又譬如说，如果有一种教义宣称能够在人世间消灭一切困境，实现完美，我们也就可以有把握地断定它不是真信仰，在最好的情形下也只是乌托邦。还是史铁生说得好：人的限制是"神的给定"，人休想篡改这个给定，必须接受它。"就连耶稣，就连佛祖，也不能篡改它。不能篡改它，而是在它之中来行那宏博的爱愿。"一切乌托邦的错误就在于企图篡改神的给定，其结果不是使人摆脱了限制而成为神，而一定是以神的名义施强制于人，把人的权利也剥夺了。

《病隙碎笔》中有许多对于信仰的思考，皆发人深省。一句点睛的话是："所谓天堂即是人的仰望。"人的精神性自我有两种姿态。当它登高俯视尘世时，它看到限制的必然，产生达观的认识和超脱的心情，这是智慧。当它站在尘世仰望天空时，它因永恒的缺陷而向往完满，因肉身的限制而寻求超越，这便是信仰了。完满不可一日而达到，超越永无止境，彼岸永远存在，如此信仰才得以延续。所以，史铁生说："皈依并不在一个处所，皈依是在路上。"这条路没有一个终于能够到达的目的地，但并非没有目标，走在路上本身即是目标存在的证明，而且是唯一可能和唯一有效的证明。物质理想（譬如产品的极大丰富）和社会理想（譬如消灭阶级）的实现要用外在的可见的事实来证明，精神理想的实现方式只能是内在的心灵境界。所以，凡是坚持走在路上的人，行走的坚定就已经是信仰的成立。

最后，我要承认，我一边写着上面这些想法，一边却感到不安：我是不是站着说话不腰疼？一个无情的事实是，不管史铁生的那个精神性自我多么坚不可摧，他仍有一个血肉之躯，而这个血肉之躯正在被疾病毁坏。在生理的意义上，精神是会被肉体拖垮的，我怎么能假装不懂这个常识？上帝啊，我祈求你给肉身的史铁生多一点健康，这个祈求好像近似史铁生和我都反对的行贿，但你知道不是的，因为你一定知道他的"写作之夜"对于你也是多么宝贵。

2002.1

读《务虚笔记》的笔记

一　小说与务虚

《务虚笔记》是史铁生迄今为止创作的第一部长篇小说，发表已两年，评论界和读者的反应都不算热烈，远不及他以前的一些中短篇作品。一个较普遍的说法是，它不像小说。这部小说的确不太符合人们通常对小说的概念，我也可以举出若干证据来。例如，第一，书名本身就不像小说的标题。第二，小说中的人物皆无名无姓，没有外貌，仅用字母代表，并且在叙述中常常被故意混淆。第三，作者自己也常常出场，与小说中的人物对话，甚至与小说中的人物相混淆。

对于不像小说的责备，史铁生自己有一个回答："我不关心小说是什么，只关心小说可以怎样写。"

可以怎样写？这取决于为什么要写小说。史铁生是要通过写小说来追踪和最大限度地接近灵魂中发生的事。在他看来，凡是有助于实现这个目的的手法都是允许的，小说是一个最自由的领域，应该没有任何限制包括体裁的限制，不必在乎写出来的还是不是小说。

就小说是一种精神表达而言，我完全赞同这个见解。对于一个精神探索者来说，学科类别和文学体裁的划分都是极其次要的，他有权打破由逻辑和社会分工所规定的所有这些界限，为自己的精神探索寻找和创造最恰当的表达形式。也就是说，他只需写他真正想写的东西，写得让自己满意，至于别人把他写出的东西如何归类，或者竟无法归类，他都无须理会。凡

178

真正的写作者都是这样的精神探索者，他们与那些因为或者为了职业而搞哲学、搞文学、写诗、写小说等等的人的区别即在于此。

我接着似乎应该补充说：就小说作为一种文学体裁而言，在乎不在乎是一回事，是不是则是另一回事。自卡夫卡以来的现代小说虽然大多皆蒙不像小说之责备，却依然被承认是小说，则小说好像仍具有某种公认的规定性，正是根据此规定性，我们才得以把现代小说和古典小说都称作小说。

在我的印象里，不论小说的写法怎样千变万化，不可少了两个要素，一是叙事，二是虚构。一部作品倘若具备这两个要素，便可以被承认为小说，否则便不能。譬如说，完全不含叙事的通篇抒情或通篇说理不是小说，完全不含虚构的通篇纪实也不是小说。但这只是大略言之，如果认真追究起来，叙事与非叙事之间（例如在叙心中之事的场合）、虚构与非虚构之间（因为并无判定实与虚的绝对尺度）的界限也只具有相对的性质。

现代小说的革命并未把叙事和虚构推翻掉，却改变了它们的关系和方式。大体而论，在传统小说中，"事"处于中心地位，写小说就是编（即"虚构"）故事，小说家的本领就体现在编出精彩的故事。所谓精彩，无非是离奇、引人入胜、令人心碎或感动之类的戏剧性效果，虚构便以追求此种效果为最高目的。至于"叙"不过是修辞和布局的技巧罢了，叙事艺术相当于诱骗艺术，巧妙的叙即成功的骗，能把虚构的故事讲述得栩栩如生，使读者信以为真。在此意义上，可以把传统小说定义为逼真地叙虚构之事。在现代小说中，处于中心地位的不是"事"，而是"叙"。好的小说家仍然可以是编故事的高手，但也可以不是，比编故事的本领重要得多的是一种独特的叙事方式，它展示了认识存在的一种新的眼光。在此眼光下，实有之事与虚构之事之间的界限不复存在，实有之事也成了虚构，只是存在显现的一种可能性，从而意味着无限多的别种可能性。因此，在现代小说中，虚构主要不是编精彩的故事，而是对实有之事的解构，由此而进窥其后隐藏着的广阔的可能性领域和存在之秘密。在此意义上，可以把现代小说定义为对实有之事的虚构式叙述。

我们究竟依据什么来区分事物的实有和非实有呢？每日每时，在世界上活动着各种各样的人，发生着各种各样的事，不妨说这些人和事都是实有的，其存在是不依我们的意识而转移的。然而，我们不是以外在于世界的方式活在世界上的，每个人从生到死都活在世界之中，并且不是以置身于一个容器中的方式，而是融为一体，即我在世界之中，世界也在我之中。所谓融为一体并无固定的模式，总是因人而异的。对我而言，唯有那些进入了我的心灵的人和事才构成了我的世界，而在进入的同时也就被我的心灵所改变。这样一个世界仅仅属于我，而不属于任何别的人。它是否实有呢？如果答案是否定的，则我们就必须进而否定任何实有的世界之存在，因为现象纷呈是世界存在的唯一方式，在它向每个人所显现的样态之背后，并不存在着一个自在的世界。

不存在自在之物——西方哲学跋涉了两千多年才得出的这个认识，史铁生凭借自己的悟性就得到了。他说：古园中的落叶，有的被路灯照亮，有的隐入黑暗，往事或故人就像那落叶一样，在我的心灵里被我的回忆或想象照亮，而闪现为印象。"这是我所能得到的唯一的真实"。"真实并不在我的心灵之外，在我的心灵之外并没有一种叫作真实的东西原原本本地待在那儿。"我们也许可以说，这真实本身已是一种虚构。那么，我们也就必须承认，世界唯有在虚构中才能向我们真实地显现。

相信世界有一个独立于一切意识的本来面目，这一信念蕴含着一个假设，便是如果我们有可能站到世界之外或之上，也就是站在上帝的位置上，我们就可以看见这个本来面目了。上帝眼里的世界是什么样的呢？这也正是史铁生喜欢做的猜想，而他的结论也和西方现代哲学相接近，便是：即使在上帝眼里，世界也没有一个本来面目。作为造物主，上帝看世界必定不像我们看一幅别人的画，上帝是在看自己的作品，他一定会想起自己有过的许多腹稿，知道这幅画原有无数种可能的画法，而只是实现了其中的一种罢了。如果我们把既有的世界看作这实现了的一种画法，那么，我们用海德格尔的"存在"概念所喻指的就是那无数种可能的画法，上帝的无穷创造力，亦即世界的无数种可能性。作为无数种可能性中的一种，既有的世界并不比其余一切可能性更加实有，或者说更不具有虚构的性质。唯有存在是源，它幻化为世界，无论幻化成什么样子都是一种虚构。

第一，存在在上帝（＝造化）的虚构中显现为世界。第二，世界在无数心灵的虚构中显现为无数个现象世界。准此，可不可以说，虚构是世界之存在的本体论方式？

据我所见，史铁生可能是中国当代最具有自发的哲学气质的小说家。身处人生的困境，他一直在发问，问生命的意义，问上帝的意图。对终极的发问构成了他与世界的根本关系，也构成了他的写作的发源和方向。他从来是一个务虚者，小说也只是他务虚的一种方式而已。因此，毫不奇怪，在自己的写作之夜，他不可能只是一个编写故事的人，而必定更是一个思考和研究着某些基本问题的人。熟悉哲学史的读者一定会发现，这些问题皆属于虚的、形而上的层面，是地道的哲学问题。不过，熟悉史铁生作品的读者同时也一定知道，这些问题又完完全全是属于史铁生本人的，是在他的生命史中生长出来而非从哲学史中摘取过来的，对于他来说有着性命攸关的重要性。

取"务虚笔记"这个书名有什么用意吗？史铁生如是说："写小说的都不务实啊。"写小说即务虚，这在他看来是当然之理。虽然在事实上，世上多的是务实的小说，这不仅是指那些专为市场制作的文学消费品，也包括一切单为引人入胜而编写的故事。不过，我们至少可以说，这类小说不属于精神性作品。用小说务虚还是务实，这是不可强求的。史铁生曾把文学描述为"大脑对心灵的巡查、搜捕和捉拿归案"，心灵中的事件已经发生，那些困惑、发问、感悟业已存在，问题在于去发现和表达它们。那些从来不发生此类事件的小说家当然就不可能关注心灵，他们的大脑就必然会热衷热战于去搜集外界的奇事逸闻。

应该承认，具体到这部小说，"务虚笔记"的书名也是很切题的。这部小说贯穿着一种研究的风格，所研究的中心问题是人的命运问题，因此不妨把它看作对人的命运问题的哲学研究。当然，作为小说家，史铁生务虚的方式不同于思辨哲学家，他不是用概念，而是通过人物和情节的设计来进行他的哲学研究的。不过，对于史铁生来说，人物和情节不是目的，而只是研究人的命运问题的手段，这又是他区别于一般小说家的地方。在阅读这部小说时，我常常仿佛看见在写作之夜里，史铁生俯身在一张大棋盘上，手下摆弄着用不同字母标记的棋子，聚精会神地研究着它们的各种可能的走法及其结果。这张大棋盘就是他眼中的生活世界，而这些棋子则是活动于其中的人物，他们之所以皆无名无姓是因为，他们只是各种可能的命运的化身，是作者命运之思的符号，这些命运可能落在任何一个人身上。

看世界的两个相反角度是史铁生反复探讨的问题，他还把这一思考贯穿于对小说构思过程的考察。作为一个小说家，他在写作之夜所拥有的全部资源是自己的印象，其中包括活在心中的外在遭遇，也包括内在的情绪、想象、希望、思考、梦等等，这一切构成了一个仅仅属于他的主观世界。他所面对的则是一个假设的客观世界，一张未知的有待研究的命运地图。创作的过程便是从印象中脱胎出种种人物，并把他们放到这张客观的命运地图上，研究他们之间各种可能的相互关系。从主观的角度看，人物仅仅来自印象，是作者的一个经历、一种心绪的化身。从客观的角度看，人物又是某种可能的命运的化身，是这种命运造成的一种情绪，或者说是一种情绪对这种命运的一个反应。一方面是种种印象，另一方面是种种可能的命运，两者之间排列组合，由此演化出了人物和情节的多种多样的可能性。

于是，我们看到了这部小说的一个显著特点，便是结构的自由和开放。在结构上，小说包含三个层次，一是故事本身，二是对人的命运的哲学性思考，三是对小说艺术的文论性思考。这三个层次彼此交织在一起。作者自由地出入于小说与现实、叙事与思想之间。他讲着故事，忽然会停下来，叙述自己的一种相关经历，或者探讨故事另一种发展的可能。他一边构思故事，一边在思考故事的这个构思过程，并且把自己的思考告诉我们。作为读者，我们感觉自己不太像在听故事，更像是在参与故事的构思，借此而和作者一起探究人的命运问题。

二　命运与猜谜游戏

在史铁生的创作中，命运问题是一贯的主题。这也许和他的经历有关。许多年前，脊髓上那个没来由的小小肿物使他年纪轻轻就成了终身残疾，决定了他一生一世的命运。从那时开始，他就一直在向命运发问。命运之成为问题，往往始于突降的苦难。当此之时，人首先感到的是不公平。世上生灵无数，为何这厄运偏偏落在我的头上？别人依然健康，为何我却要残疾？别人依然快乐，为何我却要受苦？在震惊和悲愤之中，问题直逼那主宰一切人之命运的上帝，苦难者誓向上帝讨个说法。

然而，上帝之为上帝，就在于他是不需要提出理由的，他为所欲为，用不着给你一个说法。面对上帝的沉默，苦难者也沉默下来了。弱小的个人对于强大的命运，在它到来之前不可预卜，在它到来之时不可抗拒，在它到来之后不可摆脱，那么，除了忍受，还能怎样呢？

但史铁生对于命运的态度并不如此消极，他承认自己有宿命的色彩，可是这宿命不是"认命"，而是"知命"，"知命运的力量之强大，而与之对话，领悟它的深意"。抗命不可能，认命又不甘心，"知命"便是在这两难的困境中生出的一种智慧。所谓"知命"，就是跳出一己命运之狭小范围，不再孜孜于为自己的不幸遭遇讨个说法，而是把人间整幅变幻的命运之图当作自己的认知对象，以猜测上帝所设的命运之谜为乐事。做一个猜谜者，这是史铁生以及一切智者历尽苦难而终于找到的自救之途。作为猜谜者，个人不再仅仅是苦难的承受者，他同时也成了一个快乐的游戏者，而上帝也由我们命运的神秘主宰变成了我们在这场游戏中的对手和伙伴。

曾有一位评论家对史铁生的作品做了一番弗洛伊德式的精神分析，断言由瘫痪引起的性自卑是他的全部创作的真正秘密之所在。对于这一番分析，史铁生相当豁达地写了一段话："只是这些搞心理分析的人太可怕了！我担心这样发展下去人还有什么谜可猜呢？而无谜可猜的世界才真正是一个可怕的世界呢！好在上帝比我们智商高，他将永远提供给我们新谜语，我们一起来作这游戏，世界就恰当了。开开玩笑，否则我说什么呢？老窝已给人家掏了去。"读这段话时，我不由得对史铁生充满敬意，知道他已经上升到了足够的高度，作为一个以上帝为对手和伙伴的大猜谜者，他无须再去计较那些涉及他本人的小谜底的对错。

史铁生之走向猜谜，残疾是最初的激因。但是，他没有停留于此。人生困境之形成，身体的残疾既非充分条件，亦非必要条件。凭他的敏于感受和精于思索，即使没有残疾，他也必能发现人生固有的困境，从而成为一个猜谜者。正如他所说，诗人面对的是上帝布下的迷阵，之所以要猜斯芬克司之谜是为了在天定的困境中得救。这使人想起尼采的话："倘若人不也是诗人，猜谜者，偶然的拯救者，我如何能忍受做人！"猜谜何以就能得救，就能忍受做人了呢？因为它使一个人获得了一种看世界的新的眼光和角度，以一种自由的心态去面对人生的困境，把困境变成了游戏的场所。通过猜谜游戏，猜谜者与自己的命运、也与一切命运拉开了一个距离，借此与命运达成了和解。那时候，他不再是一个为自己的不幸而哀叹的伤感

183

角色，也不再是一个站在人生的困境中抗议和号叫的悲剧英雄，他已从生命的悲剧走进了宇宙的喜剧之中。这就好比大病之后的复原，在经历了绝望的挣扎之后，他大难不死，竟然获得了前所未有的精神上的健康。在史铁生的作品中，我们便能鲜明地感觉到这种精神上的健康，而绝少上述那位评论家所渲染的阴郁心理。那位评论家是从史铁生的身体的残疾推导出他必然会有阴郁心理的，我愿把这看作心理学和逻辑皆不具备哲学资格的一个具体证据。

　　命运的一个最不可思议的特点就是，一方面，它好像是纯粹的偶然性，另一方面，这纯粹的偶然性却成了个人不可违抗的必然性。一个极偶然极微小的差异或变化，很可能会导致天壤之别的不同命运。命运意味着一个人在尘世的全部祸福，对于个人至关重要，却被上帝极其漫不经心、不负责任地决定了。由个人的眼光看，这不能不说是荒谬的。为了驱除荒谬感，我们很容易走入一种思路，便是竭力给自己分配到的这一份命运寻找一个原因，一种解释，例如，倘若遭到了不幸，我们便把这不幸解释成上帝对我们的惩罚（"因果报应"之类）或考验（"天降大任"之类）。在这种宿命论的亦即道德化的解释中，上帝被看作一位公正的法官或英明的首领，他的分配永远是公平合理的或深谋远虑的。通过这样的解释，我们否认了命运的偶然性，从而使它变得似乎合理而易于接受了。这一思路基本上是停留在为一己的命运讨个说法上，并且自以为讨到了，于是感到安心。

　　命运之解释还可以有另一种思路，便是承认命运的偶然性，而不妨揣摩一下上帝在分配人的命运时何以如此漫不经心的缘由。史铁生的《小说三篇》之三《脚本构思》堪称此种揣摩的一个杰作。人生境遇的荒谬原来是根源于上帝自身境遇的荒谬，关于这荒谬的境遇，史铁生提供了一种极其巧妙的说法：上帝是无所不能的，独独不能做梦，因为唯有在愿望不能达到时才有梦可做，而不能做梦却又说明上帝不是无所不能。为了摆脱这个困境，上帝便令万物入梦，借此而自己也参与了一个如梦的游戏。上帝因全能而无梦，因无梦而苦闷，因苦闷而被逼成了一个艺术家，偶然性便是他的自娱的游戏，是他玩牌之前的洗牌，是他的即兴的演奏，是他为自己编导的永恒的戏剧。这基本上是对世界的一种审美的解释，通过这样的解释，我们在宇宙大戏剧的总体背景上接受了一切偶然性，而不必孜孜于为每一个具体的偶然性寻找一个牵强的解释了。当一个人用这样的审美眼光去看命运变幻之谜时，他自己也必然成了一个艺术家。这时他不会再特别在乎自己分配到了一份什么命运，而是对上帝分配命运的过程格外好奇。他并不去深究上帝给某一角色分配某种命运有何道德的用意，因为他知道上帝不是道德家，上帝如此分配纯属心血来潮。于是令他感兴趣的便是去捕捉上帝在分配命运时的种种动作，尤其是导致此种分配的那些极随意也极关键的动作，并且分析倘若这些动作发生了改变，命运的分配会出现怎样不同的情形，如此等等。他想要把上帝发出的这副牌以及被上帝洗掉的那些牌一一复原，把上帝的游戏当作自己的研究对象，在这研究中获得了一种超越于个人命运的游戏者心态。

当我们试图追溯任一事件的原因时，我们都将发现，因果关系是不可穷尽的，由一个结果可以追溯到许多原因，而这些原因又是更多的原因的结果，如此以至于无穷。因此，因果关系的描述必然只能是一种简化，在这简化之中，大量的细节被忽略和遗忘了。一般人安于这样的简化，小说家却不然，小说的使命恰恰是要抗拒对生活的简化，尽可能复原那些被忽略和遗忘的细节。在被遗忘的细节中，也许会有那样一种细节，其偶然的程度远远超过别的细节，仿佛与那个最后的结果全然无关，实际上却正是它悄悄地改变了整个因果关系，对于结果的造成起了至关重要的作用。在以前的作品中，史铁生对于这类细节表现出了浓厚的兴趣，醉心于种种巧妙的设计。例如，在《宿命》中，主人公遭遇了一场令其致残的车祸，车祸的原因竟然被追溯到一只狗放了个响屁。通过这样的设计，作者让我们看到了结果之重大与原因之微小之间的不相称，从而在一种戏谑的心情中缓解了沉重的命运之感。

在《务虚笔记》中，史铁生对命运之偶然性的研究有了更加自觉的性质。命运之对于个人，不只是一些事件或一种遭遇，而且也是他在人间戏剧中被分配的角色，他的人生的基本面貌。因此，在一定的意义上可以说，命运即人。基于这样的认识，史铁生便格外注意去发现和探究生活中的那样一些偶然性，它们看似微不足道，却在不知不觉中开启了不同的人生之路，造就了不同的人间角色。在这部小说中，作者把这样的偶然性名之为人物的"生日"。不同的"生日"意味着人物从不同的角度进入世界，角度

185

的微小差异往往导致人生方向的截然不同。这就好像两扇紧挨着的门，你推开哪一扇也许纯属偶然，至少不是出于你自觉的选择，但从两扇门会走进两个完全不同的世界中去。

小说以一个回忆开头：与两个孩子相遇在一座古园里。所有的人都曾经是这样的一个男孩或一个女孩，人世间形形色色的人物和迥然相异的命运都是从这个相似的起点分化出来的。那么，分化的初始点在哪里？这是作者的兴趣之所在。他的方法大致是，以自己的若干童年印象为基础，来求解那些可能构成为初始点的微小差异。

例如，小巷深处有一座美丽幽静的房子，家住灰暗老屋的九岁男孩（童年的"我"）对这座房子无比憧憬，在幻想或者记忆中曾经到这房里去找一个同龄的女孩，这是作者至深的童年印象，也是书中反复出现的一个意象。如果这个男孩在离去时因为弯身去捡从衣袋掉落的一件玩具，在同样的经历中稍稍慢了一步，听见了女孩母亲的话（"她怎么把外面的野孩子带了进来"），他的梦想因此而被碰到了另一个方向上，那么，他日后就是画家 Z，一个迷恋幻象世界而对现实世界怀着警惕之心的人。如果他没有听见，或者听见了而并不在乎，始终想念着房子里的那个女孩，那么，他日后就是诗人 L，一个不断追寻爱的梦想的人。房子里的那个女孩是谁呢？也许是女教师 O，一个在那样美丽的房子里长大的女人必定也始终沉溺在美丽的梦境里，终于因不能接受梦境的破灭而自杀了。也许是女导演 N，我认识的女导演已近中年，我想象她是九岁女孩时的情形，一定便是住在那样美丽的房子里，但她从母亲那里继承了坚毅而豁达的品格，因而能够冷静地面对身世的沉浮，终于成为一个事业有成的女人。然而，在诗人 L 盲目而狂热的初恋中，她又成了模糊的少女形象 T，这个形象最后在一个为了能出国而嫁人的姑娘身上清晰起来，使诗人倍感失落。又例如，WR，一个流放者，一个立志从政的人，他的"生日"在哪一天呢？作者从自己的童年印象中选取了两个细节，一是上小学时为了免遭欺负而讨好一个"可怕的孩子"，一是"文革"中窥见奶奶被斗而惊悉奶奶的地主出身，两者都涉及内心的屈辱经验。"我"的写作生涯便始于这种屈辱经验，而倘若有此经历的这个孩子倔强而率真，对那"可怕的孩子"不是讨好而是回击，对出身的耻辱不甘忍受而要洗雪，那么，他就不复是"我"，而成为决心向不公正宣战的 WR 了。

作者对微小差异的设计实际上涉及两种情形：一是客观的遭遇有一点微小的不同，导致了截然不同的结果；二是对同样的遭遇有不同的反应，也导致了截然不同的结果。客观的遭遇与一个人生活的环境有关，对遭遇的主观反应大致取决于性格。如果说环境和性格是决定一个人的命运的两个主要因素，那么，在作者看来，个人对这两个因素都是不能支配的。

从生活的环境看，每个人生来就已被编织在世界之网的一个既定的网结上，他之被如此编织并无因果脉络可寻，乃是"上帝即兴的编织"。即使人的灵魂是自由的，这自由的灵魂也必定会发现，它所寄居的肉身被投胎在怎样的时代、民族、阶层和家庭里，于它是彻头彻尾的偶然性，它对此是完全无能为力的。而在后天的生活中，人与人之间的一切相遇也都是偶然的，这种种偶然的相遇却组成了一个人的最具体的生活环境，构筑了他的现实生活道路。

我们对自己的性格并不比对环境拥有更大的决定权。"很可能这颗星球上的一切梦想，都是由于生命本身的密码"，一个人无法破译自己生命的密码，而这密码却预先规定了他对各种事情的反应方式。也许可以把性格解释为遗传与环境，尤其是早年环境相互作用的产物，而遗传又可以追溯到过去世代的环境之作用，因此，宏观地看，性格也可归结为环境。

由命运的偶然性自然而然会产生一个问题：既然人不能支配自己的命运，那么，人是否要对这自己不能支配的命运承担道德责任呢？作者借叛徒这样一个极端的例子对此进行了探讨。葵花林里的那个女人凭助爱的激情，把敌人的追捕引向自己，使她的恋人得以脱险。她在敌人的枪声中毫无畏惧，倘若这时敌人的子弹射中了她，她就是一个英雄。但这个机会错过了，而由于她还没有来得及锤炼得足够坚强，终于忍受不住随后到来的酷刑而成了一个叛徒。这样一个女人既可以在爱的激情中成为英雄，也可以在酷刑下成为叛徒，但命运的偶然安排偏偏放弃了前者而选择了后者。那么，让她为命运的这种安排承担道德责任而遭到永世的惩罚，究竟是否公正？

综上所述，我们看到了史铁生研究命运问题的两个主要结果：一，与命运和解，从广阔的命运之网中看自己的命运；二，对他人宽容，限制道德判断，因为同样的命运可能落在任何人头上。

187

三　残缺与爱情

《务虚笔记》问世后，史铁生曾经表示，他不反对有人把它说成一部爱情小说。他解释道，他在小说中谈到的"生命的密码"，那隐秘地决定着人物的性格并且驱使他们走上了不同的命运之路的东西，是残缺也是爱情。那么，残缺与爱情，就是史铁生对命运之谜的一个比较具体的破译了。

残缺即残疾，史铁生是把它们用作同义词的。有形的残疾仅是残缺的一种，在一定的意义上，人人皆患着无形的残疾，只是许多人对此已经适应和麻木了而已。生命本身是不圆满的，包含着根本的缺陷，在这一点上无人能够幸免。史铁生把残缺分作两类：一是个体化的残缺，指孤独；另一是社会化的残缺，指来自他者的审视的目光，由之而感受到了差别、隔离、恐惧和伤害。我们一出生，残缺便已经在我们的生命中隐藏着，只是必须通过某种契机才能暴露出来，被我们意识到。在一个人的生活历程中，那个因某种契机而意识到了人生在世的孤独、意识到了人与人之间的差别和隔离的时刻是重要的，其深远的影响很可能将贯穿终生。在《务虚笔记》中，作者在探寻每个人物的命运之路的源头时，实际上都是追溯到了他们生命中的这个时刻。人物的"生日"各异，却都是某种创伤经验，此种安排显然出于作者的自觉。无论在文学中，还是在生活中，真正的个性皆诞生于残缺意识的觉醒，凭借这一觉醒，个体开始从世界中分化出来，把自己与其他个体相区别，逐渐形成为独立的自我。

有残缺便要寻求弥补，"恰是对残缺的意识，对弥补它的近乎宗教般痴迷的祈祷"，才使爱情呈现。因此，在残缺与爱情两者中，残缺是根源，它造就了爱的欲望。不同的人意识到残缺的契机、程度、方式皆不同，导致对爱情的理解和寻爱的实践也不同，由此形成了不同的命途。

所谓寻求弥补，并非通常所说的在性格上互补。这里谈论的是另一个层次上的问题，残缺不是指缺少某一种性格或能力，于是需要从对方身上取长补短。残缺就是孤独，寻求弥补就是要摆脱孤独。当一个孤独寻找另一个孤独时，便有了爱的欲望。可是，两个孤独到了一起就能够摆脱孤独了吗？有两种不同的孤独。一种是形而上的孤独，即人发现自己的生存在宇宙间没有根据，如海德格尔所说的"嵌入虚无"。这种孤独当然不是任何人间之爱能够解除的。另一种是社会性的孤独，它驱使人寻求人间之爱。然而，正如史铁生指出的，寻求爱就不得不接受他人目光的判定，而他人的目光还判定了你的残缺。因此，"海盟山誓仅具现在性，这与其说是它的悲哀，不如说是它的起源。"他人的不可把握，自己可能受到的伤害，使得社会性的孤独也不能真正消除。由此可见，残缺是绝对的，爱情是相对的。孤独之不可消除，残缺之不可最终弥补，使爱成了永无止境的寻求。在这条无尽的道路上奔走的人，最终就会看破小爱的限度，而寻求大爱，或者——超越一切爱，而达于无爱。

对于爱情的根源，可以有两种相反的解说，一是因为残缺而寻求弥补，另一是因为丰盈而渴望奉献。这两种解说其实并不互相排斥。越是丰盈的灵魂，往往越能敏锐地意识到残缺，有越强烈的孤独感。在内在丰盈的衬照下，方见出人生的缺憾。反之，不谙孤独也许正意味着内在的贫乏。一个不谙孤独的人很可能自以为完满无缺，但这与内在的丰盈完全是两回事。

在实际生活中，我们可以看到不同的排列组合：

1. 完满者爱残缺者。表现为征服和支配，或怜悯和施舍，皆不平等。

2. 残缺者爱完满者。表现为崇拜或依赖，亦不平等。

3. 完满者爱完满者。双方或互相欣赏，或彼此较量，是小平等。

4. 残缺者爱残缺者。分两种情形：1）相濡以沫，同病相怜，是小平等；2）知一切生命的残缺，怀着对神的谦卑，以大悲悯之心而爱，是大平等。此项包含了爱的最低形态和最高形态。

在《务虚笔记》中，女教师 O 与她不爱的前夫离婚，与她崇拜的画家 Z 结合。此后，一个问题始终折磨着她：爱的选择基于差异，爱又要求平等，如何统一？她因这个问题而自杀了。O 的痛苦在于，她不满足于 4（1），而去寻求 2，又不满足于 2，而终于发现了 4（2）。可是，性爱作为世俗之爱确是基于差异的，所能容纳的只是小平等或者不平等，容纳不了大平等。要想实现大平等，只有放弃性爱，走向宗教。O 不肯放弃性爱，所以只好去死。

在小说中，作者借诗人 L 这个人物对于性爱问题进行了饶有趣味的讨论。诗人是性爱的忠实信徒，如同一切真正的信徒一样，他的信仰使他陷入了莫大的困惑。他感到困惑的问题主要有二。其一，既然爱情是美好的，多向的爱为什么不应该？作者的结论是，不是不应该，而是不可能。那么，其二，在只爱一个人的前提下，多向的性吸引是否允许？作者的结论是，不是允许与否的问题，而是必然的，但不应该将之实现为多向的性行为。

让我们依次来讨论这两个问题。

诗人曾经与多个女人相爱。他的信条是爱与诚实，然而，在这多向的爱中，诚实根本行不通，他不得不生活在谎言中。每个女人都向他要求"最爱"，都要他证明自己与别的女人的区别，否则就要离开他。其实他自己向每个女人要求的也是这个"最爱"和区别，设想一下她们也是一视同仁地爱多个男人而未把他区别出来，他就感到自己并未真正被爱，为此而受不了。性爱的现实逻辑是，每一方都向对方要求"最爱"，即一种与对方给予别人的感情有别的特殊感情，这种相互的要求必然把一切"不最爱"都逼成"不爱"，而把"最爱"限定为"只爱"。

至此为止，多向的爱之不可能似乎仅是指现实中的不可能，而非本性上的不可能。也就是说，不可能只是因为各方都不能接受对方的爱是多向的，于是不得不互相让步。如果撇开这个接受的问题，一人是否可能爱上多人呢？爱情的专一究竟有无本性上的根据？史铁生认为有，他的解释是：孤独创造了爱情，多向的爱情则使孤独的背景消失，从而使爱情的原因消失。我说一说对他的这一解释的理解——

人因为孤独而寻求爱情。寻求爱情，就是为自己的孤独寻找一个守护者。他要寻找的是一个忠实的守护者，那人必须是一心一意的，否则就不能担当守护他的孤独的使命。为什么呢？因为每一个孤独都是独特的，而在一种多向的照料中，它必丧失此独特性，沦为一种一般化的东西了。形象地说，就好比一个人原想为自己的孤独寻找一个母亲，结果却发现是把它送进了托儿所里，成了托儿所阿姨所照料的众多孩子中的一个普通孩子。孤独和爱情的寻求原本凝聚了一个人的沉重的命运之感，来自对方的多向的爱情则是对此命运之感的蔑视，把本质上的人生悲剧化作了轻浮的社会喜剧。与此同理，一个人倘若真正是要为自己的孤独寻找守护者，他所要寻找的必是一个而非多个守护者。他诚然可能喜欢甚至迷恋不止一个异性，但是，在此场合，他的孤独并不真正出场，毋宁说是隐藏了起来，躲在深处旁观着它的主人逢场作戏。唯有当他相信自己找到了一个人，他能够信任地把自己的孤独交付那人守护之时，他才是认真地在爱。所以，在我看来，所谓爱情的专一不是一个外部强加的道德律令，只应从形而上的层面来理解其含义。按照史铁生的一个诗意的说法，即爱情的根本愿望是"在陌生的人山人海中寻找一种自由的盟约"。

诗人 L 后来吸取了教训，不再试图实行多向的爱情，而成了一个真诚的爱者，最爱甚至只爱一个女人。然而，作为"好色之徒"，他仍对别的可爱女人充满着性幻想，作为"诚实的化身"，他又向他的恋人坦白了这一切。于是，他受到了恋人的"拷问"，结果是他理屈，恋人则理直气壮地离开了他。

"拷问"之一——

我们是在美术馆里极其偶然地相遇的。我迷路了，推开了右边的而不是左边的门，这才有我们的相遇。如果没有遇到我，你一定会遇到另一个女人的。结论：我对于你是一个偶然，女人对你来说才是必然。推论：你对我有的只是情欲，不是爱情。进一步的推论：你说只爱我是一个谎言。

这一"拷问"的前半部分无可辩驳，诗人和这位恋人的相遇的确完全是偶然的。可是，在这世界上，谁和谁的相遇不是偶然的呢？分歧在于对偶然的评价。在茫茫人海里，两个个体相遇的几率只是千千万万分之一，而这两个个体终于极其偶然地相遇了。我们是应该因此而珍惜这个相遇呢，还是因此而轻视它们？假如偶然是应该蔑视的，则首先要遭到蔑视的是生命本身，因为在宇宙永恒的生成变化中，每一个生命诞生的几率几乎等于零。然而，倘若一个偶然诞生的生命竟能成就不朽的功业，岂不更证明了这个生命的伟大？同样，世上并无命定的情缘，凡缘皆属偶然，好的情缘的魔力岂不恰恰在于，最偶然的相遇却唤起了最深刻的命运之感？诗人的恋人显然不懂得珍惜偶然的价值。

"拷问"的后半部分涉及了爱情的复合结构。在精神的、形而上的层面上，爱情是为自己的孤独寻找一个守护者。在世俗的、形而下的层面上，爱情又是由性欲发动的对异性的爱慕。现实中的爱情是这两种冲动的混合，表现为在异性世界里寻找那个守护者。在异性世界里寻找是必然的，找到谁则是偶然的。所以，恋人所谓"我对于你是一个偶然，女人对你来说才是必然"确是事实。但是，她的推论却错了。因为当诗人不只是把她作为一个异性来爱慕，而且认定她就是那个守护者之时，这就已经是爱情而不仅仅是情欲了。爱情与情欲的区别就在于是否包含了这一至关重要的认定。当然，诗人的恋人可以说：既然这一认定是偶然的，因而是完全可能改变的，我怎么能够对此寄予信任呢？我们不能说她的不信任没有道理，于是便有了"拷问"之二和诗人的莫大困惑。

"拷问"之二——

你对别的女人的性幻想没有实现，只是因为你不敢。（申辩：不是不敢，是不想，不想那样做，也不想那样想。）如果能实现，我和她们的区别还有什么呢？（"可我并不想实现，这才是区别。我只要你一个，这就是证明。"）幻想之为幻想，就不是"不想"实现，而只是"不能"或"尚未"实现。

诗人糊涂了。他无力地问："曾经对你来说，我与别的男人的区别是什么？"回答是铿锵有力的："看见他们就想起你，看见你就忘记了他们。"她大义凛然地离开了他。作者问：这就是"看见你就忘记了他们"吗？

作者在这里显然是同情诗人而批评恋人的。借用他在散文《爱情问题》中一个更清晰的表达，他对此问题的分析大致是：1）性是多指向的，与爱的专一未必不可共存；2）她把自己仅仅放在了性的位置上，在这个位置上她与别的女人才是可比的；3）他没有因众多的性吸引而离开她，她却因性嫉妒而离开了他，正证明了他立足于爱而她立足于性。

可是，诗人用什么来证明自己对恋人的感情是爱情，而不只是多向情欲中之一向，与其他诸向的区别仅在它是实现了的一向而已？作者认为，这样的证明已经存在，有多向的性幻想而不去实现，不想去实现，这本身就是爱的证明。使爱情受到质疑的不是多向的性吸引，而是多向的性行为。作者并非站在道德的立场上反对多向的性行为，他的理由完全是审美性质的。他说，性行为中的呼唤和应答，渴求和允许，拆除防御和互相敞开，极乐中忘记你我仿佛没有了差别的境界，凡此种种，使性行为的形式与爱同构，成为爱的最恰当的语言。正是在性行为中，人用肉体淋漓尽致地表达了摆脱孤独的愿望。在此意义上，"是人对残缺的意识，把性炼造成了爱的语言，把性爱演成心魂相互团聚的仪式。"性是"上帝为爱情准备的仪式"。因此，爱者决不可滥用这种仪式，滥用会使爱失去了最恰当的语言。

在我看来，史铁生为贞洁提出了最有说服力的理由。性是爱侣之间示爱的最热烈也最恰当的语言，对于他们来说，贞洁之所以必要，是为了保护这语言，不让它被污染从而丧失了示爱的功能。所以，如果一个人真的在爱，他就应该自愿地保持贞洁。反过来说，自愿的贞洁也就能够证明他在爱。然而，深入追究下去，问题要复杂得多。诗人的恋人有一句话在逻辑上是不容反驳的，难怪把诗人说糊涂了：幻想之为幻想，就不是"不想"实现，而只是"不能"或"尚未"实现。如果说爱情保证了一个人不把多向的性幻想付诸实现，那么，又有什么能保证爱情呢？如果爱情本身是不可靠的，那么，我们怎么能相信它所保证的东西是可靠的呢？一旦爱情发生变化，那些现在"不想"实现的性幻想岂不就有了实现的理由？事实上，确实没有任何东西能够保证爱情。问题在于，使爱情区别于单纯情欲的那个精神内涵，即为自己的孤独寻找一个守护者的愿望，其实是不可能在某一个异性身上获得最终的实现的，否则就不成其为形而上的了。作为不可能最终实现的愿望，不管当事人是否觉察和肯否承认，它始终保持着开放性，而这正好与多向的性兴趣在形式上相吻合。因此，恋爱中的人完全不能保证，他一定不会从不断吸引他的众多异性中发现另一个人，与现在这个恋人相比，那人才是他梦寐以求的守护者。也因此，他完全无法证明，他对现在这个恋人的感情是真正的爱情而不是化装为爱情的情欲。

　　也许爱情的困难在于，它要把性质截然不同的两种东西结合在一起，反而使它们混淆不清了。假如一个人看清了那种形而上的孤独是不可能靠性爱解除的，于是干脆放弃这徒劳的努力，把孤独收归己有，对异性只以情欲相求，会如何呢？把性与爱拉扯在一起，使性也变得沉重了。诚如史铁生所说，性作为爱的语言，它不是赤裸地表白爱的真诚、坦荡，就是赤裸地宣布对爱的蔑视和抹杀。那么，把性和爱分开，不再让它宣告爱或不爱，使它成为一种中性的东西，是否轻松得多？失恋以后，诗人确实这样做了，他与一个个女人上床，只要性，不说爱，互相都不再问"区别"，都没有历史，试图回到乐园，如荒原上那些自由的动物。但是，结果却是更加失落，在无爱的性乱中，被排除在外的灵魂越发成了无家可归的孤魂。人有灵魂，灵魂必寻求爱，这注定了人不可能回到纯粹的动物状态。那么，承受性与爱的悖论便是人的无可避免的命运了。

193

四　自我与世界

自我与世界的关系是一个最重要的哲学问题。一切哲学的努力，都是在寻求自我与世界的某种统一。这种努力大致朝着两个方向。其一是追问认识的根据，目的是要在作为主体的自我与作为客体的世界之间寻找一条合法的通道。其二是追问人生的根据，目的是要在作为短暂生命体的自我与作为永恒存在的世界之间寻找一种内在的联系。我说史铁生具有天生的哲学素质，证据之一是他对这个最重要的哲学问题的执着的关注，在他作品的背景中贯穿着有关的思考。套用正、反、合的模式，我把他的思路归纳为：认识论上的唯我论（正题），价值论上的无我论（反题），最后试图统一为本体论上的泛我论（合题）。

在认识论上，史铁生是一个旗帜鲜明的唯我论者。他说：我只能是我，这是一个不可逃脱的限制，所以世界不可能不是对我来说的世界。我找不到也永远不可能找到非我的世界。在还没有我的时候这个世界就已经存在——这不过是在有我之后我听到的一种传说。到没有了我的时候这个世界会依旧存在下去——这不过是在还有我的时候我被要求同意的一种猜测。我承认按此逻辑，除我之外的每个人也都有一个对他来说的世界，因此譬如说现在有五十亿个世界，但是对我来说，这五十亿个世界也只是我的世界中的一个特征罢了。

所有这些都表述得十分精彩。认识论上的唯我论是驳不倒的，简直是颠扑不破的，因为它实际上是同语反复，无非是说：我只能是我，不可能不是我。即使我变成了别人，那时候也仍然是我，那时候的我也不可能把我意识为一个别人。这就是维特根斯坦所说的"语言的界限意味着我的世界的界限"，在此程度内世界只能是我的世界。这一主体意义上的自我不属于世界，而是世界的一种界限。我只能作为我来看世界，但这个我并不因此而膨胀成了整个世界，相反是"缩小至无延展的点"，即一个看世界的视点。所以，维特根斯坦说，严格贯彻的唯我论是与纯粹的实在论一致的。

与哲学上作为主体的自我不同，心理学上的自我是指人的欲望。如果一个人因为世界是我的世界这一认识论的真理便认为世界仅仅为满足我的欲望而存在，他就是混淆了这两个自我的概念。同样，一切对唯我论的道

194

德谴责也无不是出于此种混淆。在史铁生那里，我们看不到这种混淆。对于作为欲望的自我，他基本上是以一种超脱的眼光看轻其价值。

在《务虚笔记》中，我们可以发现史铁生面对命运之谜有两种相反的心情。大多数时候，他兴致勃勃地玩着猜谜的游戏。但是，正当他玩得似乎很投入时，有时忽然会流露出一种厌倦之情。例如，他琢磨着几位女主人公命运互换的可能性，突然带点儿自嘲的口吻写道："甚至谁是谁，谁一定是谁，这样的逻辑也很无聊。亿万个名字早已在历史中湮灭了，但人群依然存在……"小说中两次出现同一个景象、同一种思绪：我每天都看到一群鸽子，仿佛觉得几十年中一直是那一群，可事实上它们已经生死相继了若干次，生死相继了数万年。人山人海也是一样，其中的每一个人都将死去，但始终有一个人山人海在那里喧嚣踊跃。相同的人间戏剧在永远地上演着，一个只上场片刻的演员究竟被派给了什么角色，实在不值得认真。其实也没法认真，作者在散文《角色》中告诉我们：产科的婴儿室里一排新生儿，根据人间戏剧的需要，他们未来的角色大致上已经有了一个分配的比例，其中必有人要扮演倒霉的角色，那么，谁应该去扮演，和为什么？这个问题不可能有一个美满的答案，所以就不要徒劳地去寻找答案了吧。散文《我与地坛》的结尾语把这个意思说得更精辟："宇宙以其不息的欲望将一个歌舞炼为永恒。这个欲望有怎样一个人间的姓名，大可忽略不计。"

好吧，我们姑且承认作为欲望的自我只是造化即宇宙大欲望手中的一个暂时的工具，我们应该看破这个自我的虚幻，千万不要执着。可是，在这个自我之外，岂不还有一个自我，不妨称之为宗教上的自我，那便是灵魂。如果说欲望是旋生旋灭的，则灵魂却是指向永恒的，怎么能甘心自己被轻易地一次性地挥霍掉？关于灵魂，我推测它很可能是作为主体的自我与作为欲望的自我的一个合题。试想一个主体倘若有欲望，最大的欲望岂不就是永恒，即世界永远是我的世界，而不能想象有世界却没有了我？有趣的是，史铁生解决永恒问题的思路正好与此暗合，由唯我和无我走向了颇具宗教意味的泛我。早在《我与地坛》中，他就如此描写：有一天，我老了，扶着拐杖走下山去，从某一处山洼里势必会跑上来一个欢蹦的孩子，抱着他的玩具。接着自问："当然，他不是我。但是，那不是我吗？"在《务虚笔记》的最后一章，作者再次提到小说开头所回忆的那两个孩子。这一章的标题是"结束或开始"，暗示人间戏剧的轮回，而在这轮回中，所有

195

的人都是那两个孩子，那两个孩子是所有的角色。不言而喻，那两个孩子也就是"我"。《务虚笔记》的结尾："那么，我又在哪儿呢?"上帝用欲望造就了一个永劫的轮回，这永劫的轮回使"我"诞生，"我"就在这样的消息里，这样的消息就是"我"。当然，这个"我"已经不是一个有限的主体或一个有限的欲望了，而是一个与宇宙或上帝同格的无限的主体和无限的欲望。就在这与宇宙大化合一的境界中，作为灵魂的自我摆脱了肉身的限制而达于永恒了。

1998.8

古驿道上的失散

　　杨绛先生出新书，书名叫《我们仨》。书出之前，已听说她在写回忆录并起好了这个书名，当时心中一震。这个书名实在太好，自听说后，我仿佛不停地听见杨先生说这三个字的声音，像在拉家常，但满含自豪的意味。这个书名立刻使我感到，这位老人在给自己漫长的一生做总结时，人世的种种沉浮荣辱都已淡去，她一生一世最重要的成就只是这个三口之家。可是，这个令她如此自豪的家，如今只有她一人存留世上了。在短短两年间，女儿钱瑗和丈夫钱锺书先后病逝。我们都知道这个令人唏嘘的事实，却不敢想象那时已年近九旬的杨先生是如何度过可怕的劫难的，现在她又将如何回首凄怆的往事。

　　回忆录分作三部。其中，第二部是全书的浓墨，正是写那一段不堪回首的日子的。第一部仅几百字，记一个真实的梦，引出第二部的"万里长梦"。第三部篇幅最大，回忆与钱先生结缡以来及有了女儿后的充满情趣的岁月。前者只写梦，后者只写实，唯有第二部的"万里长梦"，是梦非梦，亦实亦虚，似真似幻。作者采用这样的写法，也许是要给可怕的经历裹上一层梦的外衣，也许是真正感到可怕的经历像梦一样不真实，也许是要借梦说出比可怕的经历更重要的真理。

　　长梦始于钱先生被一辆来路不明的汽车接走，"我"和阿瑗去寻找，自此一家人走上了一条古驿道，在古驿道上相聚，直至最后失散。这显然是喻指从钱先生住院到去世——其间包括钱瑗的住院和去世——的四年半历程。古驿道上的氛围扑朔迷离乃至荒诞，很像是梦境。然而，"我"在这条道上奔波的疲惫和焦虑是千真万确的，那正是作者数年中奔波于家和两所医院之间境况的写照。一家三口在这条道上的失散也是千真万确的，"梦"醒之后，三里河寓所里分明只剩她孑然一身了。为什么是古驿道呢？因为这是一条自古以来人人要走上的驿道，在这条道上，人们为亲人送行，后亡人把先亡人送上不归路。这条道上从来是一路号哭和泪雨，但在作者笔下没有这些。她也不去描绘催人泪下的细节或裂人肝胆的场面，她的用笔一如既往地节制，却传达了欲哭无泪的大悲恸。

杨先生的确以"我们仨"自豪："我们仨是不寻常的遇合"，"我们仨都没有虚度此生，因为是我们仨。"这样的话绝不是寻常家庭关系的人能够说出。这样的话也绝不是寻常生命态度的人能够说出。给她的人生打了满分的不是钱先生和她自己的卓著文名，而是"我们仨"的遇合，可见分量之重，从而使最后的失散更显得不可思议。第二部的标题是"我们仨失散了"，第三部的首尾也一再出现此语，这是从心底发出的叹息，多么单纯，又多么凄惶。读整本书时，我听到的始终是这一声仿佛轻声自语的叹息："我们仨失散了，失散了，就这么轻易地失散了……"

失散在古驿道上，这是人世间最寻常的遭遇，但也是最哀痛的经历。《浮生六记》中的沈复和陈芸，一样的书香人家，恩爱夫妻，到头来也是昨欢今悲，生死隔绝。中道相离也罢，白头到老也罢，结果都是一样的。夫妇之间，亲子之间，情太深了，怕的不是死，而是永不再聚的失散，以至于真希望有来世或者天国。佛教说诸法因缘生，教导我们看破无常，不要执着。可是，千世万世只能成就一次的佳缘，不管是遇合的，还是修来的，叫人怎么看得破。更可是，看不破也得看破，这是唯一的解脱之道。我觉得钱先生一定看破了，女儿病危，他并不知情，却忽然在病床上说了这样神秘的话："叫阿圆回去，叫她回到她自己家里去。"杨先生看破了没有？大约正在看破。《我们仨》结尾的一句话是："我清醒地看到以前当作我们家的寓所，只是旅途上的客栈而已。家在哪里，我不知道。我还在寻觅归途。"很可能所有仍正常活着的人都不知道家究竟在哪里，但是，其中有一些人已经看明白，它肯定不在我们暂栖的这个世界上。

2003.7

自由的灵魂

在中国文坛上，一个声音突然响起，令人耳目一新，仅仅三年，又猝然中止了。不管人们是否喜欢这个声音，都不难听出它的独特，以至于会觉得它好像并不属于中国文坛。事实上，王小波之于中国文坛，也恰似一位游侠，独往独来，无派无门，尽管身手不凡，却难寻其师承渊源。

我与王小波并不相识，甚至读他的作品也不多。直到他去世后，我才知道他其实是一个很勤奋很多产的作家。然而，即使我读过的他的不多的作品，也足以使我对这位风格与我迥异的作家怀有一种特别的敬意了。他的文章写得恣肆随意，非常自由，常常还满口谐谑，通篇调侃，一副顽皮相。如今调侃文字并不罕见，难得的是调侃中有一种内在的严肃，鄙俗中有一种纯正的教养，这正是我读他的作品的印象。

在读者中，王小波有"怪才"、"歪才"之称。我倒觉得，他的"怪"正是因为他太健康，他的"歪"正是因为他太诚实。因为健康，他对生活有一种正常的感觉，因为诚实，他又要把自己的感觉说出来。他很像《皇帝的新衣》里的那个小孩，别人也看见皇帝光着身子，但宁愿相信皇帝的伟大，不愿相信自己的眼睛，他却不但相信自己的眼睛，而且把自己所看到的如实说了出来。在皇帝巡游的庄严场合，这种举止是有些"怪"而且"歪"的。譬如他的一部小说写性，我认为至少在中国当代小说中是写得最好的，对性有一种非常健康和诚实的态度，并且使读者也感到性是一件健康的、可以诚实地对待的事情。他没有像某些作者那样把性展示为一种抒情造型，或一种色情表演，这两者都会让我们感到肉麻。不过我想，如果他肉麻一些，就不会有人说他"怪"而且"歪"了。

199

乍看起来，王小波好像有些玩世不恭，他喜欢挖苦各种事、各种现象。但是，他肯定不是一个虚无主义者，骨子里也许是很老派的，在捍卫一些相当传统的价值。他不遗余力抨击的是愚昧和专制，可见他是站在启蒙的立场上，怀抱的仍是"五四"先辈的科学和民主的信念。不过，这仍然是表面现象。他也不是一个科学主义者和民主主义者，他之捍卫科学和民主，并不是因为科学和民主有自足的价值。在他心目中，世上只有一样东西具有自足的价值，那就是智慧。他所说的智慧，实际上是指一种从事自由思考并且享受其乐趣的能力。这就透露了他的理性立场背后蕴含着的人文关切，他真正捍卫的是个人的精神自由。所以，倘若科学成为功利，民主成为教条，他同样会感到智慧受辱，并起而反对。我相信这种对智慧的热爱源于一种健康的精神本能，由此本能导引而能强烈地感受灵魂自由的快乐和此种自由被剥夺的痛苦。"文化革命"中后一种经验烙印至深，使他至今对一切可能侵害个人精神自由的倾向极为警惕。正因为此，他相当无情地嘲笑了"人文精神"和"新儒学"鼓吹者们的救世奢望。

王小波在表达自己的观点时常常是旗帜鲜明的，有时似乎是相当极端的。我不能说他没有偏见，他自己大约也不这样认为，他的基本主张不是反对一切偏见，而是反对任何一种哪怕是真理的意见自命唯一的真理，企图一统天下。他真正不肯宽容的是那种定天下于一尊的不宽容立场。他也很厌恶诸如虚伪、做作、奴气之类的现象，我想这在一个崇尚精神自由的人是很自然的，因为在这样的人看来，凡此种种都是和自己过不去，自己剥夺自己的精神自由。一个精神上真正自由的人当然是没有必要用这些手段掩饰自己或讨好别人的。我在王小波的文章中未尝发现过狂妄自大，而这正是一般好走极端的人最易犯的毛病，这证实了我的一个直觉：他实际上不是一个走极端的人，相反是一个对己对人都懂得把握住分寸的人。他不乏激情，但一种平常心的智慧和一种罗素式的文明教养在有效地调节着他的激情。

正值创作鼎盛时期的王小波突然撒手人寰，人们为他的早逝悲哀，更为文坛的损失惋惜。最令我难过的却是世上智慧的人本来不多，现在又少了一个，这是比文坛可能遭受的损失更使我感到可惜的。是的，王小波是智慧的，他拥有他最看重的这种品质。在悼念他的时候，我能献上的赞美不过如此，但愿顽皮的他肯笑纳，而不把这归入他一向反感的浪漫夸张。

1997:5

寻求智慧的人生

在现代哲学家中，罗素是个精神出奇地健全平衡的人。他是逻辑经验主义的开山鼻祖，却不像别的分析哲学家那样偏于学术的一隅，活得枯燥乏味。他喜欢沉思人生问题，却又不像存在哲学家那样陷于绝望的深渊，活得痛苦不堪。他的一生足以令人羡慕，可说应有尽有：一流的学问，卓越的社会活动和声誉，丰富的爱情经历，最后再加上长寿。命运居然选中这位现代逻辑宗师充当西方"性革命"的首席辩护人，让他在大英帝国的保守法庭上经受了一番戏剧性的折磨，也算是一奇。科学理性与情欲冲动在他身上并行不悖，以致我的一位专门研究罗素的朋友揶揄地说：罗素精彩的哲学思想一定是在他五个情人的怀里孕育的。

上世纪后半叶以来，西方大哲内心多半充斥一种紧张的危机感，这原是时代危机的反映。罗素对这类哲人不抱好感，例如，对于尼采、弗洛伊德均有微词。一个哲学家在病态的时代居然能保持心理平衡，我就不免要怀疑他的真诚。不过，罗素也许是个例外。

罗素对于时代的病患并不麻木，他知道现代西方人最大的病痛来自基督教信仰的崩溃，使终有一死的生命失去了根基。在无神的荒原上，现代神学家们凭吊着也呼唤着上帝的亡灵，存在哲学家们诅咒着也讴歌着人生的荒诞。但罗素一面坚定地宣告他不信上帝，一面却并不因此堕入病态的悲观或亢奋。他相信人生一切美好的东西不会因为其短暂性而失去价值。对于死亡，他"以一种坚忍的观点，从容而又冷静地去思考它，并不有意缩小它的重要性，相反地对于能超越它感到一种骄傲"。罗素极其珍视爱在人生中的价值。他所说的爱，不是柏拉图式的抽象的爱，而是"以动物的活力与本能为基础"的爱，尤其是性爱。不过，他主张爱要受理性调节。他的信念归纳在这句话里："高尚的生活是受爱激励并由知识导引的生活。"爱与知识，本能与理智，二者不可或缺。有时他说，与所爱者相处靠本能，与所恨者相处靠理智。也许我们可以引申一句：对待欢乐靠本能，对待不幸靠理智。在性爱的问题上，罗素是现代西方最早提倡性自由的思想家之一，不过浅薄者对他的观点颇多误解。他固然主张婚姻、爱情、性三者可以相对分开，但是他对三者的评价是有高低之分的。在他看来，第一，爱情高于单纯的性行为，没有爱的性行为是没有价值的；第二，"经历了多年考验，而且又有许多深切感受的伴侣生活"高于一时的迷恋和钟情，因为它包含着后者所不具有的丰富内容。我们在理论上可以假定每一个正常的异性都是性行为的可能对象，但事实上必有选择。我们在理论上可以假定每一个中意的异性都是爱情的可能对象，但事实上必有舍弃。热烈而持久的情侣之间有无数珍贵的共同记忆，使他们不肯轻易为了新的爱情冒险而将它们损害。

几乎所有现代大哲都是现代文明的批判者，在这一点上罗素倒不是例外。他崇尚科学，但并不迷信科学。爱与科学，爱是第一位的。科学离开爱的目标，便只会使人盲目追求物质财富的增殖。罗素说，在现代世界中，爱的最危险的敌人是工作即美德的信念，急于在工作和财产上取得成功的贪欲。这种过分膨胀的"事业心"耗尽了人的活动力量，使现代城市居民的娱乐方式趋于消极的和团体的。像历来一切贤哲一样，他强调闲暇对于人生的重要性，为此他主张"开展一场引导青年无所事事的运动"，鼓励人们欣赏非实用的知识如艺术、历史、英雄传记、哲学等等的美味。他相信，从"无用的"知识与无私的爱的结合中便能生出智慧。确实，在匆忙的现代生活的急流冲击下，能够恬然沉思和温柔爱人的心灵愈来愈稀少了。如果说尼采式的敏感哲人曾对此发出振聋发聩的痛苦呼叫，那么，罗素，作为这时代一个心理健康的哲人，我们又从他口中听到了语重心长的明智规劝。但愿这些声音能启发今日性灵犹存的青年去寻求一种智慧的人生。

1988.7

唱出了我们的沉默的歌者

　　二十世纪上半叶，有两位东方诗人以美而富有哲理的散文诗（多用英文创作）征服了西方读者的心，继而通过冰心的汉译征服了中国读者的心，一位是泰戈尔，另一位就是纪伯伦。多年来，这两位诗人的作品一直陪伴着我，它们如同我的生活中的清泉，我常常回到它们，用它们洗净我在人世间跋涉的尘土和疲劳。

　　纪伯伦说："语言的波涛始终在我们的上面喧哗，而我们的深处永远是沉默的。"又说，"伟大的歌者是能唱出我们的沉默的人。"纪伯伦自己正是这样一位唱出了我们的沉默的歌者。

　　那在我们的上面喧哗着的是什么？是我们生命表面的喧闹，得和失的计较，利益征逐中的哭和笑，我们的肉身自我的呻吟和号叫。那在我们的深处沉默着的是什么？是我们生命的核心，内在的精神生活，每一个人的不可替代的心灵自我。

　　在纪伯伦看来，内在的心灵自我是每一个人的本质之所在。外在的一切，包括财富、荣誉、情色，都不能满足它，甚至不能真正触及它，因此它必然是孤独的。它如同一座看不见的房舍，远离人们以你的名字称呼的一切表象和外观的道路。"如果这房舍是黑暗的，你无法用邻人的灯把它照亮。如果这房舍是空的，你无法用邻人的财产把它装满。"但是，正因为你有这个内在的自我，你才成为你。倘若只有那个外在的自我，不管你在名利场上混得如何，你和别人都没有本质的区别，你的存在都不拥有自身的实质。

　　然而，人们似乎都害怕自己内在的自我，不敢面对它的孤独，倾听它

203

的沉默，宁愿逃避它，躲到外部世界的喧嚣之中。有谁倾听自己灵魂的呼唤，人们便说："这是一个疯子，让我们躲开他！"其实事情正相反，如同纪伯伦所说："谁不做自己灵魂的朋友，便成为人们的敌人。"人间一切美好的情谊，都只能在忠实于自己灵魂的人之间发生。同样，如果灵魂是黑暗的，人与人只以肉身的欲望相对待，彼此之间就只有隔膜、争夺和战争了。

内在的孤独无法用任何尘世的快乐消除，这个事实恰恰是富有启示意义的，促使我们走向信仰。我们仿佛听到了一个声音："你们是灵魂，虽然活动于躯体之中。"作为灵魂，我们必定有更高的来源，更高的快乐才能使我们满足。纪伯伦是一个泛神论者，他相信宇宙是一个精神性的整体，每一个人的灵魂都是整体的显现，是流转于血肉之躯中的"最高之主的呼吸"。当我们感悟到自己与整体的联系之时，我们的灵魂便觉醒了。灵魂的觉醒是人生最宝贵的收获，是人的生存目的之所在。这时候，我们的内在自我便超越了孤独，也超越了生死。《先知》中的阿穆斯塔发在告别时如是说："只一会儿工夫，在风中休息片刻，另一个女人又将怀上我。"

不过，信仰不是空洞的，它见之于工作。"工作是看得见的爱。"带着爱工作，你就与自己、与人类、与上帝连成了一体。怎样才是带着爱工作呢？就是把你灵魂的气息贯注于你制造的一切。你盖房，就仿佛你爱的人要来住一样。有了这种态度，你的一切产品就都是精神的产品。在这同时，你也就使自己在精神上完满了起来，把自己变成了一个上面住着灵性生物的星球。

一个灵魂已经觉醒的人，他的生命核心与一切生命之间的道路打通了，所以他是不会狂妄的。他懂得万物同源、众生平等的道理，"每一个人都是以往的每一个君王和每一个奴隶的后裔"。"当你达到生命的中心时，你将发现你既不比罪人高，也不比先知低。"大觉悟导致大慈悲和大宽容。你不会再说："我要施舍，但只给那配得到者。"因为你知道，凡配在生命的海洋里啜饮的，都配在你的小溪里舀满他的杯子。你也不会再嘲笑和伤害别人，因为你知道，其实别人只是附在另一躯体上的最敏感的你。

在纪伯伦的作品中，随手可拾到语言的珍珠，我只是把很少一些串联起来，形成了一根思想的线索。当年罗斯福总统曾如此赞颂他："你是从东方吹来的第一阵风暴，横扫了西方，但它带给我们海岸的全是鲜花。"现在我们翻开他的书，仍可感到这风暴的新鲜有力，受这风暴的洗礼，我们的心中仍会绽开智慧的花朵。

2005.11

走进一座圣殿

一

那个用头脑思考的人是智者，那个用心灵思考的人是诗人，那个用行动思考的人是圣徒。倘若一个人同时用头脑、心灵、行动思考，他很可能是一位先知。

在我的心目中，圣埃克苏佩里就是这样一位先知式的作家。

圣埃克苏佩里一生只做了两件事——飞行和写作。飞行是他的行动，也是他进行思考的方式。在那个世界航空业起步不久的年代，他一次次飞行在数千米的高空，体味着危险和死亡，宇宙的美丽和大地的牵挂，生命的渺小和人的伟大。高空中的思考具有奇特的张力，既是性命攸关的投入，又是空灵的超脱。他把他的思考写进了他的作品，但生前发表的数量不多。他好像有点儿吝啬，要把最饱满的果实留给自己，留给身后出版的一本书，照他的说法，他的其他著作与它相比只是习作而已。然而他未能完成这本书，在他最后一次驾机神秘地消失在海洋上空以后，人们在他留下的一只皮包里发现了这本书的草稿，书名叫《要塞》。

经由马振骋先生从全本中摘取和翻译，这本书的轮廓第一次呈现在了我们面前。我是怀着虔敬之心读完它的，仿佛在读一个特殊版本的《圣经》。在圣埃克苏佩里生前，他的亲密女友 B 夫人读了部分手稿后告诉他："你的口气有点儿像基督。"这也是我的感觉，但我觉得我能理解为何如此。圣埃克苏佩里写这本书的时候，他心中已经有了真理，这真理是他用一生的行动和思考换来的，他的生命已经转变成这真理。一个人用一生一世的时间见证和践行了某个基本真理，当他在无人处向一切人说出它时，他的口气就会像基督。他说出的话有着异乎寻常的重量，不管我们是否理解它或喜欢它，都不能不感觉到这重量。这正是箴言与隽语的区别，前者使我们感到沉重，逼迫我们停留和面对，而在读到后者时，我们往往带着轻松的心情会心一笑，然后继续前行。

如果把《圣经》看作唯一的最高真理的象征，那么，《圣经》的确是有许多不同的版本的，在每一思考最高真理的人那里就有一个属于他的特殊版本。在此意义上，《要塞》就是圣埃克苏佩里版的《圣经》。圣埃克苏佩里自己说："上帝是你的语言的意义。你的语言若有意义，向你显示上帝。"我完全相信，在写这本书时，他看到了上帝。在读这本书时，他的上帝又会向每一个虔诚的读者显示，因为也正如他所说："一个人在寻找上帝，就是在为人人寻找上帝。"圣埃克苏佩里喜欢用石头和神殿作譬：石头是材料，神殿才是意义。我们能够感到，这本书中的语词真有石头一样沉甸甸的分量，而他用这些石头建筑的神殿确实闪放着意义的光辉。现在让我们走进一座神殿，去认识一下他的上帝亦即他见证的基本真理。

二

沙漠中有一个柏柏尔部落，已经去世的酋长曾经给予王子许多英明的教诲，全书就借托这位王子之口宣说人生的真理。当然，那宣说者其实是圣埃克苏佩里自己，但是，站在现代的文明人面前，他一定感到自己就是那支游牧部落的最后的后裔，在宣说一种古老的即将失传的真理。

全部真理围绕着一个中心问题：生命的意义是什么？因为，人必须区别重要和紧急，生存是紧急的事，但领悟神意是更重要的事。因为，人应该得到幸福，但更重要的是这得到了幸福的是什么样的人。

沙漠和要塞是书中的两个主要意象。沙漠是无边的荒凉，游牧部落在沙漠上建筑要塞，在要塞的围墙之内展开了自己的生活。在宇宙的沙漠中，我们人类不正是这样一个游牧部落？为了生活，我们必须建筑要塞。没有要塞，就没有生活，只有沙漠。不要去追究要塞之外那无尽的黑暗。"我禁止有人提问题，深知不存在可能解渴的回答。那个提问题的人，只是在寻

207

找深渊。"明白这一真理的人不再刨根问底，把心也放在围墙之内，爱那嫩芽萌生的清香，母羊剪毛时的气息，怀孕或喂奶的女人，传种的牲畜，周而复始的季节，把这一切看作自己的真理。

换一个比喻来说，生活像汪洋大海里的一只船，人是船上的居民，把船当成了自己的家。人以为有家居住是天经地义的，再也看不见海，或者虽然看见，仅把海看作船的装饰。对人来说，盲目凶险的大海仿佛只是用于航船的。这不对吗？当然对，否则人如何能生活下去。

那个远离家乡的旅人，占据他心头的不是眼前的景物，而是他看不见的远方的妻子儿女。那个在黑夜里乱跑的女人，"我在她身边放上炉子、水壶、金黄铜盘，就像一道道边境线"，于是她安静下来了。那个犯了罪的少妇，她被脱光衣服，拴在沙漠中的一根木桩上，在烈日下奄奄待毙。她举起双臂在呼叫什么？不，她不是在诉说痛苦和害怕，"那些是厩棚里普通牲畜得的病。她发现的是真理。"在无疆的黑夜里，她呼唤的是家里的夜灯，安身的房间，关上的门。"她暴露在无垠中无物可以依傍，哀求大家还给她那些生活的支柱：那团要梳理的羊毛，那只要洗涤的盆儿，这一个，而不是别个，要哄着入睡的孩子。她向着家的永恒呼叫，全村都掠过同样的晚间祈祷。"

我们在大地上扎根，靠的是日常生活中的牵挂、责任和爱。在平时，这一切使我们忘记死亡。在死亡来临时，对这一切的眷恋又把我们的注意力从死亡移开，从而使我们超越死亡的恐惧。

人跟要塞很相像，必须限制自己，才能找到生活的意义。"人打破围墙要自由自在，他也就只剩下了一堆暴露在星光下的断垣残壁。这时开始无处存身的忧患。""没有立足点的自由不是自由。"那些没有立足点的人，他们哪儿都不在，竟因此自以为是自由的。在今天，这样的人岂不仍然太多了？没有自己的信念，他们称这为思想自由。没有自己的立场，他们称这为行动自由。没有自己的女人，他们称这为爱情自由。可是，真正的自由始终是以选择和限制为前提的，爱上这朵花，也就是拒绝别的花。一个人即使爱一切存在，仍必须为他的爱找到确定的目标，然后他的博爱之心才可能得到满足。

三

生命的意义在最平凡的日常生活之中，但这不等于说，凡是过着这种生活的人都找到了生命的意义。圣埃克苏佩里用譬喻向我们讲述这个道理。定居在绿洲中的那些人习惯了安居乐业的日子，他们的感觉已经麻痹，不知道这就是幸福。他们的女人蹲在溪流里圆而白的小石子上洗衣服，以为是在完成一桩家家如此的苦活。王子命令他的部落去攻打绿洲，把女人们娶为己有。他告诉部下：必须千辛万苦在沙漠中追风逐日，心中怀着绿洲的宗教，才会懂得看着自己的女人在河边洗衣其实是在庆祝一个节日。

我相信这是圣埃克苏佩里最切身的感触，当他在高空出生入死时，地面上的平凡生活就会成为他心中的宗教，而身在其中的人的麻木不仁在他眼中就会成为一种亵渎。人不该向要塞外无边的沙漠追究意义，但是，"受威胁是事物品质的一个条件"，要领悟要塞内生活的意义，人就必须经历过沙漠。

日常生活到处大同小异，区别在于人的灵魂。人拥有了财产，并不等于就拥有了家园。家园不是这些绵羊、田野、房屋、山岭，而是把这一切联结起来的那个东西。那个东西除了是在寻找和感受着意义的人的灵魂，还能是什么呢？"对人唯一重要的是事物的意义。"不过，意义不在事物之中，而在人与事物的关系之中，这种关系把单个的事物组织成了一个对人有意义的整体。意义把人融入一个神奇的网络，使他比他自己更宽阔。于是，麦田、房屋、羊群不再仅仅是可以折算成金钱的东西，在它们之中凝结着人的岁月、希望和信心。

"精神只住在一个祖国，那就是万物的意义。"这是一个无形的祖国，肉眼只能看见万物，领会意义必须靠心灵。上帝隐身不见，为的是让人睁开心灵的眼睛，睁开心灵眼睛的人会看见他无处不在。母亲哺乳时在婴儿的吮吸中，丈夫归家时在妻子的笑容中，水手航行时在日出的霞光中，看到的都是上帝。

那个心中已不存在帝国的人说："我从前的热忱是愚蠢的。"他说的是真话，因为现在他没有了热忱，于是只看到零星的羊、房屋和山岭。心中的形象死去了，意义也随之消散。不过人在这时候并不觉得难受，与平庸妥协往往是在不知不觉中完成的。心爱的人离你而去，你一定会痛苦。爱的激情离你而去，你却丝毫不感到痛苦，因为你的死去的心已经没有了感觉痛苦的能力。

有一个人因为爱泉水的歌声，就把泉水灌进瓦罐，藏在柜子里。我们常常和这个人一样傻。我们把女人关在屋子里，便以为占有了她的美。我们把事物据为己有，便以为占有了它的意义。可是，意义是不可占有的，一旦你试图占有，它就不在了。那个凯旋的战士守着他的战利品，一个正裸身熟睡的女俘，面对她的美丽只能徒唤奈何。他捕获了这个女人，却无法把她的美捕捉到手中。无论我们和一个女人多么亲近，她的美始终在我们之外。不是在占有中，而是在男人的欣赏和倾倒中，女人的美便有了意义。我想起了海涅，他终生没有娶到一个美女，但他把许多女人的美变成了他的诗，因而也变成了他和人类的财富。

四

所以，意义本不是事物中现成的东西，而是人的投入。要获得意义，也就不能靠对事物的占有，而要靠爱和创造。农民从麦子中取走滋养他们身体的营养，他们向麦子奉献的东西才丰富了他们的心灵。

"那个走向井边的人，口渴了，自己拉动吱吱咯咯的铁链，把沉重的桶提到井栏上，这样听到水的歌声以及一切尖利的乐曲。他口渴了，使他的行走、他的双臂、他的眼睛也都充满了意义，口渴的人朝井走去，就像一首诗。"而那些从杯子里喝现成的水的人却听不到水的歌声。坐滑竿——今天是坐缆车——上山的人，再美丽的山对于他也只是一个概念，并不具备实质。"当我说到山，意思是指让你被荆棘刺伤过，从悬崖跌下过，搬动石头流过汗，采过上面的花，最后在山顶迎着狂风呼吸过的山。"如果不用上自己的身心，一切都没有意义。贪图舒适的人，实际上是在放弃意义。

你心疼你的女人，让她摆脱日常家务，请保姆代劳一切，结果家对她就渐渐失去了意义。"要使女人成为一首赞歌，就要给她创造黎明时需要重建的家。"为了使家成为家，需要投入时间。现在人们舍不得把时间花在家中琐事上，早出晚归，在外面奋斗和享受，家就成了一个旅舍。

爱是耐心，是等待意义在时间中慢慢生成。母爱是从一天天的喂奶中来的。感叹孩子长得快的都是外人，父母很少会这样感觉。你每天观察院子里的那棵树，它就渐渐在你的心中札根。有一个人猎到一头小沙狐，便精心喂养它，可是后来它逃回了沙漠。那人为此伤心，别人劝他再捉一头，他回答："捕捉不难，难的是爱，太需要耐心了。"

是啊，人们说爱，总是提出种种条件，埋怨遇不到符合这些条件的值得爱的对象。也许有一天遇到了，但爱仍未出现。那一个城市非常美，我在那里旅游时曾心旷神怡，但离开后并没有梦魂牵绕。那一个女人非常美，我邂逅她时几乎一见钟情，但错过了并没有日思夜想。人们举着条件去找爱，但爱并不存在于各种条件的哪怕最完美的组合之中。爱不是对象，爱是关系，是你在对象身上付出的时间和心血。你培育的园林没有皇家花园美，但你爱的是你的园林而不是皇家花园。你相濡以沫的女人没有女明星美，但你爱的是你的女人而不是女明星。也许你愿意用你的园林换皇家花园，用你的女人换女明星，但那时候支配你的不是爱，而是欲望。

爱的投入必须全心全意，如同自愿履行一项不可推卸的职责。"职责是连接事物的神圣钮结，除非在你看来是绝对的需要，而不是游戏，你才能建成你的帝国、神庙或家园。"就像掷骰子，如果不牵涉你的财产，你就不会动心。你玩的不是那几颗小小的骰子，而是你的羊群和金银财宝。在玩沙堆的孩子眼里，沙堆也不是沙堆，而是要塞、山岭或船只。只有你愿意为之而死的东西，你才能够借之而生。

五

当你把爱投入到一个对象上面，你就是在创造。创造是"用生命去交换比生命更长久的东西"。这样诞生了画家、雕塑家、手工艺人等等，他们工作一生是为了创造自己用不上的财富。没有人在乎自己用得上用不上，生命的意义反倒是寄托在那用不上的财富上。那个瞎眼、独腿、口齿不清的老人，一说到他用生命交换的东西，就立刻思路清晰。突然发生了地震，人们害怕的不是死亡，而是自己的作品的毁灭，那也许是一只亲手制造的银壶，一条亲手编结的毛毯，或一篇亲口传唱的史诗。生命的终结诚然可哀，但最令人绝望的是那本应比生命更长久的东西竟然也同归于尽。

文化与工作是不可分的。那种只会把别人的创造放在自己货架上的人

211

是未开化人，哪怕这些东西精美绝伦，他们又是鉴赏的行家。文化不是一件谁的身上都能披的斗篷。对于一切创造者来说，文化只是完成自己的工作，以及工作中的艰辛和欢乐。每个人生活中最重要的部分是自己所热爱的那项工作，他借此而进入世界，在世上立足。有了这项他能够全身心投入的工作，他的生活就有了一个核心，他的全部生活围绕这个核心组织成了一个整体：没有这个核心的人，他的生活是碎片，譬如说，会分裂成两个都令人不快的部分，一部分是折磨人的劳作，另一部分是无所用心的休闲。

顺便说一说所谓"休闲文化"。一个醉心于自己的工作的人，他不会向休闲要求文化。对他来说，休闲仅是工作之后的休整。"休闲文化"大约只对两种人有意义，一种是辛苦劳作但从中体会不到快乐的人，另一种是没有工作要做的人，他们都需要用某种特别的或时髦的休闲方式来证明自己也有文化。我不反对一个人兴趣的多样性，但前提是有自己热爱的主要工作，唯有如此，当他进入别的领域时，才可能添入自己的一份意趣，而不只是凑热闹。

创造会有成败，这不重要，重要的是保持创造的热忱。有了这样的热忱，无论成败都是在为创造做贡献。还是让圣埃克苏佩里自己来说，他说得太精彩："创造，也可以指舞蹈中跳错的那一步，石头上凿坏的那一凿子。动作的成功与否不是主要的。这种努力在你看来是徒劳无益，这是由于你的鼻子凑得太近的缘故，你不妨往后退一步。站在远处看这个城区的活动，看到的是意气风发的劳动热忱，你再也不会注意有缺陷的动作。"一个人有创造的热忱，他未必就能成为大艺术家。一大群人有创造的热忱，其中一定会产生大艺术家。大家都爱跳舞，即使跳得不好的人也跳，美的舞蹈便应运而生。说到底，产生不产生大艺术家也不重要，在这片生机勃勃的土地上，生活本身就是意义。

人在创造的时候是既不在乎报酬，也不考虑结果的。陶工专心致志地伏身在他的手艺上，在这个时刻，他既不是为商人，也不是为自己工作，而是"为这只陶罐以及柄子的弯度工作"。艺术家废寝忘食只是为了一个意象，一个还说不出来的形式。他当然感到了幸福，但幸福是额外的奖励，而不是预定的目的。美也如此，你几曾听到过一个雕塑家说他要在石头上凿出美？

从沙漠征战归来的人，勋章不能报偿他，亏待也不会使他失落。"当一个人升华、存在、圆满死去，还谈什么获得与占有？"一切从工作中感受到生命意义的人都是如此，内在的富有找不到、也不需要世俗的对应物。像托尔斯泰、卡夫卡、爱因斯坦这样的人，没有得诺贝尔奖于他们何损，得了又能增加什么？只有那些内心中没有欢乐源泉的人，才会斤斤计较外在的得失，孜孜追求教授的职称、部长的头衔和各种可笑的奖状。他们这样做很可理解，因为倘若没有这些，他们便一无所有。

六

如果我把圣埃克苏佩里的思想概括成一句话，譬如说"生命的意义在于爱和创造，在于奉献"，我就等于什么也没有说，只是在重复一句陈词滥调。是否用自己独特的语言说出一个真理，这不只是表达的问题，而是决定了说出的是不是真理。世上也许有共同的真理，但它不在公共会堂的标语上和人云亦云的口号中，只存在于一个个具体的人用心灵感受到的特殊的真理之中。那些不拥有自己的特殊真理的人，无论他们怎样重复所谓共同的真理，说出的始终是空洞的言辞而不是真理。圣埃克苏佩里说："我瞧不起意志受论据支配的人。词语应该表达你的意思，而不是左右你的意志。"真理不是现成的出发点，而是千辛万苦要接近的目标。凡是把真理当作起点的人，他们的意志正是受了词语的支配。

这本书中还有许多珍宝，但我不可能一一指给你们看。我在这座圣殿里走了一圈，把我的所见所思告诉了你们。现在，请你们自己走进去，你们也许会有不同的所见所思。然而，我相信，有一种感觉会是相同的。"把石块砌在一起，创造的是静默。"当你们站在这座用语言之石垒建的殿堂里时，你们一定也会听见那迫人不得不深思的静默。

2003.6

第六辑　风中的纸屑

亲近自然

1

人类曾经以地球的主人自居，对地球为所欲为，结果破坏了地球上的生态环境并且自食其恶果。于是，人类开始反省自己的行为。

反省的第一个认识是，人不能用奴隶主对待奴隶的方式对待地球，人若肆意奴役和蹂躏地球，实际上是把自己变成了地球的敌人，必将遭到地球的报复，就像奴隶主遭到奴隶的报复一样。地球是人的家，人应该为了自己的长远利益管好这个家，做地球的好主人，不要做败家子。

在这一认识中，主人的地位未变，只是统治的方式开明了一些。然而，反省的深入正在形成更高的认识：人作为地球主人的地位真的不容置疑吗？与地球上别的生物相比，人真的拥有特权吗？一位现代生态学家说：人类是作为绿色植物的客人生活在地球上的。若把这个说法加以扩展，我们便可以说，人是地球的客人。作为客人，我们在享受主人的款待时倒也不必羞愧，但同时我们应当懂得尊重和感谢主人。做一个有教养的客人，这可能是人对待自然的最恰当的态度吧。

2

土地是洁净的，它接纳一切自然的污物，包括动物的粪便和尸体，使之重归洁净。真正肮脏的是它不肯接纳的东西——人类的工业废物。

3

在大海边，在高山上，在大自然之中，远离人寰，方知一切世俗功利的渺小，包括"文章千秋事"和千秋的名声。

4

在灯红酒绿的都市里，觅得一粒柳芽，一朵野花，一刻清静，人会由衷地快乐。在杳无人烟的荒野上，发现一星灯火，一缕炊烟，一点人迹，人也会由衷地快乐。自然和文明，人皆需要，二者不可缺一。

5

每到重阳，古人就登高楼，望天涯，秋愁满怀。今人一年四季关在更高的高楼里，对季节毫无感觉，不知重阳为何物。

秋天到了。可是哪里是"红叶天"，"黄花地"？在我们的世界里，甚至已经没有了天和地。我们已经自我放逐于自然和季节。

6

现代人只能从一杯新茶中品味春天的田野。

自我和他人

1

托尔斯泰在谈到独处和交往的区别时说："你要使自己的理性适合整体，适合一切的源，而不是适合部分，不是适合人群。"说得好。

对于一个人来说，独处和交往均属必须。但是，独处更本质，因为在独处时，人是直接面对世界的整体，面对万物之源的。相反，在交往时，人却只是面对部分，面对过程的片断。人群聚集之处，只有凡人琐事，过眼烟云，没有上帝和永恒。

也许可以说，独处是时间性的，交往是空间性的。

2

乘飞机，突发奇想：如果在临死前，譬如说这架飞机失事了，我从空中摔落，而这时我看到了极美的景色，获得了极不寻常的体验，这经历和体验有没有意义呢？由于我不可能把它们告诉别人，它们对于别人当然没有意义。对于我自己呢？人们一定会说：既然你顷刻间就死了，这种经历和体验亦随你而毁灭，在世上不留任何痕迹，它们对你也没有意义。可是，同样的逻辑难道不是适用于我一生中任何时候的经历和体验吗？不对，你过去的经历和体验或曾诉诸文字，或曾传达给他人，因而已经实现了社会的功能。那么，意义的尺度归根结底是社会的吗？

3

看破红尘易，忍受孤独难。在长期远离人寰的寂静中，一个人不可能做任何事，包括读书、写作、思考。甚至包括禅定，因为连禅定也是一种人类活动，唯有在人类的氛围中才能进行。难怪住在冷清古寺里的老僧要自叹："怎生教老僧禅定？"

4

独特，然后才有沟通。毫无特色的平庸之辈厮混在一起，只有委琐，岂可与语沟通。每人都展现出自己独特的美，开放出自己的奇花异卉，每人也都欣赏其他一切人的美，人人都是美的创造者和欣赏者，这样的世界才是赏心悦目的人类家园。

5

怎样算是替他人着想，有两种截然相反的理解。在一种人看来，这意味着尊重他人的个别性，不把自己的愿望强加于人，不随意搅扰别人，不使他人为难。在另一种人看来，这意味着乐于助人，频频向人表示关心，一种异乎寻常的热心肠。两者的差异源于个性和观念的不同，他们要求于他人的东西也同样是不同的。

6

人与人之间应当保持一定距离，这是每个人的自我的必要的生存空间。缺乏自我的人不懂得这个道理。你因为遭受某种痛苦而独自躲了起来，这时候，往往是这时候，你的门敲响了，那班同情者络绎不绝地到来，把你连同你的痛苦湮没在同情的吵闹声中了。

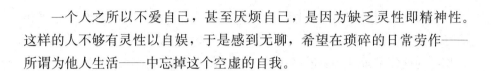

7

一个人之所以不爱自己，甚至厌烦自己，是因为缺乏灵性即精神性。这样的人不够有灵性以自娱，于是感到无聊，希望在琐碎的日常劳作——所谓为他人生活——中忘掉这个空虚的自我。

8

自爱者才能爱人，富裕者才能馈赠。给人以生命欢乐的人，必是自己充满着生命欢乐的人。一个不爱自己的人，既不会是一个可爱的人，也不可能真正爱别人。他带着对自己的怨恨到别人那里去，就算他是去行善的吧，他的怨恨仍会在他的每一件善行里显露出来，加人以损伤。受惠于一个自怨自艾的人，还有比这更不舒服的事吗？

9

孤独与创造，孰为因果？也许是互为因果。一个疏于交往的人会更多地关注自己的内心世界，一个人专注于创造也会导致人际关系的疏远。

10

在体察别人的心境方面，我们往往都很粗心。人人都有自己的烦恼事，都不由自主地被琐碎的日常生活推着走，谁有工夫来注意你的心境，注意到了又能替你做什么呢？当心灵的重负使你的精神濒于崩溃，只要减一分便能得救时，也未必有人动这一举手之劳，因为具备这个能力的人多半觉得自己有更重要的事要做，压根儿想不到那一件他轻易能做到的小事竟会决定你的生死。

心境不能沟通，这是人类生存的基本境遇之一，所以每个人在某个时刻都会觉得自己是被弃的孤儿。

221

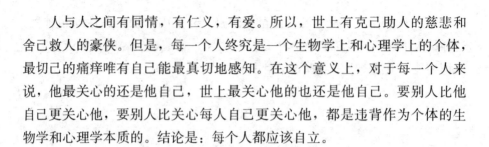

11

　　人与人之间有同情，有仁义，有爱。所以，世上有克己助人的慈悲和舍己救人的豪侠。但是，每一个人终究是一个生物学上和心理学上的个体，最切己的痛痒唯有自己能最真切地感知。在这个意义上，对于每一个人来说，他最关心的还是他自己，世上最关心他的也还是他自己。要别人比他自己更关心他，要别人比关心每人自己更关心他，都是违背作为个体的生物学和心理学本质的。结论是：每个人都应该自立。

灵魂和肉体

1

我相信，灵魂和肉体必定有着不同的来源。我只能相信，不能证明，因为灵魂的来源是神秘的，而一切用肉体解释灵魂的尝试都过于牵强。

有时候我想，人的肉体是相似的，由同样的物质组成，服从着同样的生物学法则，唯有灵魂的不同才造成了人与人之间的巨大差异。有时候我又想，灵魂是神在肉体中的栖居，不管人的肉体在肤色和外貌上怎样千差万别，那栖居于其中的必定是同一个神。

肉体会患病，会残疾，会衰老，对此我感觉到的不仅是悲哀，更是屈辱，以至于会相信这样一种说法：肉体不是灵魂的好的居所，灵魂离开肉体也许真的是解脱。

肉体终有一死。灵魂会不会死呢？这永远是一个谜。既然我们不知道灵魂的来源，我们也就不可能知道它的去向。

2

灵魂和肉体的关系涉及最古老的争论。有些宗教和准宗教教导人用牺牲肉体的办法来拯救灵魂，当然是违背常情和常识的。因此，作为一种反拨，回到肉体的真理的呼声在现代日盛，对此我完全能够理解。依据常识，我也完全赞同灵肉和谐的人生境界。可是，最根本的问题也许恰恰落在了

常识之外，这就是帕斯卡尔所追问的问题：人是怎么会有一个灵魂的，这灵魂又是怎么会寄寓在一个肉体里的？当然，科学是不承认这样的问题的，因为它认为灵魂仅是肉体的功能，不承认任何非这一意义上的灵魂的存在。然而，灵魂依然对自己的来源感到惊奇，这种惊奇是科学所取消不了的。

3

肉体使人难堪不在于它有欲望，而在于它迟早有一天会因为疾病和衰老而失去欲望，变成一个奇怪的无用的东西。这时候，再活泼的精神也只能无可奈何地眼看着肉体衰败下去，自己也终将被它拖向衰败，与它同归于尽。一颗仍然生气勃勃的心灵却注定要为背弃它的肉体殉葬，世上没有比这更使精神感到屈辱的事情了。所谓灵与肉的冲突，唯在此时最触目惊心。

4

一个人的灵魂不安于有生有灭的肉身生活的限制，寻求超越的途径，不管他的寻求有无结果，寻求本身已经使他和肉身生活保持了一个距离。这个距离便是他的自由，他的收获。

5

肉体需要有它的极限，超于此上的都是精神需要。奢侈，挥霍，排场，虚荣，这些都不是直接的肉体享受，而是一种精神上的满足，当然是比较低级的满足。一个人在肉体需要得到了满足的基础上，他的剩余精力必然要投向对精神需要的追求，而精神需要有高低之分，由此分出了人的灵魂和生命质量的优劣。

坚守精神家园

1

现代世界是商品世界，我们不能脱离这个世界求个人的生存和发展，这是一个事实。但是，这不是全部事实。我们同时还生活在历史和宇宙中，生活在自己唯一的一次生命过程中。所以，对于我们的行为，我们不能只用交换价值来衡量，而应有更加开阔久远的参照系。在投入现代潮流的同时，我们要有所坚守，坚守那些永恒的人生价值。一个不能投入的人是一个落伍者，一个无所坚守的人是一个随波逐流者。前者令人同情，后者令人鄙视。也许有人两者兼顾，成为一个高瞻远瞩的弄潮儿，那当然就是令人钦佩的了。

2

"人是要有一点精神的。"——在一切"最高指示"中，至少这一句的确不会过时。

在那个"突出政治"的年代，我对它有自己的读法，我把它读作：人不该只有政治狂热，把自己的灵魂淹没在红彤彤的标语口号海洋里。

在如今崇拜金钱的氛围中，我又想起了这句话，并且给它加上新的注解：人不该只求物质奢华，把自己的灵魂淹没在花花绿绿的商品海洋里。

世事无常，潮流变迁。相同的是，凡潮流都可能（当然不是必定）会

225

淹没人的那一颗脆弱的灵魂。因此，愿我们投入任何潮流时都永远保持这一种清醒："人是要有一点精神的。"

3

天下滔滔，象牙塔一座接一座倾塌了。我平静地望着它们的残骸随波漂走，庆幸许多被囚的普通灵魂获得了解放。

可是，当我发现还有若干象牙塔依然零星地竖立着时，禁不住向它们深深鞠躬了。我心想，坚守在其中的不知是一些怎样奇特的灵魂呢。

4

休说精神永存，我知道万有皆逝，精神也不能幸免。然而，即使岁月的洪水终将荡尽地球上一切生命的痕迹，罗丹的雕塑仍非徒劳；即使徒劳，罗丹仍要雕塑。那么，一种不怕徒劳仍要闪光的精神岂不超越了时间的判决，因而也超越了死亡？

所以，我仍然要说：万有皆逝，唯有精神永存。

5

世纪已临近黄昏，路上的流浪儿多了。我听见他们在焦灼地发问：物质的世纪，何处是精神的家园？

我笑答：既然世上还有如许关注着精神命运的心灵，精神何尝无家可归？

世上本无家，渴望与渴望相遇，便有了家。

6

人类精神始终在追求某种永恒的价值，这种追求已经形成为一种持久的精神事业和传统。当我也以自己的追求加入这一事业和传统时，我渐渐明白，这一事业和传统超越于一切优秀个人的生死而世代延续，它本身就具有一种永恒的价值，甚至是人世间唯一可能和真实的永恒。

7

人生境界的三项指标：生活情趣，文化品位，精神视野。

8

一个精神贫乏、缺乏独特个性的人，当然不会遭受精神上危机的折磨。可是，对于一个精神需求很高的人来说，危机，即供求关系的某种脱节，却是不可避免的。他太挑剔了，世上不乏友谊、爱和事业，但是他要的那一种，他的精神仍然感到饥饿。这样的人，必须自己创造精神的食物。

9

在一颗优美的心灵看来，整个现代商业化社会就像一个闹哄哄的大市场。人们匆忙地活动着，声嘶力竭地叫喊着，——为了赚钱和增殖财富。无头脑的匆忙，使人永是处在疲劳之中，独处时不复有静谧的沉思，人与人之间也不再有温馨的交往。他望着这些忙碌奔走却又麻木不仁的现代人，只觉得他们野蛮。

心灵也是一种现实

1

人同时生活在外部世界和内心世界中。内心世界也是一个真实的世界。或者，反过来说也一样：外部世界也是一个虚幻的世界。

2

对于不同的人，世界呈现不同的面貌。在精神贫乏者眼里，世界也是贫乏的。世界的丰富的美是依每个人心灵丰富的程度而开放的。

对于音盲来说，贝多芬等于不存在；对于画盲来说，毕加索等于不存在。对于只读流行小报的人来说，从荷马到海明威的整个文学宝库等于不存在。对于终年在名利场上奔忙的人来说，大自然的美等于不存在。

想一想，一生中有多少时候，我们把自己放逐在世界的丰富的美之外了？

3

一个经常在阅读和沉思中与古今哲人文豪倾心交谈的人，与一个只读明星逸闻和凶杀故事的人，他们生活在多么不同的世界上！

那么，你们还要说对崇高精神生活的追求是无用的吗？

4

对于一颗善于感受和思考的灵魂来说，世上并无完全没有意义的生活，任何一种经历都可以转化为内在的财富。而且，这是最可靠的财富，因为正如一位诗人所说："你所经历的，世间没有力量能从你那里夺走。"

5

在某种意义上，美、艺术都是梦。但是，梦并不虚幻，它对人心的作用和它在人生中的价值完全是真实的。弗洛伊德早已阐明，倘没有梦的疗慰，人人都非患神经官能症不可。不妨设想一下，倘若彻底排除掉梦、想象、幻觉的因素，世界不再有色彩和音响，人心不再有憧憬和颤栗，生命还有什么意义？在人生画面上，梦幻也是真实的一笔。

6

在这个时代，能够沉醉于自己的心灵空间的人是越来越少了。那么，好梦联翩就是福，何必成真。

7

两种人爱做梦：太有能者和太无能者。他们都与现实不合，前者超出，后者不及。但两者的界限是不易分清的，在成功之前，前者常常被误认为后者。

可以确定的是，不做梦的人必定平庸。

8

耽于梦想也许是一种逃避，但梦想本身却常常是创造的动力。梵高这样解释他的创作冲动："我一看到空白的画布呆望着我，就迫不及待地要把内容投掷上去。"在每一个创造者眼中，生活本身也是这样一张空白的画布，等待着他去赋予内容。相反，谁眼中的世界如果是一座琳琅满目的陈列馆，摆满了现成的画作，这个人肯定不会再有创造的冲动，他至多只能做一个鉴赏家。

9

人生如梦，爱情是梦中之梦。诸色皆空，色欲乃空中之空。可是，若无爱梦萦绕，人生岂不更是赤裸裸的空无；离了暮雨朝云，巫山纵然万古长存，也只是一堆死石头罢了。

10

两种人爱做梦：弱者和智者。弱者梦想现实中有但他无力得到的东西，他以之抚慰生存的失败。智者梦想现实中没有也不可能有的东西，他以之解说生存的意义。

中国多弱者的梦，少智者的梦。

人性现象

1

知识和心灵是两回事，一个勤奋做学问的人同时也可能是一个心灵很贫乏的人。若想知道一个人的精神级别，不要看他研究什么，而要看他喜欢什么。一个人在精神素质上的缺陷往往会通过他的趣味暴露出来。趣味是最难掩饰的，因为它已经扎根在无意识之中，总是在不经意中流露。

2

感觉是虚幻的，但感觉岂非人的全部所有，而人与人之间的区别也全在感觉，在感觉的高下、精粗、深浅、厚薄之不同。

3

有两种不同的复杂，一种是精神上的丰富，另一种是品性上的腐败。在同一个人身上，两者不可并存。

4

你告诉我你厌恶什么，我就告诉你你是什么。

周国平散文自选集

厌恶比爱更加属于一个人的本质。人们在爱的问题上可能自欺，向自己隐瞒利益的动机，或者相反，把道德的激情误认作爱。厌恶却近乎是一种本能，其力量足以冲破一切利益和道德的防线。

5

生命不同季节的体验都是值得珍惜的，它们是完整的人生体验的组成部分。一个人在任何年龄段都可以有人生的收获，岁月的流逝诚然令人悲伤，但更可悲的是自欺式的年龄错位。

6

关于大事和小事——

看透大事：超脱。看不透大事：执着。

看透小事：豁达。看不透小事：计较。

一个人可能超脱而计较，头脑开阔而心胸狭窄；也可能执着而豁达，头脑简单而心胸开朗。

还有一种人从不想大事，他们是天真的或糊涂的。

7

问你：如果让你定居，你喜欢热闹的都市，还是寂静的山林？

再问你：如果身处山林，你喜欢一人独居，还是有人陪伴？

再问你：如果有人陪伴，你喜欢她是你的太太，还是一个陌生姑娘？

"每一个问题都有两个相反的答案。"——这句话不是我发明的，最早说这句话的是古希腊哲学家普罗泰哥拉。

232

8

一个老妇住医院，护理员在整理她的抽屉时发现了一面小镜子，便问她："你这么老了，还照镜子？"

她答："赶明儿你老了，你也不觉得自己老。"

说得对。老是不知不觉来到的，"不知老之将至"实在是人的普遍心态。这很好，使人得以保持生命的乐趣直至生命的终结。

9

人总是不断地把老年的上限往后推，以便不把自己算作老人。

10

在我们的感觉中，爷爷辈的人似乎从来是老的，父辈的人是逐渐变老的，自己似乎是永远不会老的。

11

白发善舞。看街头老人舞，大致可以测知时代精神。前些年刮西风，流行的是老年交谊舞和老年迪斯科。后来国学吃香，街上秧歌舞锣鼓喧天。现在怀念红太阳，老人们又跳起了忠字舞。

俄国诗人涅克拉索夫写过一部长诗，题为《在俄罗斯谁活得快乐自由》。若有人问咱们这儿，回答当然是——老人。

不同的天赋

1

世界是大海，每个人是一只容量基本确定的碗，他的幸福便是碗里所盛的海水。我看见许多可怜的小碗在海里拼命翻腾，为的是舀到更多的水，而那为数不多的大碗则很少动作，看去几乎是静止的。

2

我倾向于认为，一个人的悟性是天生的，有就是有，没有就是没有，它可以被唤醒，但无法从外面灌输进去。关于这一点，我的一位朋友有一种十分巧妙的说法，大意是：在生命的轮回中，每一个人仿佛在前世修到了一定的年级，因此不同的人投胎到这个世界上来的时候已经是站在不同的起点上了。已经达到大学程度的人，你无法让他安于读小学，就像只具备小学程度的人，你无法让他胜任上大学一样。当然，这个说法仅仅是一种譬喻。

3

上帝赋予每个人的能力的总量也许是一个常数，一个人在某一方面过了头，必在另一方面有欠缺。因此，一个通常意义上的弱智儿往往是某个非常方面的天才。也因此，并不存在完全的弱智儿，就像并不存在完全的超常儿一样。

4

人是有种的不同的。当然，种也有运气的问题，是这个种，未必能够成这个材。有一些人，如果获得了适当的机遇，完全可能成就为异常之材，成为大文豪、大政治家、大军事家、大企业家等等，但事实上是默默无闻地度过了一生。譬如说，我们没有理由不设想，在古往今米无数没有机会受教育的人之中，会有一些极好的读书种子遭到了扼杀。另一方面呢，如果不是这个种，那么，不论运气多么好，仍然不能成这个材。对于这一层道理，只要看一看现在的许多职业读书人，难道还不明白吗？

5

智力可以来自祖先的遗传，知识可以来自前人的积累。但是，有一种灵悟，其来源与祖先和前人皆无关，我只能说，它直接来自神，来自世界至深的根和核心。

写作的理由

1

文字的确不能替我们留住生活中最好的东西，它又不愿退而去记叙其次好的东西，于是便奋力创造出另一种最好的东西，这就有了文学。

2

为什么写作，而不是不写作？

3

拿起书，不安——应当自己来写作。拿起笔，不安——应当自己来生活。

4

我是一个有文字癖的人，这癖有种种可笑的表现——

人前人后，我的闲着的手指会不由自主地在桌上、在裤腿上、在另一根指头上画字。

上厕所时，我会一遍遍默读面前墙壁上写着的"小便入池"之类的字。

我舍不得扔掉任何一张我明知无用的小纸片，只要上面写有字迹，似乎是因为意识到我不能再得到一张照原样写有这些字迹的小纸片了。

　　我不知道，写作究竟是我患这病的原因呢，抑或只是结果。

5

　　这是我小时候喜欢玩的一个游戏：把我的幼稚的习作工整地抄写在纸上，然后装订成一本本小书。

　　现在，我已经正式出版了好几本书了。可是，我羞愧地发现，里面仍有太多幼稚的习作。我安慰自己说：我最好的东西还没有写出来，在那之前写的当然仍是幼稚的习作啦。接着我听见自己责备自己：既然这样，我为什么要把这些幼稚的习作变成书呢？听到这个责备，我忽然理解了并且原谅了自己：原来，我一直不过是在玩着小时候喜欢玩的游戏罢了。

6

　　写作是一种习惯。对于养成了这种习惯的人来说，几天不写作就会引起身心失调。在此意义上，写作也是他们最基本的健身养生之道。

7

　　为何写作？为了安于自己的笨拙和孤独。为了有理由整天坐在家里，不必出门。为了吸烟时有一种合法的感觉。为了可以不遵守任何作息规则同时又生活得有规律。写作是我的吸毒和慢性自杀，同时又是我的体操和养身之道。

8

　　创造的快乐在于创造本身。对于我来说，写出好作品本身就是最大的快乐，至于这作品能否给我带来好名声或好收益，那只是枝节问题。再高的稿费也是会被消费掉的，可是，好作品本身是不会被消费掉的，一旦写成，它就永远存在，永远属于我了，成了我的快乐的不竭源泉。

由于这个原因，我当然就不屑于仅仅为了名声和稿酬写作。我不会为了微小的快乐而舍弃我的最大的快乐。

9

我对身后名毫无兴趣，因为我太清楚死后的虚无。我写作，第一是因为写作本身使我愉快，第二是因为作品发表后读者的共鸣使我愉快。就后者而言，我对身前名是在乎的，不过那应该是真实的名声，从中我的确能感受到读者对我的喜爱。所以，我从来不像有些人那样请人写书评，对我的作品的反响完全是自发的。

10

我写作从来就不是为了影响世界，而只是为了安顿自己——让自己有事情做，活得有意义或者似乎有意义。

只读好书

1

要读好书，一定要避免读坏书。所谓坏书，主要是指那些平庸的书。读坏书不但没有收获，而且损害莫大。一个人平日读什么书，会在内听觉中形成一种韵律，当他写作的时候，他就会不由自主地跟着这韵律走。因此，大体而论，读书的档次决定了写作的档次。

2

有的人生活在时间中，与古今哲人贤士相晤谈。有的人生活在空间中，与周围邻人俗士相往还。

3

每次搬家，都要清一批书。许多书只是在这时才得到被翻看一下的荣幸，——为了决定是否要把它们废弃掉。

4

书太多了，我决定清理掉一些。有一些书，不读一下就扔似乎可惜，我决定在扔以前粗读一遍。我想，这样也许就对得起它们了。可是，属于这个范围的书也非常多，结果必然是把时间都耗在这些较差的书上，而总也不能开始读较好的书了。于是，对得起它们的代价是我始终对不起自己。

所以，正确的做法是，在所有的书中，从最好的书开始读起。一直去读那些最好的书，最后当然就没有时间去读较差的书了，不过这就对了。

在一切事情上都应该如此。世上可做可不做的事是做不完的，永远要去做那些最值得做的事。

5

有时候觉得，读书是天下最愉快的事，是纯粹的收入，尽管它不像写作那样能带来经济上的收益。

节省语言

1

智者的沉默是一口很深的泉源，从中汲出的语言之水也许很少，但滴滴晶莹，必含有很浓的智慧。

相反，平庸者的夸夸其谈则如排泄受堵的阴沟，滔滔不绝，遍地泛滥，只是污染了环境。

2

我不会说、也说不出那些行话，套话，在正式场合发言就难免怯场，所以怕参加一切必须发言的会议。可是，别人往往误以为我是太骄傲或太谦虚。

3

我害怕说平庸的话，这种心理使我缄口。当我被迫说话时，我说出的往往的确是平庸的话。唯有在我自己感到非说不可的时候，我才能说出有价值的话。

4

他们围桌而坐，发言踊跃。总是有人在发言，没有冷场的时候，其余人也在交头接耳。那两位彼此谈得多么热烈，一边还打着手势，时而严肃地皱眉，时而露齿大笑。我注视着那张不停开合着的嘴巴，诧异地想："他们怎么会这么多话可讲？"

5

对于人生的痛苦，我只是自己想，自己写，偶尔心血来潮，也会和一二知己说，但多半是用玩笑的口吻。

有些人喜欢在庄严的会场上、在大庭广众之中一本正经地宣说和讨论人生的痛苦，乃至于泣不成声，哭成一团。在我看来，那是多么有点儿滑稽的。

6

他们因为我的所谓成功，便邀我参加各种名目的讨论。可是，我之所以成为今日之我，正是因为我从来不参加什么讨论。

7

人得的病只有两种，一种是不必治的，一种是治不好的。

人们争论的问题也只有两种，一种是用不着争的，一种是争不清楚的。

8

多数会议可以归入两种情况，不是对一个简单的问题发表许多复杂的议论，就是对一件复杂的事情做出一个简单的决定。

风中的纸屑

1

真理在天外盘旋了无数个世纪，而这些渴求者摊开的手掌始终空着。

2

每个人一辈子往往只在说很少的几句话。

3

极端然后丰富。

4

苏格拉底、孔子、释迦牟尼、基督都不留文字，却招来了最多的文字。

5

人都是崇高一瞬间，平庸一辈子。

6

单纯的人也许傻，复杂的人都会蠢。

7

偶尔真诚一下、进入了真诚角色的人，最容易被自己的真诚感动。

8

有大气象者，不讲捧场。讲大排场者，露小气象。

9

恶德也需要实践。初次做坏事会感到内心不安，做多了，便习惯成自然了，而且不觉其坏。

10

阴暗的角落里没有罪恶，只有疾病。罪恶也有它的骄傲。

11

知识关心人的限度之内的事，智慧关心人的限度之外的事。

12

成熟了，却不世故，依然一颗童心。成功了，却不虚荣，依然一颗平常心。兼此二心者，我称之为慧心。

13

对人生的觉悟来自智慧，倘若必待大苦大难然后开悟，慧根也未免太浅。

14

人心的境界：从野心出发，经过慧心，回到平常心。

15

我对任何出众的才华无法不持欣赏的态度，哪怕它是在我的矮敌人身上。

16

对于我来说，谎言重复十遍未必成为真理，真理重复十遍（无须十遍）就肯定成为废话。

17

我本能地怀疑一切高调，不相信其背后有真实的激情。

18

亲爱的，我不能想象有一天我会离开你，但我也不能想象我的生活中再没有新的战栗。

谁老了，世界，还是我？

245

19

曾经有无数的人受难和死去，而我现在坐在这里，看着电视，笑着……

20

有一个东西在内部生长，我常常于无声处听见它说话……

21

即使在悲伤的时候，打开窗户，有新鲜空气涌入，仍然会禁不住感到一阵舒畅。

22

心中不是乱，就是空。不乱不空，宁静又充实，谓之澄明。

23

荒山秃岭，大地沉默的心事，另一种生命的存在。
有谁懂得群山的心事？

24

黑夜迷失在一缕蛛丝般飘悠的光线里了。
夜是不会消失的。我知道，它藏在白天的心里。

25

许多夜幕下的灿烂，在白昼就显形为杂乱了。

26

已经毁灭的星体，它的光芒刚刚到达我的眼睛。

27

昙花一现，流星一闪。
哪朵花不是昙花？哪颗星不是流星？

28

有哪一只蚂蚁死了还能复活？

29

是的，人生是很简单的。可是，如果一个人麻木了，对于他一切都是很简单的。

30

即使在黑夜里，地球仍然绕着太阳旋转。

31

一片空地，几间空屋，有人来到这里，贴上标签，于是为家。

32

狡猾的美是危险的，因为它会激起不可遏止的好奇心。

33

胖女人的气味像面包房，瘦女人的气味像白菜窖。

34

强奸和诱奸——除此之外，公牛还能有什么别的法子得到母牛呢？
洗脑子和砍脑袋——除此之外，强权还能有什么别的法子消灭异端呢？

35

"我爱吾师，我更爱真理。"
好吧，我还可以添上：我爱吾父吾母，我更爱善；我爱吾妻，我更爱美。

水上的荷叶

1

终于安静了。许多天来，我一直盼望着这一刻圣洁的安静，为了在其中安放你的童话。

我知道，成人的故事全是虚构，孩子的童话全是真实。

所以，我要伸出孩子一样诚实的手，捧接这一朵晶莹的雪花。

2

通宵达旦地坐在喧闹的电视机前，他们把这叫作过年。

我躲在我的小屋里，守着我今年的最后一刻寂寞。当岁月的闸门一年一度打开时，我要独自坐在坝上，看我的生命的河水汹涌流过。这河水流向永恒，我不能想象我缺席，使它不带着我的虔诚，也不能想象有宾客，使它带着酒宴的污秽。

可是，当我转过头来，发现你也在岸上默默注视这河水的时候，我向你投去了感谢的一瞥。

3

深夜，我在睡眠中梦见永恒的神秘图像，并且在梦呓中把它泄露了出来。我的梦呓沿着许多朦胧的嘴唇传入你耳中。你惊呼道："这是神谕呀!"于是你出发去寻找说出这神谕的梦者。

天亮了，我已经忘记我的梦呓，和所有的人一样过着平淡的日子。

那么，你还能认出我吗?

4

我把我的孤独丢失在路上了。许多热心人围着我，要帮我寻找。我等着他们走开。如果他们不走开，我怎么能找回我的孤独呢? 如果找不回我的孤独，我又怎么来见你呢?

5

我想即刻上路，沿着你的盼望去寻找你，叩响你的屋门，然而我不能。

但我也不愿你经受无尽的盼望的折磨。

世界很大，请你锁上屋门，到广阔的世界上去漫游，在漫游中把我暂忘。

世界很小，我们一定会在某个街角相逢。

6

在这个世界上，没有一座屋宇属于我，我只生活在我的心灵的屋宇里。

所以，不要再在世界的无数岔路口等我，不要让我为你的焦急的等待而担忧，不要逼我走出我心灵的屋宇而迷失在寻找你的途中。

7

萨特说：他人是地狱。我说：地狱在自己心中。我曾经堕入我心中的地狱，领教了其中的一切鬼怪，目睹了其中的一切惨象，经受了其中的一切酷刑。最后，我逃出来了，用一把大锁锁住了地狱的门。

请不要对我说："钥匙还在你手中呢。"

8

人们常说：爱与死。的确，相爱到死，乃至为爱而死，是美好的。但是，为了爱，首先应该活，活着才能爱。我不愿把死浪漫化。死是一切的毁灭，包括爱。

使爱我的人感到轻松，更加恋生，这是我对爱的回赠。

9

我生活在我的思想和文字之中，并不期望它们会给我带来成功和荣誉。现在，倘若它们已经走进了如许可爱的心灵，我就更不必在乎它们是否会带给我成功和荣誉了。

我仿佛看见我的书在你的手中，宛如融入一片美丽的风景。在你的眼光的抚爱下，它的真理变得谦虚了，它的谎言也变得诚实了。

10

我渴望走进你的屋宇。可是，在你门前的广场上，聚集着各色的人群，他们的眼光满含嫉妒、愤恨和幸灾乐祸的快意，一旦我出现，他们就会向我投来怒骂和哄笑。叫我怎么穿过这片广场呢？

我听见你对我说："只要你走得足够快，他们的眼光就只有很低的命中率。只要你走得足够远，他们的眼光就只有很短的射程。"

渴望使我终于鼓起勇气向你走来。果然，当我穿越广场的时候，笑骂四起。我迟疑了，想举步返回，他们的笑骂反而更加嚣张。这倒使我横下了一条心，不再理睬，勇往直前。

现在，我已经进到你的屋宇里，与你会合。门外的喧嚣突然沉寂了，那些形形色色的眼光也如同黎明时分的路灯一样统统熄灭了。

11

列车徐徐开动，我看见你用手指在车窗上写了一个字。远去的列车把这个字带走了。

我仿佛听见你说："不对，我已经把这个字留给了你。"

这是一个什么字呢？

我猜不出。

我只知道，正当我怀疑自己渐渐衰老的时候，你来了，为了向我证明我始终是一个孩子，并把我领回到那个与时间和解的古老家族中去。

我只知道，正当我害怕自己变得平庸的时候，你来了，为了提醒我一件尚未完成的事业。

于是我放心了，因为我的沉默有了自己的歌声，我的孤独有了自己的山林。

假如没有你，我该怎么办呢？

可是，你的到来是这样自然而然，我怎么会没有你呢？

12

你一出现，我立刻一身清新。你的美丝毫没有沾染人间的虚荣，她把一切美都当作她的姐妹亲切致意。

你从你的深山里采摘了一束小野花，把它们递给我。我立刻认出它们是地球上最古老的花朵，只因为如今人们眼里只有名贵的温室鲜花，它们才被遗忘而竟然成了你的私产。

13

你看他这样，像个已经成功或将要成功的人吗？即使有人相信，我不会相信，你也不要相信。

他与成功无缘，因为他永远对自己没有把握，——对别人也没有。

既然成功属于尘世，完美属于天国，他与完美的距离就更遥远了，但因此毕竟可以梦想。怀着这梦想，他就更不把成功放在眼里了。

14

她走过漫长的纯洁，终于找到我，带来了祖先的消息，带来了森林和溪流的遗产。

于是我沿着她的干净的目光和手臂，沿着她的虔诚的祝福，回到了童年的屋宇。

于是在地球的一隅，古老家族的最后一支后裔平静地唱歌和消失。

15

节日是神的到来，把两只疲惫的手搀到一起，是命定的邂逅，无数次迷失后的相遇，流浪的孩子围坐在冬天的炉火旁，听复活的外祖母讲故事。

节日是盼望喧闹的宴席散去，独自留在寂静里，虔诚地杜撰比历史更真实的记忆，和远方的亲人相对无语，唱同一支忧伤的歌曲。

节日是船只偏离航道，漂向似曾相识的岛屿，那个为你加冕的少女用一种失传的方言宣示最后的神谕。

节日是神的到来，在两个萍水相逢的人之间确认一种古老的谱系，于是消失在海面上的所有那些平淡无奇的日子突然获得了意义。

16

一个小姑娘从麦田里走来，她向我走来，给我带来了季节的礼物和生命的果实。

她在一张纸上写字，她写绿叶、雪花、梦和呼唤，我问她写了什么，她说，她写的都是我的名字。

她爱着，祝福着，可是她自己并不知道。她也不知道自己有多么好，只是虔诚地感激那因为她的爱和祝福而变得美好的世界。

17

连绵多日的阴冷的冬雨终于消散了，我展开晴朗的手心，让最轻的风栖息在上面。

湖面的冰在一点一点融化，我想起了春天给我的许诺。草和树叶快变绿了吧？

那些性别不明的哲学家正在用复杂的逻辑表达复杂的情绪,我听不懂,像一个原始人。可是我不害羞。

部落里那个最善良的少女每时每刻在向我走来。她永远单纯永远与众不同,她的问候像春天一样质朴而又新鲜,她的祝福使我心明眼亮,不会看不见春天正在向我走来。

18

你望着塞外的荒漠落日,我在你的目光里渐渐苍老了。

于是我知道,我在这世界上不会没有清泉和草坡。

也不会没有我的小木屋。

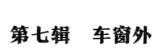

第七辑　车窗外

南游印象

一　崇武的海滩

未到福建，就有福建友人再三叮嘱："你们一定要去崇武！"到那里看了，果然好。

崇武是惠安县的一个临海小镇，因装束独特的惠安女闻名。我们一下汽车，就看到了惠安女，三二两两地夹在人群里走着。她们装束的独特，主要在头部，戴着垂胸的花布头套饰物，头套上再加一顶斗笠，在我看来不免嫌累赘。然而，有些年轻的惠安女，身着短衫和紧身裤，脚穿高跟鞋，轻飘飘挑一副担子，可真是婀娜多姿。

看惠安女该下村子，镇上只能看到零星来赶街的。其实惠安女也是汉族，只是装束特别罢了。镇上的女人不这么打扮，使我惊奇的是，姑娘们大多穿着入时，体态姣好，而老太婆则一律缁衣黑裤，却裹一块鲜红的头巾，成群结队在街上走动，也算小镇一景。

当地一位写小说开书亭的文人送给我们一张他自己印制的崇武地图，自豪地建议我们去城墙看看，据称这座周长两千六百米的花岗岩城墙是明朝遗物，至今保存完好。我们依照指点，入西门，穿越老城弯曲狭窄的石板路，向南门走去。一路上随处可见卖鲜肉、蔬菜和水果的小摊，居民们提着满载的网兜，熙来攘往，日子过得挺热闹。到了南门，拾阶登上城墙之顶，大海便展现在眼前了。

崇武最使我难忘的不是惠安女，不是古城墙，而是大海。可是，关于

257

大海，我能写些什么呢？去海边前，我问旅馆服务员，海边好不好。他用哲人的口吻答道："没去就好，去了就不好。"的确，一般游客带着好奇心去看大海，难免会失望。大海往往相似，看久了便觉单调。至于海边风景，无非礁石和沙滩两类，要描写似乎也只能是极言礁石的嶙峋和沙滩的澄净而已。

让我这么告诉你吧，我和妻子是中午到达崇武，次日中午离开的。当天下午，我们一直坐在海边礁石上看海，直到暮色苍茫才离去。陪伴我们的，只有面前大海一阵阵永不休止的涛声和背后乱草丛里一只只永远沉默的骨殖坛。次日早晨，我们越过礁石地带，来到一个辽阔的半月形海湾，静静地躺在沙滩上。这里的沙粒多白色晶体，在阳光下闪闪烁烁。远处，一些渔民正往岸上拖一只船。几个小孩沿岸边走来，到我们身边笑喊一句什么，又悠然朝前走去。我们合眼静卧，万念俱消，躺了一个上午，一个世纪。

这还不够吗？好吧，让我说得更明白些。我和妻子在崇武海滩逗留了一整天，在这一天中，除了我们两人，海滩上没有别的游客。天下滨海名城多矣，少的是没有游客的海滩，却被我们无意中得到，岂不快哉？

二　逛花市

除夕之夜，逛广州中心花市，真是热闹非凡。数里长街，棚架延伸，灯火齐明。花农们蹲在架上，由于背光，脸孔是暗的，酷似蜘蛛蹲在网中。游人摩肩接踵，川流不息，如同潮水一般从架前流过，水面上还冒出一枝枝芦苇，漂着一朵朵玫瑰。

原来，花市出售的花分两种，或散枝，或盆栽。散枝多为玫瑰和芦苇，买的人多，往往是女人买一枝玫瑰，男人或孩子买一枝芦苇，欢欢喜喜举在手里。也有抱回盆花盆景的。我们一行，阿良解囊，购得郁金香、金百合和比利时杜鹃各一盆。最得意的是那盆郁金香，两朵初放的花苞金光闪闪，一看便知其名贵，却只要八元钱，后来花也开得极好。

不买花的还是居多。无论买不买花，被潮水推着从花架前流过，似乎是广州人过除夕的必要节目。我也这样地被人潮推着走，忽然想起张岱的《西湖七月半》，稍加改动，便成了："广州花市，一无可看，只可看看逛花市之人。"我逛花市，原就是想看看逛花市之人，以体会民俗。但转念一想，别人何尝不是如此？大抵民间节庆，都是人看人，图个热闹罢了。观月赏花只是由头，由头要雅，而人类的本性却是俗的，最喜欢的还是热热闹闹的场面和气氛。

听说到了夜里十二点，游人散尽，花农们便丢弃未售出的花回家了。我没有再去看，不知确否。不过我想，广州人宁愿挤挤攘攘花钱买花，不肯等到十二点后白捡花农丢弃的花，可见他们爱热闹是爱得很真诚的。

三　鸣禽谷

一张大网悬在半空，罩住了好长一截山谷。山谷里有水，有树，有亭，有路。最主要的是，有许多飞来飞去的鸟儿，还有许多走进走出的游客。

当我踏进这只巨大的鸟笼时，我感到很新鲜。人鸟共乐，这个设计挺妙。

鸟的种类甚多，是从不同的天空和树林搜集来的，如今都在这里安家。它们或成群，或单独，或栖止，或飞翔，显得自由自在。

于是我想，其实鸟的要求并不高，不过是笼子大点罢了。

接着我又想，人何尝不是如此？

那么，当我们感觉到不自由的时候，一定是落入了一只过于窄小的笼子。

我在这只鸟笼里边踏步边寻思，不觉转悠了好几圈，渐渐感到厌倦了。这只笼子对于鸟足够大，对于我仍嫌小，我毕竟是比鸟更爱自由的万物之灵呵。

真是这样吗？我忽然想到，世上的笼子都是人类造的。

当我走出这只巨大的鸟笼时，我心里已经没有多少新鲜感了。

四　随便走走

在广州游玩，前前后后五天，最满意的是末一天。

广州是女人的天堂，因为那里有许多豪华的大商场。太太是个怕走路的人，可是逛商场从来不觉累，你看她眼睛发亮，呼吸流畅，步态轻盈，悠然自得，就像夏娃回到伊甸园一样。不对，有了豪华商场，夏娃是再不肯回伊甸园的了。

我正好相反，最怕逛商场。在五光十色的商品包围下，我只觉得头昏眼花，犹如身在地狱。问题是我完全看不懂商品，譬如说那些陈列在架子上和橱窗里的时装，倘不是穿在一位漂亮姑娘身上，我真看不出它们怎么漂亮。

但我又是一个极喜欢走路的人，只是不在商场里。到一个新地方，我喜欢漫无目的地随便走走，不必是闹市或名胜，在普通的街道上走走就行。那种奢侈的旅游方式，汽车接送，动辄"打的"，我怎么也习惯不了。到一个地方不用自己的两条腿尽兴走一走，我就会觉得像是没有到过一样。

这天太太自己约个伴去逛商场，别的朋友也去忙自己的事了，我真感到像小学生放假一样的轻松自由。天下着细雨，我撑一把伞，揣一张地图，徘徊在陌生的广州街头。我由着兴儿走，不知不觉地朝珠江的方向走去。在我的心目中，广州的中心在珠江，而不在繁华的中山路。穿过有着肮脏铁栏杆的窄桥，我进入了昔日的租界区沙面。沙面南临珠江，但江面常被空中公路或房屋遮蔽。我尽量靠着江边走，有时穿越小巷，有时经过码头，有时踅入江畔的小公园。站在公园内的栏杆前，可以凭眺白鹅潭，这是珠江分叉的地方，江面很开阔。我在那里站了很久，看江水缓缓流过，船只缓缓驶过，觉得近百余年的中国历史也在眼前缓缓通过。

然后我又继续走路，慢慢地走，有时迷了路，但一点儿不着急，因为我没有非去不可的地方。忽然我发现自己已经回到市区了。一辆公共汽车在路边停下，我就跳了上去。终点站是中山大学，我不曾到过，正好去看看。学校放着寒假，细雨迷蒙中，红墙绿松的校园异常幽静。我信步从校园的南端走到北端，那里有一扇小门，出了门又和珠江不期而遇。江边有个小码头，向看校门的老头打听，竟还有定时的渡轮，而且十分钟后就是下一班，不禁喜出望外。也许因为放假和下雨，到船离码头时，连我在内只有三四个乘客。渡轮斜穿江面，向北京路码头驶去，我俨然像乘在自己的包轮上一样，在宽敞的舱内从容走动，向四周观赏雨中江景。下了船，我又沿江散步好一会儿，才兴尽而归。

当天晚上，我怀着愉快的心情离开了广州。坐在飞机上，我暗自思忖，其实我并未游览什么著名的风景，不过是随便走走而已。但幸亏有今天的随便走走，我才觉出广州的可爱，把都市洒在胸中的尘嚣一扫而光了。

五　看海

辽阔的大海，远处波光粼粼，近处浪潮迭起。这浪潮一层层推向岸边，终于水花飞溅地摔落在海滩上，发出沉重的轰响。接着又来一次，再一次，如此循环，永不停歇。

我站在大海边，被眼前的景象震撼住了。旷古以来，大海就是这样旋涨旋落，轰鸣不息。这是一种永无止境的重复。单调吗？是的，但也许大海的魅力就在于此。它漠然于人世的变迁和生命的代谢，置身于时间之外。古往今来，诗人们一个个到这里来讴歌它，又离它而去，从世界上永远消失了，而它却依然故我。真是"多情反被无情恼"。

在距我不远的地方，一个姑娘面对大海也伫立了很久很久。她保持同一姿势，始终眺望着，她的黑色衣裙在风中飘拂。当她终于悄然离去的时候，我心中略感怅惘。

"姑娘们，你们想制造某种效果吗？到大海边来吧，穿一身黑，一动不动地站上个把小时……"我的耳边响起妻子的调皮的声音。她在海滩上搜寻贝壳和海星，这时带着她的收获，笑吟吟地回到我的身边了。我觉得她的嘲谑有些刻薄。不过，谁知道呢，生活中是有演员的，我们自己也常常自觉不自觉地演戏。我不无尴尬地笑了。

海潮依然撞击着海滩，每一次撞击都留下一摊泛着泡沫的海水。显然是在涨潮，海水一步步蚕食着沙滩。妻子逼近海水站着，直到海潮撞击，海水向脚下漫来时，才迅速跳开。

"这叫戏海。"她解释道。

这回我是由衷地笑了。亏她想得出，竟敢戏弄如此庄严的大海。她是那种轻松的女人，在她眼里，世上很少有神圣得不许嬉笑一下的事物。

天色渐晚，海滩上的游人已经十分稀少。据我观察，多数游客都是到海滩上来转悠一下，就匆匆离去了。他们宁愿住在拥挤的城区旅馆里，像我们这样在冷静的海边小屋求宿的可说绝无仅有。我亲耳听见一个游客评论这片使我如此入迷的海滩说："这里什么也没有，两分钟就看完了！"可不是吗，这是一片刚刚被旅游业"发现"的海滩，还来不及在这里建立起

第七辑　车窗外

261

种种煞风景的商业性设施，除了浩渺的海水、澄净的沙滩和新鲜的空气之外，确实一无所有。然而，这正是我喜欢它的原因，只怕好景不长，不用多久它就会什么都有，唯独没有海的肃穆和宁静了。

面对大海，哲学家看到永恒，诗人看到五彩的贝壳，匆匆的游客只看到一大摊水，真是各有所见。

且不说那些专门来海边寻找旅游设施的游客，他们是永远不可能了解大海的。一般而论，谁要了解大海，谁就必须和大海生活在一起。

"让你一辈子住在这里，你愿意吗？"妻子明知故问。

不愿意。我耐不得这无尽的寂寞。我承认我只能和大海恋爱，不能和它结婚。我愿在远方思念它，也愿常有机会走近它，可是让我永远陪伴它，它那伟大的单调会使我烦闷死的。

此刻，夜幕已经降落。在朦胧夜色中，海面上掠过点点渔火，那是归家的渔船。远处海滩上，不知谁点亮了两盏小油灯，也许是家人为归帆指示靠岸地点的信号。那边树丛里有一座渔民自己修筑的庙，屋顶上祭幡迎风飘扬，仿佛在召唤出海未归的亡魂。我向渔村的方向凝望，心中默默说：他们才是大海的真正亲人，只有他们才真正了解大海。他们眼中的大海肯定不是哲学家和诗人看到或自以为看到的样子，但我是不可能揣摩其究竟的了。

唉，我也并不了解大海。

六 季节

海南十日，离开时，主人邀请再来。我心想，是的，海南是值得一游再游的。

然而，当我回到北京，乘车从机场驶往城里的时候，我心中响起了一个多么欢快的声音——

到家了，终于到家了！

我的家毕竟在北京。

时值冬末，北京郊外仍是万木萧疏，没有一点绿色。仅仅三小时前，我还身处郁郁葱葱的热带。而现在望着车窗外掠过的一簇簇枯枝，我却感到亲切美好。

这是怎么回事呢？

阳光很好，照在奔驰的汽车上，照在宽阔笔直的公路上，照在路旁这些使我感动的枯枝上。天气有点暖和了。下飞机时特意穿上羽绒服，已经嫌热，又脱了下来。不用几天，春天就会到来，这些枯枝就会发出新芽……

我忽然明白了，是即将来临的春天使我感动。春天正朝着这些枯枝走去，不，正从这些枯枝里朝着我走来。同时我也忽然想到了海南的一个欠缺：那里没有枯枝，没有发芽，没有春天。

当我乘车在海南各地旅游的时候，我不免惊叹公路两旁那茂盛得不能再茂盛的植物，浓郁得不能再浓郁的绿色。气候实在太温暖太湿润了，种子掉下来准活，一出土疯长，把整座岛屿泛滥成了一个生命的海洋。如今开发海南，各路好汉纷纷从大陆拥到这个海岛碰运气，社会环境也变得和自然环境一样热气腾腾。处在这样兴奋的氛围中，人只想生长、发展，不复有孕育和等待的耐心了。

海南虽好，不是我的家。

我的家不能只有夏天，没有冬天。因为没有冬天，也就没有春天和秋天。我的生命中必须有春天，有萌芽时的欢欣；也必须有秋天，有落叶时的惆怅。每当换季的时候，我心中会有一种异样的感觉，我不能失掉了这么微妙的心境。我的生命中必须有季节的变化，它使我听得见岁月流动的节奏，我不能让我的生命无声无息地流失。

我的家不能只有热闹，没有宁静。这不为什么，我的天性就是喜欢宁静胜过喜欢热闹。

1992.4

街头即景

一　光明使者

在北京最繁华的闹市，一个年轻的男人席地坐在街沿上。这是一个盲人，穿一身干净的旧衣服，昂起的脸庞沐浴在阳光中。他一边拉手风琴，一边放声歌唱，唱了一支又一支俄罗斯民歌。他的歌声嘹亮开阔，就像他昂起的脸庞一样明朗。

歌声吸引来许多行人，人们纷纷驻足，围成了一个圈，默默伫立静听。不时有人缓缓走到他跟前，往一个小纸盒里放一张纸币。他们神色庄重，仿佛不是在施舍，而是在奉献一份由衷的感激。这个陶醉在自己的歌声中的盲人也的确不像乞丐，而像是来自某片净土的使者。他用他的歌声把这些都市居民暂时带离尘嚣，让他们看到了唯有他的盲眼才能看到的一个美好的世界。

二　乞丐

在广州的一座过街天桥上，我遇见两个乞丐。其一伸直身子趴在地上，埋着脸，浑身剧烈地颤动着，裤脚里伸出的一双光秃秃的残腿分外耀眼。另一靠着栏杆席地而坐，怀里抱着一个婴儿。那婴儿白白胖胖的，睁大着眼，很可爱，把他那只搂着婴儿的断肘衬托得极其触目。他低垂着头，也是全身颤动，发出持续的哀号。

我真怀疑我到了剧场里，看到的是一幕精心设计的舞台造型。

的确是精心设计的。这两个年轻男子把自己的残疾以及那个婴儿都当成道具，竭力表演出了一种悲惨的效果。

我曾见过用乐器和歌喉表演的乞丐，他们用一种能力来吸引行人，使行人注意到他们的缺陷和不幸。那是值得尊重和同情的。这两个乞丐却直接用自己的缺陷表演，使我感到的只是厌恶，我赶紧走开了。

三　有残疾的老妇

今天走过临河的街头花园，忽然发现垂柳已经一片嫩绿，迎春花已经金光灿烂，桃树枝头也已经缀满粉红色的小骨朵了。那躲藏在冬日枯枝里的春天，宛如一群放学的孩子，一下子冲出校门，撒满在大街上了。春天，是真的到来了。

街头花园里到处是人，有年轻的，有年老的，但都像放学的孩子一样快活。冬去春来，草木复苏，人人都有一种解放了的感觉。

马路旁停着一辆手推车，一个姑娘正搀扶一个老妇下车。那老妇很老了，大约还有残疾，手脚极不灵活，佝着腰，非常吃力地从手推车上往下爬。我注意到了她脸上的表情，那是一种很复杂的表情，混合着欣喜和羞愧。她和众生一样感觉到了春日生命萌动的喜悦，并且自己也要参加到这萌动的喜悦中来，但又明显地意识到自己的生命已经残缺不全。她仿佛是在为这残缺不全羞愧，为自己不顾这残缺不全而仍然要享受生命羞愧。然而，她又不顾这羞愧，仍然勇敢地到春天的花园里来享受生命了。

这情景使我无比感动。我心想：生命，毕竟是值得骄傲的。

1992.4

重游庐山散记

一　故地重游

十年一瞬，重上庐山，碰巧又住芦林饭店。和十年前一样，每日黄昏，结伴绕芦林湖散步，看夕阳沉入西边峡谷。景物依旧，人事已非，不免触景生情。十年前游山的情形，十年来处世的遭际，时时萦绕心头。

于是我想，故地重游乃是一件越出通常旅游概念的行为。

一个旅游者总是在向自己未曾到过的地方进发。对于他来说，地图上一切地方均被划归到过和未到过两大类，他的目标十分明确，便是填补空白。故地重游则是一种反顾和重温，重游者往往不由自主地在故地寻找自己昔日的足迹，追忆逝去的年华。旅游者好新，故地重游者怀旧。旅游者仅仅游览于外部世界，即使发思古之幽情，抒发的也只是一种文化情怀。故地重游者却同时置身于双重世界中，眼前的景观与记忆中的岁月息息相通，一石一木都易触发出一种人生感慨。

我们平时定居一地，习惯使我们对岁月的飞快流逝麻木不仁。偶尔出游，匆忙又使我们无从把握岁月的巨大变迁。然而，当我们不期然重游许多年前到过的某个地方，仿佛落到了空间中一个特殊的点上面，在其上一目了然地看到了时间流逝的一长段轨迹，我们便会被人生的沧桑感所震撼。

世界辽阔，生命短促，未到过的地方太多，何暇故地重游？所以，故地重游多半不是由于自觉选择，而是出于偶然机缘。但我是喜欢故地重游的，因为旅游至多是一种阅历，故地重游却是一种微妙的人生境遇。

二　身在险中不知险

锦绣谷一带，奇峰迭起。回首俯眺，刚才逗留过的那块大岩真相毕露，原来是悬崖顶端的一小块弹丸之地，若干人影正在边缘移动，远远望去，十分惊险，仿佛风一吹就会翻落下万丈深渊。

"太危险了！"身旁的游客纷纷惊呼。

我记得刚才我在那险境中流连时并不觉险，大约是当局者迷罢。"不识庐山真面目，只缘身在此山中。"东坡名句实乃人生至理。其实，人生始终悬在空无的深渊之上，可是，除了站在人生之外看人生的佛教徒，有几人能觉悟其惊险呢？

然而，转念一想，人生真如此岌岌可危吗？即如那块大岩，只是远看才像弹丸之地罢了，置身其上，其实回旋余地颇大，并不危险。可见站在人生之外看人生，也未必能洞悉人生的真相。

当局者迷，旁观者何尝清？不论身在此山中还是此山外，庐山真面目一样不可识得。也许，庐山——以及人生——的魅力即在于此。

三　景在景点外

和十年前比，今日的庐山热闹非凡。尤其一个个景点，简直是闹市，游客像赶集一样摩肩接踵。加上那些粗俗不堪的所谓导游，大声背诵牵强附会千篇一律的解说词，使人耳根也不得清静。

我避开景点，徜徉在人迹稀少的小径上。在我眼里，路旁那茂盛的绿草，灿烂的野菊花，青苔斑驳的小石桥，无不可观，处处是景，远胜于人满为患的景点。

其实，庐山本来何尝有什么景点？陶渊明嗜酒，"醉辄卧石上"，所卧之石不知几许，后人偏要指庐山某石为陶之"醉石"。白居易爱花，"山寺桃花始盛开"，所见不过桃花数丛，后人偏要指庐山某处为白之"花径"。"无名天地之始"，何况一石一径？可叹世人为名所惑，蜂拥而至，反而看不见满山无名的巉岩和幽径，遂使世上不复有陶白之风流。

267

四　悠然才见南山

山下暑讯频传，正值多年未遇的连续高温。当此之时，庐山仍是一个清凉世界。搬几张藤椅到阳台或草地上，绿荫婆娑，爽风拂面，二三子闲坐整日，好不自在。

有人总结道：庐山好住不好玩。

若把庐山和黄山比较，黄山气象万千，堪称好玩，庐山气候宜人，当属好住。不过，依我看，凡天下名山，要真正领略其好处，是必须多住些日子的。"悠然见南山"，唯其悠然，方见南山之美。其实，只要悠然而见，无山不美。尤其黄昏，正是山景最美的时辰，山色空蒙，万籁俱寂，由着自己浸染其中，庶几融入自然大化。一个惦着赶回程车的人，怎会有此体验？

五　山那边的世界

从五老峰顶向南俯视，那边的世界辽阔却非平川，深邃却非峡谷。但见碧气氤氲，连绵的秀峰静躺在深不可测的下界，宛如封存在海底的灵物。这景象十年前见过，至今依然。无论山里山外的人寰如何愈来愈喧闹，这一片人迹不至的峰峦永远静谧而空灵。

我默默想，我们挚爱的逝者们的灵魂，业已摆脱了人世间的一切变易和纷扰，一定也像这些灵秀的峰峦一样在人迹不至的某个地方安息着。世上既然有纯真的爱和怀念，就必定有不朽。

六　人人都有小时候

一个老妇在山间小道旁兜售一种小玩具。那是一种瓷器小鸟，鸟肚里灌水，可以吹出酷似鸟叫的哨音。真是久违了。

"我小时候就有这种玩具。"我欣喜地对妻子说。

"你小时候有没有？"妻子脱口问老妇。

"我小时候？"老妇被这突如其来的问题问怔了，接着仿佛明白过来，张开没有牙的瘪嘴，笑得很天真："有，有……"

妻子买了两只小鸟，一路走着，推测道："她为什么笑？一定是在想：'我也有小时候？可不，我也有小时候。'"

七 观日出的人们

为了观日出，我们摸黑起床，赶往含鄱口。据称含鄱口是庐山观日出的最佳地点。

"莫道君行早，更有早行人。"我们到达时，含鄱口一带的山头上已经人影幢幢了。人们一律面东而坐，静默等待，那气氛够庄严的。我先到最靠东边的一座小山头上，山上有亭，亭里亭外坐满了人。然而，我发现这小山头的东面是高耸的五老峰，日出肯定会被挡住。于是，又返身登上较远但更高的一座山头。还是一样，躲不开五老峰的巨大身影。鄱阳湖在含鄱口的东南方，太阳不可能从那里升起。

我心中明白观日出是无望了。既来之，则安之，便就地支起三脚架，调试好照相机。

天色渐渐破晓。正前方是那个有亭子的小山头，山上布满观日出者端坐的背影，他们的正前方则是高耸的五老峰影。在我看来，他们看不到日出乃是洞若观火的事，可是他们依然虔诚地等待着。我被这富有宗教意味的场面感动了，接连按下快门。

我没有看到上帝，但是我看到了等待上帝出现的人们。我知道他们也没有看到上帝，正因为如此，人们啊，我爱你们。

当太阳终于从五老峰顶升起的时候，它已经是一颗普通的白昼的太阳了。人们站起身来，如同结束一场礼拜，一路闲谈着，走向普通的白昼的生活。

1992.7

车窗外

小时候喜欢乘车，尤其是火车，占据一个靠窗的位置，扒在窗户旁看窗外的风景。这爱好至今未变。

列车飞驰，窗外无物长驻，风景永远新鲜。

其实，窗外掠过什么风景，这并不重要。我喜欢的是那种流动的感觉。景物是流动的，思绪也是流动的，两者融为一片，仿佛置身于流畅的梦境。

当我望着窗外掠过的景物出神时，我的心灵的窗户也洞开了。许多似乎早已遗忘的往事，得而复失的感受，无暇顾及的思想，这时都不召自来，如同窗外的景物一样在心灵的窗户前掠过。于是我发现，平时我忙于种种所谓必要的工作，使得我的心灵的窗户有太多的时间是关闭着的，我的心灵世界还有太多的风景未被鉴赏。而此刻，这些平时遭到忽略的心灵景观在打开了的窗户前源源不断地闪现了。

所以，我从来不觉得长途旅行无聊，或者毋宁说，我有点喜欢这一种无聊。在长途车上，我不感到必须有一个伴让我闲聊，或者必须有一种娱乐让我消遣。我甚至舍不得把时间花在读一本好书上，因为书什么时候都能读，白日梦却不是想做就能做的。

就因为贪图车窗前的这一份享受，凡出门旅行，我宁愿坐火车，不愿乘飞机。飞机太快地把我送到了目的地，使我来不及寂寞，因而来不及触发那种出神遐想的心境，我会因此感到像是未曾旅行一样。航行江海，我也宁愿搭乘普通轮船，久久站在甲板上，看波涛万古流涌，而不喜欢坐封闭型的豪华快艇。有一回，从上海到南通，我不幸误乘这种快艇，当别人心满意足地靠在舒适的软椅上看彩色录像时，我痛苦地盯着舱壁上那一个个窄小的密封窗口，真觉得自己仿佛遭到了囚禁。

我明白，这些仅是我的个人癖性，或许还是过了时的癖性。现代人出门旅行讲究效率和舒适，最好能快速到把旅程缩减为零，舒适到如同住在自己家里。令我不解的是，既然如此，又何必出门旅行呢？如果把人生譬作长途旅行，那么，现代人搭乘的这趟列车就好像是由工作车厢和娱乐车厢组成的，而他们的惯常生活方式就是在工作车厢里拼命干活和挣钱，然后又在娱乐车厢里拼命享受和把钱花掉，如此交替往复，再没有工夫和心思看一眼车窗外的风景了。

光阴蹉跎，世界喧嚣，我自己要警惕，在人生旅途上保持一份童趣和闲心是不容易的。如果哪一天我只是埋头于人生中的种种事务，不再有兴致趴在车窗旁看沿途的风光，倾听内心的音乐，那时候我就真正老了俗了，那样便辜负了人生这一趟美好的旅行。

1993.4

南极素描

一　南极动物素描

企鹅——

像一群孩子，在海边玩过家家。它们模仿大人，有的扮演爸爸，有的扮演妈妈。没想到的是，那扮演妈妈的真的生出了小企鹅。可是，你怎么看，仍然觉得这些妈妈煞有介事带孩子的样子还是在玩过家家。

在南极的动物中，企鹅的知名度和出镜率稳居第一，俨然大明星。不过，那只是人类的炒作，企鹅自己对此浑然不知，依然一副憨态。我不禁想，如果企鹅有知，也摆出人类中那些大小明星的做派，那会是多么可笑的样子？我接着想，人类中那些明星的做派何尝不可笑，只是他们自己认识不到罢了。所以，动物的无知不可笑，可笑的是人的沾沾自喜的小知。人要不可笑，就应当进而达于大知。

贼鸥——

身体像黑色的大鸽子，却长着鹰的尖喙和利眼。人类没来由地把它们命名为贼鸥，它们蒙受了恶名，但并不因此记恨人类，仍然喜欢在人类的居处附近逗留。它们原是这片土地的主人，人类才是入侵者，可是这些入侵者却又断定它们是乞丐，守在这里是为了等候施舍。我当然不会相信这污蔑，因为我常常看见它们在峰巅筑的巢，它们的巢相隔很远，一座峰巅上往往只有一对贼鸥孤独地盘旋和孤独地哺育后代。于是我知道，它们的灵魂也与鹰相似，其中藏着人类梦想不到的骄傲。有一种海鸟因为体形兼

有燕和鸥的特征，被命名为燕鸥。遵照此例，我给贼鸥改名为鹰鸥。

黑背鸥——

从头颅到身躯都洁白而圆润，唯有翼背是黑的，因此得名。在海面，它悠然自得地凫水，有天鹅之态。在岩顶，它如雕塑般一动不动，兀立在闲云里，有白鹤之象。在天空，它的一对翅膀时而呈对称的波浪形，优美地扇动，时而呈一字直线，轻盈地滑翔，恰是鸥的本色。我对这种鸟类情有独钟，因为它们安静，洒脱，多姿多态又自然而然。

南极燕鸥——

身体像鸥，却没有鸥的舒展。尾羽像燕，却没有燕的和平。这些灰色的小鸟总是成群结队地在低空飞舞，发出尖利焦躁的叫声，像一群闯入白天的蝙蝠。它们喜欢袭击人类，对路过的人紧追不舍，用喙啄他的头顶，把屎拉在他的衣服上。我对它们的好斗没有异议，让我看不起它们的不是它们的勇敢，而是它们的怯懦，因为它们往往是依仗数量的众多，欺负独行的过路人。

海豹——

常常单独地爬上岸，懒洋洋地躺在海滩上。身体的颜色与石头相似，灰色或黑色，很容易被误认作一块石头。它们对我们这些好奇的入侵者爱答不理，偶尔把尾鳍翘一翘，或者把脑袋转过来瞅一眼，就算是屈尊打招呼了。它们的眼神非常温柔，甚至可以说妩媚。这眼神，这滑溜的身躯和尾鳍，莫非童话里的美人鱼就是它们？

可是，我也见过海豹群居的场面，挤成一堆，肮脏，难看，臭气熏天，像一个猪圈。

那么，独处的海豹是更干净，也更美丽的。

其他动物也是如此。

人也是如此。

海狗——

体态灵活像狗，但是不像狗那样与人类亲近。相反，它们显然对人类怀有戒心，一旦有人接近，就朝岩丛或大海撤退。又名海狼，这个名称也许更适合于它们的自由的天性。不过，它们并不凶猛，从不主动攻击人类。甚至在受到人类攻击的时候，它们也会适度退让。但是，你千万不要以为它们软弱可欺，真把它们惹急了，它们就毫不示弱，会对你穷追不舍。我相信，与人类相比，大多数猛兽是更加遵守自卫原则的。

黑和白——

南极的动物，从鸟类到海豹，身体的颜色基本上由二色组成：黑和白。黑是礁石的颜色，白是冰雪的颜色。南极是一个冰雪和礁石的世界，动物们为了向这个世界输入生命，便也把自己伪装成冰雪和礁石。

二　南极景物素描

冰盖——

在一定意义上，可以在南极洲和冰盖之间画等号。南极洲整个就是一块千古不化的巨冰，剩余的陆地少得可怜，可以忽略不计。正是冰盖使得南极洲成了地球上唯一没有土著居民的大陆。

冰盖无疑是南极最奇丽的景观。它横在海面上，边缘如刀切的截面，奶油般洁白，看去像一只冰淇淋蛋糕盛在蓝色的托盘上。而当日出或日落时分，太阳在冰盖顶上燃烧，恰似点燃了一支生日蜡烛。

可是，最美的往往也是最危险的。面对这只美丽的蛋糕，你会变成一个贪嘴的孩子，跃跃欲试要去品尝它的美味。一旦你受了诱惑与它亲近，它就立刻露出可怕的真相，显身为一个布满杀人陷阱的迷阵了。迄今为止，已有许多英雄葬身它的腹中，变成了永久的冰冻标本。

冰山——

伴随着一阵闷雷似的轰隆声，它从冰盖的边缘挣脱出来，犹如一艘巨轮从码头挣脱出来，开始了自己的航行。它的造型常常是富丽堂皇的，像一座漂移的海上宫殿，一艘豪华的游轮。不过，它的乘客不是人类中的达官贵人，而是海洋的宠儿。时而可以看见一只或两只海豹安卧在某一间宽敞的头等舱里，悠然自得，一副帝王气派。与人类的游轮不同，这种游轮不会返航，也无意返航。在无目的的航行中，它不断地减小自己的吨位，卸下一些构件扔进大海。最后，伴随着又一阵轰隆声，它爆裂成一堆碎块，渐渐消失在波涛里了。它的结束与它的开始一样精彩，可称善始善终，而这正是造化的一切优秀作品的共同特点。

石头——

在南极的大陆和岛屿上，若要论数量之多，除了冰，就是石头了，它们几乎覆盖了冰盖之外的全部剩余陆地。若要论年龄，南极的石头也比冰年轻得多。冰盖深入到地下一百米至数千米，在许多万年里累积而成，其深埋的部分几乎永远不变，成了研究地球历史的考古资料库。相反，处在地表的石头却始终在风化之中，你在这里可以看到风化的各个环节，从完整的石峰，到或大或小的石块，到锋利的石片，到越来越细小的石屑，最后到亦石亦土的粉末，组成了一个展示风化过程的博物馆。

人们来这里，如果留心寻找色泽美丽的石头，多半会有一点儿收获。但是，我觉得漫山遍野的灰黑色石头更具南极的特征，它们或粗粝，或呈卵形，表面往往有浅色的苔斑，沉甸甸地躺在海滩上或山谷里，诉说着千古荒凉。

苔藓——

在有水的地方，必定有它们。在没有水的地方，往往也有它们。它们比人类更善于判断，何处藏着珍贵的水。它们给这块干旱的土地带来了生机，也带来了色彩。

南极短暂的夏天，气温相当于别处的早春。在最暖和的日子里，积雪融化成许多条水声潺潺的小溪流，把五线谱画满了大地。在这些小溪流之间，一簇簇苔藓迅速滋生，给五线谱填上绿色的音符，谱成了一支南极的春之歌。

在有些幽暗潮湿的山谷里，苔藓的生长极其茂盛。它们成簇或成片，看上去厚实、柔软、有弹性，令人不由得想俯下身去，把脸蛋贴在这丰乳一般的美丽生命上。

地衣——

这些外形像绿铁丝的植物，生命力也像铁丝一样顽强。当然啦，铁丝是没有生命的。我的意思是说，它们几乎像没有生命的东西一样活着，维持生命几乎不需要什么条件。在干旱的大石头和小石片上，没有水分和土壤，却到处有它们的踪影。它们与铁丝还有一个相似之处：据说它们一百年才长高一毫米，因此，你根本看不出它们在生长。

海——

不算最小的北冰洋，世界其余三大洋都在一个地方交汇，就是南极。但是，对于南极的海，我就不要妄加猜度了吧。我所见到的只是隶属于南极洲的一个小岛旁边的一小片海域，而且只见到它夏天的样子。在世界任何地方，大海都同样丰富而又单调，美丽而又凶暴。使这里的海的戏剧显得独特的是它的道具，那些冰盖、冰山和雪峰，以及它的演员，那些海豹、海狗和企鹅。

三　南极气象素描

日出——

再也没有比极地的太阳脾气更加奇怪的国王了。夏季，他勤勉得几乎不睡觉，回到寝宫匆匆打一个瞌睡，就急急忙忙地赶来上朝。冬季，他又懒惰得索性不起床，接连数月不理朝政，把文武百官撂在无尽的黑暗之中。

现在是南极的夏季，如果想看日出，你也必须像这个季节的极地太阳一样勤勉，半夜就到海边一个合适的地点等候。所谓半夜，只是习惯的说法，其实天始终是亮的。你会发现，和你一起等候的往往还有最忠实的岛民——企鹅，它们早已站在海边翘首盼望着了。

日出前那一刻的天空是最美的，仿佛一位美女预感到情郎的到来，脸颊上透出越来越鲜亮的红晕。可是，她的情郎——那极昼的太阳——精力实在是太旺盛了，刚刚从大海后或者冰盖后跃起，他的光亮已经强烈得使你不能直视了。那么，你就赶快掉转头去看海面上的壮观吧，礁石和波浪的一侧边缘都被旭日照亮，大海点燃了千万支蜡烛，在向早朝的国王致敬。而岸上的企鹅，这时都面向朝阳，胸脯的白羽毛镀了金一般鲜亮，一个个仿佛都穿上了金围裙。

月亮——

因为夜晚的短暂和晴天的稀少，月亮不能不是稀客。因为是稀客，一旦光临，就给人们带来了意外的惊喜。

她是害羞的，来时只是一个淡淡的影子，如同婢女一样不引人注意。直到太阳把余晖收尽，天色暗了下来，她才显身为光彩照人的美丽的公主。

可是，她是一个多么孤单的公主啊，我在夜空未尝找到过一颗星星，那众多曾经向她挤眉弄眼的追求者都上哪里去了？

云——

天空是一张大画布，南极多变的天气是一个才气横溢但缺乏耐心的画家，一边在这画布上涂抹着，一边不停地改变主意。于是，我们一会儿看

276

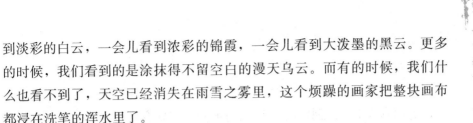

到淡彩的白云，一会儿看到浓彩的锦霞，一会儿看到大泼墨的黑云。更多的时候，我们看到的是涂抹得不留空白的漫天乌云。而有的时候，我们什么也看不到了，天空已经消失在雨雪之雾里，这个烦躁的画家把整块画布都浸在洗笔的浑水里了。

风——

风是南极洲的真正主宰，它在巨大冰盖中央的制高点上扎下大本营，频频从那里出动，到各处领地巡视。它所到之处，真个是地动山摇，石颤天哭。它的意志不可违抗，大海遵照它的命令掀起巨浪，雨雪倚仗它的威势横扫大地。

不过，我幸灾乐祸地想，这个暴君毕竟是寂寞的，它的领地太荒凉了，连一棵小草也不长，更没有擎天大树可以让它连根拔起，一展雄风。

在南极，不管来自东南西北什么方向，都只是这一种风。春风、和风、暖风等等是南极所不知道的概念。

雪——

风从冰盖中央的白色帐幕出动时，常常携带着雪。它把雪揉成雪沙，雪尘，雪粉，雪雾，朝水平方向劲吹，像是它喷出的白色气息。在风停歇的晴朗日子里，偶尔也飘扬过贺年卡上的那种美丽的雪花，你会觉得那是外邦的神偷偷送来的一件意外的礼物。

不错，现在是南极的夏季，气候转暖，你分明看见山峰和陆地上的积雪融化了。可是，不久你就会知道，融化始终是短暂的，山峰和陆地一次又一次重新变白，雪才是南极的本色。

暴风雪——

一头巨大的白色猛兽突然醒来了，在屋外不停地咆哮着和奔突着。一开始，出于好奇，我们跑到屋外，对着它举起了摄影器材，而它立刻就朝镜头猛扑过来。现在，我们宁愿紧闭门窗，等待着它重新入睡。

天气——

一个身怀绝技的魔术师，它真的能在片刻之间把万里晴空变成满天乌云，把灿烂阳光变成弥漫风雪。

277

极昼——

在一个慢性子的白昼后面，紧跟着一个急性子的白昼，就把留给黑夜的位置挤掉了。于是，我们不得不分别截取这两个白昼的一尾一首，拼接出一段睡眠的时间来。

极夜——

我对极夜没有体验。不过，我相信，在那样的日子里，每个人的心里一定都回响着上帝在创世第一天发出的命令："要有光!"

2000.12—2001.2

侯家路

　　春节回上海，家人在闲谈中说起，侯家路那一带的地皮已被香港影视圈买下，要盖演艺中心，房子都拆了。我听了心里咯噔了一下。从记事起，我就住在侯家路的一座老房子里，直到小学毕业，那里藏着我的全部童年记忆。离上海后，每次回去探亲，我总要独自到侯家路那条狭窄的卵石路上走走，如同探望一位久远的亲人一样也探望一下我的故宅。那么，从今以后，这个对于我很宝贵的仪式只好一笔勾销了。

　　侯家路是紧挨城隍庙的一条很老也很窄的路，那一带的路都很老也很窄，纵横交错，路面用很大的卵石铺成。从前那里是上海的老城，置身在其中，你会觉得不像在大上海，仿佛是在江南的某个小镇。房屋多为木结构，矮小而且拥挤。走进某一扇临街的小门，爬上黢黑的楼梯，再穿过架在天井上方的一截小木桥，便到了我家。那是一间很小的正方形屋子，上海人称作亭子间。现在回想起来，那间屋子可真是小呵，放一张大床和一张饭桌就没有空余之地了，但当时我并不觉得。爸爸一定觉得了，所以他自己动手，在旁边拼接了一间更小的屋子。逢年过节，他就用纸糊一只走马灯，挂在这间更小的屋子的窗口。窗口正对着天井上方的小木桥，我站在小木桥上，看透着烛光的走马灯不停地旋转，心中惊奇不已。现在回想起来，那时候爸爸妈妈可真是年轻呵，正享受着人生的美好时光，但当时我并不觉得。他们一定觉得了，所以爸爸要兴高采烈地做走马灯，妈妈的脸上总是漾着明朗的笑容。

　　也许人要到不再年轻的年龄，才会仿佛突然之间发现自己的父母也曾经年轻过。这一发现令我倍感岁月的无奈。想想曾经多么年轻的他们已经

279

老了或死了，便觉得摆在不再年轻的我面前的路缩短了许多。妈妈不久前度过了八十寿辰，但她把寿宴推迟到了春节举办，好让我们一家有个团聚的机会，我就是为此赶回上海来的。我还到苏州凭吊了爸爸的坟墓，自从他七年前去世后，这是我第一次给他上坟。对于我来说，侯家路是一个更值得流连的地方，因为那里珍藏着我的童年岁月，而在我的童年岁月中，我的父母永不会衰老和死亡。

　　我终于忍不住到侯家路去了。可是，不再有侯家路了。那一带已经变成一片废墟，一个巨大的工地。遭到覆灭命运的不只是侯家路，还有许多别的路，它们已经永远从地球上消失了。当然，从城市建设的眼光看，这些破旧房屋早就该拆除了，毫不足惜。不久后，这里将屹立起气派十足的豪华建筑，令一切感伤的回忆寒酸得无地自容。所以，我赶快拿起笔来，为侯家路也为自己保留一点私人的纪念。

1997.3

圆满的平安夜

今年春天，女儿养了两只小鸭，一黄一黑，她称它们为小黄和小黑。小黄不几天就死了，小黑的身体也不健壮，在妈妈的建议下，她把它放养在陶然亭公园的湖里了。

我常到公园散步，每次必去探望小黑。我发现，那里放养的家鸭，除小黑外，还有一只黑的和一只黄的，它们聚在大湖旁的一个池塘里，一天天长大。不久后，它们都长成了大鸭，两只黑鸭非常漂亮，一身黑亮的羽毛，尾羽两侧却雪白，颈羽闪着蓝光，看上去很像公野鸭。我真为我们的小黑自豪。

后来，它们突然从池塘里消失了。我终于发现，原来它们转移到了大湖里，加入了野鸭的队伍。那只黄鸭总是游离在队伍的边缘，两只黑鸭却非常合群，混在野鸭群里几乎乱真，但我心里清楚它们是家鸭。

冬天来了，十一月初的那三场大雪之后，湖面冰封了。我很担心这三只家鸭的命运，野鸭能飞走，它们怎么办呢？好在天气突然转暖了，已经冰封的湖面迅速解冻了，奇迹般地重现了满湖碧波的景象。家鸭们又有几天好日子过了，我看见它们和野鸭一起在湖中逍遥地游弋。

但是，好运不会久留，我心中仍充满忧虑。十二月上旬，气温骤降，湖面又冰封了，冻得严严实实。湖上已不见鸭的踪影，野鸭一定飞走了，三只家鸭去哪里了呢？

一天早晨，我再去公园，看到了悲壮动人的一幕：在靠岸的冰面上，有四只鸭子，其中两只正是那两只漂亮的黑家鸭，而另两只竟是母野鸭！它们已经彼此结成了伴侣，而为了爱情，这两只母野鸭毅然守着自己的异类丈夫，不肯随同类飞往温暖的远方。现在，两对情侣无助地站在冰上，瑟瑟发抖，命在旦夕。

我久久地站在岸上，为我看到的景象而悲伤，而自责。当初若不把小黑放养在湖里，至少会少一个殉情者啊。我不知道该怎么办，听任不管是悲剧，拆散它们也是悲剧。

这天之后，那只黄家鸭再也没有出现。它是一只母鸭，长得很肥，我听几个老人站在岸上议论，其中一个老妇做了一个朝嘴里送食物的手势，笑着说：已经被"米西"了。我心中一痛，知道等着小黑的命运不是冻死，就是也被"米西"。

万般无奈，我只好在博客上呼救，请动物保护人士用最妥善的办法救救这两对情侣。新浪主页把我的博文放在了首页上，反应强烈，众声喧哗，但无人能提出实际可行的办法。

我仍天天去看这两对情侣。天气越来越冷，它们坐在冰上，都垂着脖子，看样子有些坚持不下去了。第四天，我看到的情景又一次出乎我的意外：冰上只有两只黑家鸭了，那两只母野鸭飞走了。

我想起了一位朋友的冷嘲之语：世上哪有永恒的爱情！真是这样的吗？我仿佛看见，两只母野鸭终于看穿自己的家鸭丈夫不是同类，于是义愤填膺地痛斥它们是骗子，怒而起飞，两对情侣不欢而散。不，不会这样的，它们不是人类，不会如此无情。实际的情形更可能是，它们实在熬不下去了，为了自保，只好向家鸭丈夫挥泪话别，许诺下辈子投生家鸭，重结良缘，然后依依不舍地飞离，一边还泪汪汪地回头张望。

唉，不管哪种情形，可怜的丈夫们终归是被遗弃了，从此只好独自受难了。

不曾料到，这个悲剧故事再次发生了喜剧性的转折。就在遭到遗弃的第二天，天气又一次转暖，岸边的冰化冻了，两只公家鸭悠闲自在地站在靠水的冰上，吃着游人抛过去的食物。第三天，一只母野鸭飞回来了，从此天天守着两只公家鸭没有再离开。有趣的是，这一母二公永远保持着固定的队形，一母居中，二公在两侧，仿佛彼此有一个温暖的约定。在我的想象中，当初这只母野鸭无疑属于挥泪而别的情形，而那只一去不返的母野鸭则很可能属于不欢而散的情形。看来，和人类一样，禽类的个体也有

多情和寡情之别。

三只鸭子的命运成了我们一家人每天讨论的题目。躲得了初一，躲不了十五，必须给它们寻找一个新家。妻子突然想到了"锦绣大地"。这是位于京西的一个大农场，那里有一片辽阔的人工湖，湖水循环，常年不冻，湖中养着天鹅等珍禽。她立即给我们的朋友于基打电话，于基慨然允诺，不忘以他一贯的风格调侃说："让国平除了关心鸭子，也关心一下人，有空来看我们一眼。"

太好了，鸭子得救了。可是，怎么把它们捕捉到手呢？我们和公园管理处联系，说明情况，他们同意我们捕捉，但表示爱莫能助。这三只鸭子总是在水那边的薄冰上活动，我们购置了捞鱼的大网，但一旦靠近，它们立即朝远处走去，网杆根本够不到。它们当然不会知道我们的一番好心。

只能等待。我仍然天天去看，准备相机行事。我在等再次降温，冰结得更厚实了，就可以走到冰上去捕捉了。不过，那时候，别人也很容易捉到它们，所以必须盯紧，我仿佛看见有许多双食客的眼睛也在盯着它们。

天越来越冷了，开始有人在冰上走了，但鸭子所停留的地方冰还比较薄。有一天，我在原处找不到它们了，心情无比沉重，好在只是虚惊一场。妻子和女儿去寻找，在附近一座小桥下发现了它们，那里风大，湖水未冻，成了它们的新避难所。

今天上午八时，我进公园，又大惊失色。但见那一只母野鸭孤零零地站在冰面上，仰着长脖子，嘎嘎地哀鸣，两只公家鸭没有了影踪。一位老先生站在我旁边，也在看哀鸣着的母野鸭，我听见他嘟哝道："怎么把那两只鸭子都抓走呢，它没有伴了。"我赶紧问："谁抓走的？"他指给我看正在对岸走的一个老妇，那老妇手中提着一只红布袋。我冲上小桥，老妇恰好迎面走来，狭路相逢，我一把夺住她手中的布袋。周围有好几个老人，纷纷谴责她。她讪讪地解释道，她不是抓回去吃的，是怕它们过不了冬，要带回家养起来。老妇面善，我相信她的话。经我说明原委，她把鸭子放了。

幸亏今天我是在老妇捉鸭子的这个时刻去公园的，早一点或晚一点，它们的下落就成了永远的谜。事不宜迟，必须立即行动了。傍晚，我和妻子去公园把两只公家鸭捉回了家。本想把母野鸭也一齐捉了，但它飞了起来，落在远处的冰上，也是仰着脖子嘎嘎地哀鸣。对它倒不必太担心，它自己会飞往温暖的地方的，当然，我们更希望它能辨识路径，去和它的伴侣团聚。

回到家里，我们把两只鸭子放在浴室里，给它们拍照，女儿也和它们合影。自从春天放养后，小黑是第一次回家，当初系在它的一条腿上的小白绳还在呢，因为日晒雨淋，已经变成黑色。它们都很惊慌，仿佛大难临头似的，哪里想得到是天大的好事在等着它们。

十五分钟后，我和妻子上路，驱车向"锦绣大地"驶去。到了那里，天色已黑，在车灯的照射下，可以看见湖上波光粼粼，不远处的小岛上停留着一只孔雀。我们把纸箱打开，把两只鸭子抱起来，放到湖岸上。只见它们都立刻张开了翅膀，一边欢快地嘎嘎叫着，一边向湖里扑去，两个背影依稀可辨，一眨眼就没了踪影。我永远忘不了它们展翅向湖里扑去时的快乐模样，在把它们放到湖岸上的那一瞬间，它们显然立刻明白了事情的真相。这是一个无比幸福的瞬间，分不清是鸭子更幸福还是我们更幸福。

一个多么圆满的平安夜。在这同一个夜晚，我的新作《宝贝，宝贝》也写完了最后一个字。

2009.12

我的北大岁月

作为哲学系的一名学生，我在北大生活过六年。在校期间，我既不活跃，也不很用功，与老师的接触仅限于听课，以至于许多老师并不记得当年有过我这个学生。在北大百年的历史上，我是绝对留不下一丝痕迹的。可是，在我自己的精神生长史上，北大求学的经历却占据着至关重要的位置。所以，现在我也来庆祝北大的百年校庆，更多的是为了寄托一种个人的情怀。

我进北大时刚满17岁，正是拜伦所说天空布满彩虹的年龄。从上海的亭子间和石库门房子来到未名湖畔，第一个感觉是北大的大和美丽，像一个大公园。上天仿佛钟爱青春的心情，便用旖旎的燕园风光来助兴，仿佛欣赏勃发的求知欲，便把盛名的学府做了奖励。虽然后来的实际情形打破了我入学时怀抱着的学者梦，但我至今觉得，一个人能够在北大开始自己的青年时代，乃是一种幸运。

二十世纪六十年代正是政治斗争激烈的年代，在全国狠抓阶级斗争的氛围中，北大也不平静。事实上，我在校六年，真正上课只有两年，第三学年就被放到郊县去参加"四清"运动了，一连参加了两期，接着便开始了"文化革命"。即使在有课可上的两年里，以"反修"为主题的政治学习也占据了大量时间。在这样的大背景下，我们今日津津乐道的北大传统，例如蔡元培当校长时所倡导的兼容并包、思想自由的校风，当然就不可能成为学校的正统。然而，传统之为传统，就在于它是禁止不了的，在人为的破除之下仍会以曲折的方式延续着。"文革"拿北大开第一刀，宣布北大是教育界"修正主义"的最大"黑窝"，在一定意义上并非冤枉。在"文革"中，北大被揪出的"反动学术权威"和"反动学生"远比一般大学要多得多，恰好证明了北大终究是北大。一批学有所宗、未被"改造"好的老学者的存在，教师和学生对学问的普遍看重，一代代学生中虽则人数有限、却始终压抑不住的思想突围的努力，也许就是北大传统在那个专制年代的延续方式。

所以，当我回忆我的北大岁月时，我脑中出现的绝非只是那些政治运动。不论政治如何强大，生活永远大于政治。当时我在社会阅历和思想判断力方面还非常幼稚，谈不上自觉抵制。北大岁月在我的记忆中充满魅力，是因为那时候我那样年轻，年轻得无法喜欢那些武断的教条和枯燥的课程，于是常常逃课，即使去上课也总是偷看课外书。在我的记忆里，这些逃课的经历富有童趣的意味。正是在北大上学期间，我的眼前打开了一个世界文学和哲学的宝库。对于我来说，读这些书是一次精神的启蒙，它们培育了我的鉴赏力，使我本能地排斥一切平庸的书籍和人云亦云的见解。现在回想起来，我那时候的读书十分零乱，仅仅停留在一个自学者的水平上。由于政治运动的干扰和课程设置的片面，我在北大期间未能在学术上受到应有的严格训练，知识结构的缺陷是明显的。不过，我相信，即使在教学正规的条件下，自学能力的培养仍是最重要的，一切有创造力的学者在本质上都是自学者。

谈及我在北大的经历，我无法避开一位朋友，北大岁月之所以对我异常珍贵，是和我对他的怀念分不开的。在我们年级的同学中，郭世英是一个很特殊的学生。他的特殊并不在于他是郭沫若的儿子，而在于他本人的那种思想者素质。在我以前的生涯中，我未尝遇见过这样一个人，对于精神世界的问题如此真诚，专注，好追根究底，没有禁忌。这种素质无疑使他与当时的政治环境格格不入，不到一年就离开了北大，并且终于在"文革"中付出了生命的代价。他死时年仅26岁，而迫害他的理由是他在20岁时在北大犯下的"反革命罪行"。所谓"罪行"，无非一是对压抑个性的思想专制和教育制度不满，二是喜欢西方现代派文学，并在一个朋友小圈子里试验先锋写作。他完全是因为思想的"原罪"而死的。这使我想到，如果说思想自由是北大的一个传统，那么，这个传统的合法存在是来之不易的。北大不可能脱离中国的总体环境，而在总体环境业已发生了根本变化的今天，北大理应更具备宽容的精神。

从离开北大到现在，整整三十年过去了。与三十年前相比，北大以及周围地区的景观有了很大改变。在我上学时，海淀只是一个冷清的小镇，现在已成繁华的街市，中关村不过是一个地名罢了，现在已成热闹的科技城。海淀镇上从前我经常光顾的一家小小的简陋的旧书店早已不知去向，取而代之的是争先恐后崛起的大型豪华书店。走在校园里，面对一幢幢新建的大楼，我也常有陌生之感。然而，我住过许多年的那座学生宿舍楼却一如从前，甚至在我住过的那间屋子的窗前也依旧立着从前的那株木槿。偶尔回到北大，我会站在这株木槿旁凝神默想。最近十年间，我到北大做过两次讲座，虽然我不擅演讲，但场面依然热烈而令我十分感动。我还听说，我的作品在现在的北大学生中颇受欢迎。对于我这个三十年前的北大学生来说，我不知道还会有什么比这更值得快慰的事情了。是的，不变的还有校园里这些虽然陌生却永远年轻的面孔，还有在一代代北大学生中始终保持下来的思想的活跃和对精神事物的强烈兴趣。我暗下决心，倘若有机会，今后我要更多地与北大学生交流，参与他们的北大岁月必能使我保持年轻，同时也是我对自己的北大岁月的投桃之报。

　　［附注：北大百年校庆之前，因北大党委宣传部的书面约稿和许多次电话催促，我写了这篇文章，不料被退了回来。约稿时急切而殷勤，退稿时未置一词，适成对照。后来耳闻了校庆的种种盛况，我心悦诚服地承认，我的这篇文章的确是不合时宜的。］

1998.2

从挤车说到上海不是家

　　在上海出差，天天挤车，至今心有余悸。朋友说，住在上海，就得学会挤车。我怕不是这块料。即使恰好停在面前，我也常常上不了车，刹那间被人浪冲到了一边。万般无奈时，我只好退避三舍，旁观人群一次次冲刺，电车一辆辆开走。我发现，上海人挤车确实训练有素，哪怕打扮入时的姑娘，临阵也表现得既奋勇，又从容，令我不知该钦佩还是惋惜。

　　我无意苛责上海人，他们何尝乐意如此挤轧。我是叹惜挤轧败坏了上海人的心境，使得这些安分守己的良民彼此间却时刻准备着展开琐屑的战斗。几乎每回乘车，我都耳闻激烈的争吵。我自己慎之又慎，仍难免受到挑战。

　　有一回，车刚靠站，未待我挤下车，候车的人便蜂拥而上，堵住了车门。一个抱小孩的男子边往上挤，边振振有词地连声嚷道："还没有上车，你怎么下车?!"惊愕于这奇特的逻辑，我竟无言以答。

　　还有一回，我买票的钱被碰落在地上，便弯腰去拾。身旁是一个中年母亲带着她七八岁的女儿。女儿也弯腰想帮我拾钱，母亲却对我厉声喝道："当心点，不要乱撞人!"我感激地望一眼那女孩，悲哀地想：她长大了会不会变得像母亲一样蛮横自私?

　　上海人互不相让，面对外地人却能同仇敌忾。我看见一个农民模样的男子乘车，他坐在他携带的一只大包裹上，激起了公愤，呵斥声此起彼伏："上海就是被这种人搞坏了!""扣住他，不让他下车!"我厌恶盲流，但也鄙夷上海人的自大欺生。毕竟上海从来不是幽静的乐园，用不着摆出这副失乐园的愤激姿态。

写到这里，我该承认，我也是一个上海人。据说上海人的家乡意识很重，我却常常意识不到上海是我的家。诚然，我生于斯，长于斯，在这喧闹都市的若干小角落里，藏着只有我自己知道和铭记不忘的儿时记忆。当我现在偶尔尝到或想起从小熟悉的某几样上海菜蔬的滋味时，还会有一丝类似乡思的情绪掠过心头。然而，每次回到上海，我并无游子归家的亲切感。"家乡"这个词提示着生命的源头，家族的繁衍，人与土地的血肉联系。一种把人与土地隔绝开来的装置是不配被称作家乡的。上海太拥挤了，这拥挤于今尤甚，但并非自今日始。我始终不解，许多上海人为何宁愿死守上海，挤在鸽笼般窄小封闭的空间里，忍受最悲惨的放逐——被阳光和土地放逐。拥挤导致人与人的碰撞，却堵塞了人与自然的交流。人与人的碰撞只能触发生活的精明，人与自然的交流才能开启生命的智慧。所以，上海人多小聪明而少大智慧。

我从小受不了喧嚣和拥挤，也许这正是出于生命的自卫本能。受此本能驱策，当初我才乘考大学的机会离开了上海，就像一个寄养在陌生人家的孩子，长大后知道了自己的身世，便出发去寻找自己真正的家。我不能说我的寻找有了满意的结果。时至今日，无论何处，土地都在成为一个愈来愈遥远的回忆。我仅获得了一种海德格尔式的安慰："语言是存在的家。"如果一个人写出了他真正满意的作品，你就没有理由说他无家可归。一切都是身外之物，唯有作品不是。对家园的渴望使我终于找到了语言这个家。我设想，如果我是一个心满意足的上海人，我的归宿就会全然不同。

1989.4

第七辑　车窗外

空 地

不要试图去填满生命的空白，

因为，音乐就来自那空白深处。

——泰戈尔

人生难免无聊。无聊是意义的空白。然而，如果没有这空白，我们又怎么会记起我们对于意义的渴望呢？当情人不在场的时候，对情人的思念便布满了爱情的空间。

我们的生命是短暂的，但这短暂的生命也是过于拥挤了。我们的日程表排得满满的。我们把太多的光阴抛洒在繁忙的工场里和喧闹的市场上，太热心于做事和交际。突然，这里有了一块空地。我们无事可做，无人做伴，只好在这空地上徘徊。我们看见脚下有青草破土而出，感觉到心中有一种情绪也像青草一样滋生。在屋顶覆盖和行人密集的地方，是不会有青草生长的。那么，这岂不证明，当我们怅然徘徊的时候，我们是领受了更为充足的阳光和空气？

所以，人生也难得无聊。

应一位朋友之约，我写了几篇论无聊的文章。如果我的论说给人留下一种沉重的印象，那决非我的本意。我恰好在我生命中一个极其沉重的时刻写这些文章，使得我的笔也显沉重了。再说，认真论无聊，这本身近于无聊。也许，论说无聊的最好方式是，三五好友，平时各自认真做事，做得十分顺利，告了一个段落，带着心满意足但又暂时没了着落的一种心情，非常偶然地聚到一起闲扯起来。这时节，个个说话都才气横溢，妙语迭出，可是句句话又似乎都无的放矢，不着边际。若有有心人偷加记录，敷衍成篇，庶几是一篇传无聊之神韵的佳作。可惜的是，好友星散，各自做事似又不太顺利，这样的机会也不易得了。

于是我又想，人生还是无聊的时候居多。空地似乎望不到边，使人无心流连，只思走出。走呵走，纵然走不出无聊，走本身却不无聊，留下了一串深沉的脚印。

1991.2

平静的心

　　到南方走一趟，感到那里是一个很不同的世界。一是活，似乎处处都有机会，人人在抓机会，显得生气勃勃。二是富，千万富翁时有所闻，小康之家比比皆是。

　　在广州时，拜访一位相识的大学教师。踏进他的家门，我惊住了，宽敞的大厅，精美的浮雕，考究的家具，在我眼里不啻是一座宫殿。交谈中知道，他办了一家公司。

　　"这算不了什么，我还要盖别墅。我们知识分子应该腰缠万贯。"他说，口气中兼含自豪和共勉的意味。

　　自豪我赞成。一个民族，一个人，终归是活比呆好，富比穷好。据我看，文化人中凡有经商之兴趣和能力的，都不妨去经商，这对自己对国家都有益处，对文化也绝不会有什么损害。说到底，普及和提高文化是需要金钱支持的，创造文化则并不需要太多的人。

　　共勉却不敢。我有自知之明，知道我非其材。我对经商既无兴趣，也无能力。我认定我去经商必定如燕人学步，两头落空，一事无成。我的天性——至少由习惯造成的第二天性——使我活不起来，从而也富不起来，只宜继续做一个书呆子和穷书生。一个人不该违背或怨恨自己的天性，我的心是平静的。

　　在我看来，无论安心治学，还是勇敢从商，都是值得赞许的。我独不解的是有一种人，看见别人弃学经商便愤愤不平，痛斥世道人心；自己尽管还做着学问，却仿佛受了天大委屈。从他的愤懑和委屈，可见做学问并不符合他的天性。那么，何必露一副只身为文化殉难的悲剧面孔呢？

1992.4

第八辑　向教育争自由

教育的七条箴言

何为教育？教育究竟何为？教育中最重要的原则是什么？古今中外的优秀头脑对此进行了许多思考，发表了许多言论。我发现，关于教育的最中肯、最精彩的话往往出自哲学家之口。专门的教育家和教育学家，倘若不同时拥有洞察人性的智慧，说出的话便容易局限于经验，或拘泥于心理学的细节，显得肤浅、琐细和平庸。现在我把我最欣赏的教育理念列举出来，共七点，不妨称之为教育的七条箴言。它们的确具有箴言的特征：直指事物的本质，既简明如神谕，又朴素如常识。可叹的是，人们迷失在事物的假象之中，宁愿相信各种艰深复杂的谬误，忘掉了简单的常识。然而，依然朴实的心灵一定会感到，这些箴言多么切中今日教育的弊病，我们的教育多么需要回到常识，回到教育之为教育的最基本的道理。

第一条箴言：教育即生长，生长就是目的，在生长之外别无目的。

这个论点由卢梭提出，而后杜威作了进一步阐发。"教育即生长"言简意赅地道出了教育的本义，就是要使每个人的天性和与生俱来的能力得到健康生长，而不是把外面的东西例如知识灌输进一个容器。苏格拉底早已指出，求知是每个人灵魂里固有的能力，当时的智者宣称他们能把灵魂里原本没有的知识灌输到灵魂里去，苏格拉底嘲笑道，好像他们能把视力放进瞎子的眼睛里去似的。懂得了"教育即生长"的道理，我们也就清楚了教育应该做什么事。比如说，智育是要发展好奇心和理性思考的能力，而不是灌输知识，德育是要鼓励崇高的精神追求，而不是灌输规范，美育是要培育丰富的灵魂，而不是灌输技艺。

"生长就是目的，在生长之外别无目的"，这是特别反对用狭隘的功利尺度衡量教育的。人们即使似乎承认了"教育即生长"，也一定要给生长设定一个外部的目的，比如将来适应社会、谋求职业、做出成就之类，仿佛不朝着这类目的努力，生长就没有了任何价值似的。用功利目标规范生长，结果必然是压制生长，实际上仍是否定了"教育即生长"。生长本身没有价值吗？一个天性得到健康发展的人难道不是既优秀又幸福的吗？就算用功利尺度——广阔的而非狭隘的——衡量，这样的人在社会上不是更有希望获得真正意义的成功吗？而从整个社会的状况来看，正如罗素所指出的，一个由本性优秀的男女所组成的社会，肯定会比相反的情形好得多。

第二条箴言：儿童不是尚未长成的大人，儿童期有其自身的内在价值。

用外部功利目的规范教育，无视生长本身的价值，一个最直接、最有害的结果就是否定儿童期的内在价值。把儿童看作"一个未来的存在"，一个尚未长成的大人，在"长大成人"之前似乎无甚价值，而教育的唯一目标是使儿童为未来的成人生活做好准备，这种错误观念由来已久，流传极广。"长大成人"的提法本身就荒唐透顶，仿佛在长大之前儿童不是人似的！蒙台梭利首先明确地批判这种观念，在确定儿童的人格价值的基础上建立了他的儿童教育理论。杜威也指出，儿童期生活有其内在的品质和意义，不可把它当作人生中一个未成熟阶段，只想让它快快地过去。

人生的各个阶段皆有其自身不可取代的价值，没有一个阶段仅仅是另一个阶段的准备。尤其儿童期，原是身心生长最重要的阶段，也应是人生中最幸福的时光，教育所能成就的最大功德是给孩子一个幸福而有意义的童年，以此为他们幸福而有意义的一生创造良好的基础。然而，今天的普遍情形是，整个成人世界纷纷把自己渺小的功利目标强加给孩子，驱赶他们到功利战场上拼搏。我担心，在他们未来的人生中，在若干年后的社会上，童年价值被野蛮剥夺的恶果不知会以怎样可怕的方式显现出来。

第三条箴言：教育的目的是让学生摆脱现实的奴役，而非适应现实。

这是西塞罗的名言。今天的情形恰好相反，教育正在全力做一件事，就是以适应现实为目标塑造学生。人在社会上生活，当然有适应现实的必要，但这不该是教育的主要目的。蒙田说：学习不是为了适应外界，而是为了丰富自己。孔子也主张，学习是"为己"而非"为人"的事情。古往今来的哲人都强调，学习是为了发展个人内在的精神能力，从而在外部现实面前获得自由。当然，这只是一种内在自由，但是，正是凭借这种内在自由，这种独立人格和独立思考能力，那些优秀的灵魂和头脑对于改变人类社会的现实发生了伟大的作用。教育就应该为促进内在自由、产生优秀的灵魂和头脑创造条件。如果只是适应现实，要教育做什么！

第四条箴言：最重要的教育原则是不要爱惜时间，要浪费时间。

这句话出自卢梭之口，由我们今天的许多耳朵听来，简直是谬论。然而，卢梭自有他的道理。如果说教育即生长，那么，教育的使命就应该是为生长提供最好的环境。什么是最好的环境？第一是自由时间，第二是好的老师。在希腊文中，学校一词的意思就是闲暇。在希腊人看来，学生必须有充裕的时间体验和沉思，才能自由地发展其心智能力。卢梭为其惊世骇俗之论辩护说："误用光阴比虚掷光阴损失更大，教育错了的儿童比未受教育的儿童离智慧更远。"今天许多家长和老师唯恐孩子虚度光阴，驱迫着他们做无穷的功课，不给他们留出一点儿玩耍的时间，自以为这就是尽了做家长和老师的责任。卢梭却问你：什么叫虚度？快乐不算什么吗？整日跳跑不算什么吗？如果满足天性的要求就算虚度，那就让他们虚度好了。

到了大学阶段，自由时间就更重要了。依我之见，可以没有好老师，不可没有自由时间。说到底，一切教育都是自我教育，一切学习都是自学。就精神能力的生长而言，更是如此。我赞成约翰·亨利的看法：对于受过基础教育的聪明学生来说，大学里不妨既无老师也不考试，任他们在图书馆里自由地涉猎。我要和萧伯纳一起叹息：全世界的书架上摆满了精神的美味佳肴，可是学生们却被迫去啃那些毫无营养的乏味的教科书。

第五条箴言：忘记了课堂上所学的一切，剩下的才是教育。

我最早在爱因斯坦的文章中看到这句话，是他未指名引用的一句俏皮话。随后我发现，它很可能脱胎于怀特海的一段论述，大意是：抛开了教科书和听课笔记，忘记了为考试背的细节，剩下的东西才有价值。

知识的细节是很容易忘记的，一旦需要它们，又是很容易在书中查到的。所以，把精力放在记住知识的细节，既吃力又无价值。假定你把课堂上所学的这些东西全忘记了，如果结果是什么也没有剩下，那就意味着你是白受了教育。

那个应该剩下的配称为教育的东西，用怀特海的话说，就是完全渗透入你的身心的原理，一种智力活动的习惯，一种充满学问和想象力的生活方式，用爱因斯坦的话说，就是独立思考和判断的总体能力。按照我的理解，通俗地说，一个人从此成了不可救药的思想者、学者，不管今后从事什么职业，再也改不掉学习、思考、研究的习惯和爱好了，方可承认他是受过了大学教育。

第六条箴言：大学应是大师云集之地，让青年在大师的熏陶下生长。

教育的真谛不是传授知识，而是培育智力活动的习惯、独立思考的能力等等，这些智力上的素质显然是不可像知识那样传授的，培育的唯一途径是受具有这样素质的人——不妨笼统地称之为大师——的熏陶。大师在两个地方，一是在图书馆的书架上，另一便是在大学里，大学应该是活着的大师云集的地方。正如怀特海所说：大学存在的理由是，拥有一批充满想象力地探索知识的学者，使学生在智力发展上受其影响，在成熟的智慧和追求生命的热情之间架起桥梁，否则大学就不必存在。

林语堂有一个更形象的说法：理想大学应是一班不凡人格的吃饭所，这里碰见一位牛顿，那里碰见一位佛罗特，东屋住了一位罗素，西屋住了一位拉斯基，前院是惠定宇的书房，后院是戴东原的住房。他强调："吃饭所"不是比方，这些大师除吃饭外，对学校绝无义务，学校送薪俸请他们住在校园里，使学生得以与其交游接触，受其熏陶。比如牛津、剑桥的大教授，抽着烟斗闲谈人生和学问，学生的素质就这样被烟熏了出来。

今天的大学争相标榜所谓世界一流大学，还拟订了种种硬指标。其实，事情本来很简单：最硬的指标是教师，一个大学拥有一批心灵高贵、头脑智慧的一流学者，它就是一流大学。否则，校舍再大，楼房再气派，设备再先进，全都白搭。

第七条箴言：教师应该把学生看作目的而不是手段。

这是罗素为正确的师生关系规定的原则。他指出，一个理想教师的必备品质是爱他的学生，而爱的可靠征兆就是具有博大的父母本能，如同父母感觉到自己的孩子是目的一样，感觉到学生是目的。他强调：教师爱学生应该甚于爱国家和教会。针对今日的情况，我要补充一句：更应该甚于爱金钱和名利。今日一些教师恰恰是以名利为唯一目的，明目张胆地把学生当作获取名利的手段。

　　教师个人是否爱学生，取决于这个教师的品德。要使学校中多数教师把学生看作目的而不是手段，则必须建立以学生为目的的教育体制。把学生当作手段的行径之所以大量得逞，重要原因是教师权力过大，手握决定学生升级毕业之大权。所以，我赞同爱因斯坦的建议：给教师使用强制措施的权力应该尽可能少，使学生对其尊敬的唯一来源是他的人性和理智品质。与此相应，便是扩大学生尤其研究生的权利，在教学大纲许可的范围内，可以自由选择老师和课程，可以改换门庭，另就高明。考核教师也应主要看其是否得到学生的爱戴，而非是否得到行政部门的青睐。像现在这样，教师有本事活动到大笔科研经费，就有多招学生的权利，就有让学生替自己打工的权力，否则就受气，甚至被剥夺带学生的权利，在这种体制下，焉有学生不沦为手段之理。

向教育争自由

逝世前一个月，正值母校苏黎世工业大学成立一百周年，爱因斯坦应约为之写纪念文章。在文章中，他没有为母校捧场，反而是以亲身经历批评了学校教育体制的不合理。他回忆说，入学以后，他很快发现自己不具备做一个"好学生"所需要的一切特性，诸如专心于功课，遵守课堂纪律，认真记笔记和做作业，等等。因此，他便始终满足于做一个有中等成绩的学生，而把主要精力放在自己真正感兴趣的东西上，"以极大的热忱在家里向理论物理学的大师们学习"。

他接着回忆说，毕业以后，他感到极大幸福的是在专利局找到了一份实际工作，而不是留在学院里从事研究。"因为学院生活会把一个年轻人置于这样一种被动的地位：不得不去写大量科学论文——结果是趋于浅薄。"他在专利局一干就是七、八年，业余时间埋头于自己的爱好，这正是他一生中"最富于创造性活动"的时期。

据我所知，爱因斯坦的经历绝非例外。不论在科学领域，还是在哲学、文学、艺术领域，几乎所有的天才人物在学校读书时都不是"好学生"，都有过与当时的教育制度做斗争的经历。可以毫不夸张地说，他们的成材史就是摆脱学校教育之束缚而争得自主学习的自由的历史。

爱因斯坦在晚年时异常关心教育问题，我认为可以把这看作这位伟人留给我们的最重要的精神遗嘱。他不是那种拘于某个特定领域的科学工作者，而是一个对精神事物有着广泛兴趣和深刻理解的大思想家。他十分清楚，从事任何精神创造的基本因素是什么，因而教育应该为此提供怎样的条件。在他的有关论述中，我特别注意到两个概念。一是"神圣的好奇心"，即探究未知事物的强烈兴趣，以及在这探究中所获得的喜悦和满足感。另一是"内在的自由"，即不受权力和社会偏见的限制，也不受未经审察的常规和习惯的羁绊，而能进行独立的思考。如果说前者是每个健康孩子都有的心理品质，那么，后者是要靠天赋加上努力才能获得的能力。在一切伟大的精神创造者身上，都鲜明地存在着这两种特质。这两种特质的保护或培养都有赖于外在的自由。因此，学校教育的主要使命就是提供一个自由的环境，对两者都予以鼓励，最低限度是不要去扼杀它们。遗憾的是事实恰好相反，以至于爱因斯坦感叹道："现代的教育方法竟然还没有把研究问题的神圣好奇心完全扼杀掉，真可以说是一个奇迹。"

今天，现行教育体制的弊病已经引起了社会的广泛注意。但是，完全可以预料，由于种种原因，情况的真正改变将是一个极其漫长的过程。在这个过程中，一代代的学生仍然会不同程度地身受其害。有鉴于此，我想特别对学生们说：你们手中毕竟掌握着一定的主动权，既然在这种有弊病的教育体制下依然产生出了许多杰出人物，那么，你们同样也是有可能把所受的损害减少到最低限度的。为了做到这一点，就必须像爱因斯坦那样，要善于向现行教育争自由，不要去做各门功课皆优的"好学生"，而要做一个能够按照自己的兴趣安排学习计划的"自我教育者"。在我看来，一个人在大学阶段培养起了自主学习的兴趣和能力，找到了真正吸引自己的学科方向和问题领域，他的大学教育就可以说是出色地完成了，这一收获必将使他终身受益。至于课堂知识，包括顶着素质教育的名义灌输的课本之外的知识，实在不必太认真看待。为了明白这个道理，你们不妨仔细琢磨一下爱因斯坦引用的一个调皮蛋给教育所下的定义："如果你忘记了在学校里学到的一切，那么所剩下的就是教育。"

何必名校

现在的家长都非常在乎把自己的孩子送进名校，往往为此煞费苦心，破费万金。人们普遍相信，只要从幼儿园开始，到小学、中学、大学，一路都上名牌，孩子就一定前程辉煌，否则便不免前途黯淡。据我的经验，事情决非这样绝对。我高中读上海中学，大学读北京大学，当然都是名校，但是，小学和初中就全然不沾名校的边了。我读的紫金小学在上海老城区一条狭小的石子路上，入读时还是私营的，快毕业时才转为公立。初中读的是上海市成都中学，因位于成都北路上而得名。

记得在被成都中学录取后，我带我小学里最要好的同班同学黄万春去探究竟。因为尚未开学，校门关着，我们只能隔着竹篱笆墙朝里窥看，能隐约看见操场和校舍一角。看了一会儿，我俩相视叹道：真大啊！比起鸽笼般的紫金小学，当然大多了。当时黄万春家已决定迁居香港，所以他没有在上海报考初中。他用羡慕的眼光望着我，使我心中顿时充满自豪。我压根儿没有去想，这所学校实在是上海千百所中学里的一所普通得不能再普通的学校。

我入初中时刚满十一岁，还在贪玩的年龄。那时候，我家才从老城区搬到人民广场西南角的一个大院子里。院子很大，除了几栋两层小洋楼外，还盖了许多茅屋。人民广场的前身是赛马场，那几栋小洋楼是赛马场老板的财产。新中国成立后，这位老板的财产被剥夺，现在寄居在其中一栋楼里，而我家则成了他的新邻居。那些茅屋是真正的贫民窟，居住的人家大抵是上海人所说的江北佬，从江苏北部流落到上海的。不过，也有一些江北佬住进了楼房。院子里孩子很多，根据住楼房还是住茅房分成了两拨，在住楼房的孩子眼里，住茅房的孩子是野孩子。好玩的是，在我入住后不久，我便成了住楼房的孩子的头儿。

我这一生没有当过官，也不想当官，然而，在那个顽童时代，我似乎显示了一种组织的能力。我把孩子们集中起来，宣布建立了一个组织，名称很没有想象力，叫红星组，后来大跃进开始，又赶时髦改为跃进组。组内设常务委员会，我和另五个年龄与我相仿的大孩子为其成员，其中有二人是江北佬的孩子，我当仁不让地做了主任。我这个主任当得很认真，经常在我家召开会议，每一次会议都有议题并且写纪要。我们所讨论的问题当然是怎么玩，怎么玩得更好。玩需要经费，我想出了一个法子。有一个摆摊的老头，出售孩子们感兴趣的各种小玩意儿，其中有一种名叫天牛的昆虫。于是，我发动我的部下到树林里捕捉天牛，以半价卖给这个老头。就用这样筹集的钱，我们买了象棋之类的玩具，有了一点儿集体财产。我还买了纸张材料，做了一批纸质的军官帽和肩章领章，把我的队伍装备起来。我们常常全副行头地在屋边的空地上游戏，派几个戴纸橄榄帽的拖鼻涕的兵站岗，好不威风。这种情形引起了那些野孩子的嫉妒，有一天，我们发现，他们排着队，喊着"打倒和尚道士"的口号，在我们的游戏地点附近游行。我方骨干中有两兄弟，和尚道士是他俩的绰号。冲突是避免不了的了，一次他们游行时，我们捉住了一个落伍者，从他身上搜出一张手写的证件，写着"取缔和尚道士协会"的字样。形势紧张了一些天，我不喜欢这种敌对的局面，便出面和他们谈判，提议互不侵犯，很容易就达成了和解。

我家住在那个大院子里的时间并不长。上初三时，人民广场扩建和整修，那个大院子被拆掉了，我们只得又搬家。现在回想起来，那两年半是我少年时代玩得最快活的日子。那时候，人民广场一带还很有野趣，到处杂草丛生。在我家对面，横穿广场，是人民公园。我们这些孩子完全不必买门票，因为我们知道公园围墙的什么位置有一个洞，可以让我们的身体自由地穿越。夏天的夜晚，我常常和伙伴们进到公园里，小心拨开草丛，用手电筒的灯光镇住蟋蟀，然后满载而归。在那个年代，即使像上海这样大城市里的孩子也能够玩乡下孩子的游戏，比如斗蟋蟀和养蚕。我也是养蚕的爱好者，每年季节一到，小摊上便有幼蚕供应，我就买一些养在纸盒里。侍弄蚕宝宝，给它们换新鲜的桑叶，看着它们一点点长大，身体逐渐透亮，用稻草搭一座小山，看它们爬上去吐丝作茧，在这过程中，真是每天都有惊喜，其乐无穷。

我想说的是，一个上初中的孩子，他的职责绝对不是专门做功课，玩理应是他的重要的生活内容。倘若现在我回忆我的初中时光，只能记起我如何用功学习，从来不曾快活地玩过，我该觉得自己有一个多么不幸的少年时代。当然，同时我也是爱读书的，在别的文章中我已经吹嘘过自己在这方面的事迹了，例如拿到小学升初中的准考证后，我立即奔上海图书馆而去，因为这个证件是允许进那里的最低资格证件，又例如在家搬到离学校较远的地方后，我宁愿步行上学，省下车费来买书。孩子的天性一是爱玩，二是富有好奇心和求知欲，我庆幸我这两种天性在初中时代都没有受到压制。让我斗胆说一句狂话：一个孩子如果他的素质足够好，那么，只要你不去压制他的天性，不管他上不上名校，他将来都一定会有出息的。现在我自己有了孩子，在她到了上学的年龄以后，我想我不会太看重她能否进入名校，我要努力做到的是，不管她上怎样的学校，务必让她有一个幸福自由的童年和少年时代，保护她的天性不被今日的教育体制损害。

向教育提问

1

是到全民向教育提问的时候了。中国现行教育的弊病有目共睹，有什么理由继续忍受？可以毫不夸张地说，在今日中国，教育是最落后的领域，它剥夺孩子的童年，扼杀少年人的求知欲，阻碍青年人的独立思考，它的所作所为正是教育的反面。改变无疑是艰难的，牵涉到体制、教师、教材各个方面。但是，前提是澄清教育的理念，弄清楚一个问题：教育究竟何为？

2

今日的家长们似乎都深谋远虑，在孩子很小时就为他将来有一个好职业而奋斗了，为此拼命让孩子进重点学校和上各种课外班。从孩子这方面来说，便是从幼儿园开始就投入了可怕的竞争，从小学到大学一路走过去，为了拿到那张最后的文凭，不知要经受多少作业和考试的折磨。有道是：不能让我们的孩子输在起跑线上。可是，在我看来，这种教育方式恰好一开始就是输局了。身心不能自由健康地发展，只学得一些技能，将来怎么会有大出息呢？

一个人从童年、少年到青年，原是人生最美好也最重要的阶段，有其自身不可取代的价值，现在这个价值被完全抹杀了，其全部价值被归结为

305

只是为将来谋职做准备。多么宝贵的童年和青春，竟为了如此渺小的一个目标做了牺牲。这种做法无疑是野蛮的。我不禁要问：这还是教育吗？教育究竟何为？

然而，现行教育体制以应试和急功近利为特征，使得家长和孩子们难有别的选择。因此，当务之急是改变这个体制。

3

针对我们教育的现状，我认为有必要重温卢梭的一个著名论点：教育就是生长。杜威进而阐发道：这意味着生长本身是目的，在生长的前头并没有另外的目的，比如将来适应社会、做出成就之类。此言精辟地道出了教育的本质。

按照这个观点，我们不能用狭隘的功利尺度衡量教育，而应该用广阔的人性尺度和人生尺度。

人性尺度是指：教育应使每个人的天性和与生俱来的能力得到健康生长，而不是强迫儿童和青年接受外来的东西。比如说，智育是发展好奇心和独立思考的能力，而不是灌输知识，德育是鼓励崇高的精神追求，而不是灌输规范。

人生尺度是指：教育应使受教育者现在的生活就是幸福而有意义的，并以此为幸福而有意义的一生创造良好的基础。看教育是否成功，就看它是拓展了还是缩减了受教育者的人生可能性。与幸福而有意义的人生这个目标相比，获得一个好职业之类的目标显得何其可怜。

当然，我们也要用社会尺度衡量教育，但这个社会尺度应该也是广阔的而非狭隘的。正如罗素所指出的：一个由本性优秀的男女所组成的社会，肯定会比相反的情形好得多。

4

如果说教育即生长，那么，教育机构和教育者的使命就是为生长提供最好的环境。

怎样的环境算最好？生长是人的能力的自由发展，可称之为内在的自由，最好的环境就是为之提供外在的自由。外在自由有两个方面，一是政治自由，包括言论自由、学术自由等，另一是自由时间。这里单说后一方面。

在希腊文中，学校一词的意思就是闲暇。在希腊人看来，学生必须有充裕的时间体验和沉思，才能自由地发展其心智能力。卢梭说："最重要的教育原则是不要爱惜时间，要浪费时间。"由我们今天的许多耳朵听来，这句话简直是谬论。但卢梭自有他的道理，他说："误用光阴比虚掷光阴损失更大，教育错了的儿童比未受教育的儿童离智慧更远。"今天许多家长和老师唯恐孩子虚度光阴，驱迫着他们做无穷的作业，不给他们留出一点儿玩耍的时间，自以为这就是尽了做家长和老师的责任。卢梭却问你：什么叫虚度？快乐不算什么吗？整日跳跑不算什么吗？如果满足天性的要求就算虚度，那就让他们虚度好了。

仔细想一想，卢梭多么有道理，我们今日的所作所为正是逼迫孩子们误用光阴。

5

事实上，每个人天性中都蕴含着好奇心和求知欲，因而都有可能依靠自己去发现和领略阅读的快乐。遗憾的是，当今功利至上的教育体制正在无情地扼杀人性中这种最宝贵的特质。在这种情形下，我只能向有识见的教师和家长反复呼吁，请你们尽最大可能保护孩子的好奇心，能保护多少是多少，能抢救一个是一个。我还要提醒那些聪明的孩子，在达到一定年龄之后，你们要善于向现行教育争自由，学会自我保护和自救。

6

我上学的时候，人们常引用高尔基的一句话，说教师是人类灵魂的工程师。现在很少有人提起这句话了。可是，正是现在，太有必要重提教师职业的神圣性这个话题。

从小学到大学，是人的生长的最重要时期。生长得好坏，在很大程度上取决于环境，而对于学生来说，教师实际上构成了最重要的环境。许多人，包括许多伟人，在回忆自己的成长经历时，脑中往往会凸现一个老师的形象。一个优秀的教师会影响许多人的人生道路，所以才使人终身不忘。

杜威把教师比喻为上帝的代言人、天国的引路人。教师不只是传授知识，更重要的影响是在精神上，因此他自己必须有崇高的精神境界。现在人们在讨论大学改革，依我看，大学教育的核心问题是要有一批心灵高贵、头脑活跃的学者，而体制优劣的标准就在于能否吸引这样的学者。有了这样一批学者，自然能够熏陶和培育出优秀人才。什么是好学校？很简单，就是有一批好教师的学校。

今日教师队伍的素质不容乐观。罗素说，教师爱学生应该胜于爱国家和教会。针对今日的情况，我要补充一句：更应该胜于爱金钱和名利。我的担心是，今日的学生在将来回忆自己的人生岁月时，脑中不再会出现值得感念的老师形象。

论教育

1

在任何一种教育体制下，都存在着学生资质差异的问题。合理的教育体制应该向不同资质的学生都提供相应的机会。

所谓"天才教育"的结果多半不是把一个普通资质的人培养成了天才，而是把他扭曲成了一个高不成、低不就的畸形儿。

教育不可能制造天才，却可能扼杀天才。因此，天才对教育唯一可说的话是第欧根尼的那句名言："不要挡住我的阳光。"

2

一切教育都可以归结为自我教育。学历和课堂知识均是暂时的，自我教育的能力却是一笔终身财富。经验证明，一个人最终是否成材，往往不取决于学历的长短和课堂知识的多少，而取决于是否善于自我教育。

3

天赋平常的人能否成才，在很大程度上取决于所处的具体教育环境，学校能够培养出也能够毁灭掉一个中等之才。天才却是不受某个具体教育环境限制的，因为他本质上是自己培育自己。当然，天才也可能被扼杀，但扼杀他的只能是时代或大的社会环境。

4

真实的、不可遏制的兴趣是天赋的可靠标志。

5

一个人的天赋素质是原初的、基本的东西，后天的环境和教育都是以之为基础发生作用的。对于一个天赋素质好的人来说，即使环境和教育是贫乏的，他仍能从中汲取适合于他的养料，从而结出丰硕的果实。

6

把你在课堂上和书本上学到的知识都忘记了，你还剩下什么？——这个问题是对智力素质的一个检验。

把你在社会上得到的地位、权力、财产、名声都拿走了，你还剩下什么？——这个问题是对心灵素质的一个检验。

孩子的心智

1

在人的一生中，童年似乎是最不起眼的。大人们都在做正经事，孩子们却只是在玩耍，在梦想，仿佛在无所事事中挥霍着宝贵的光阴。可是，这似乎最不起眼的童年其实是人生中最重要的季节。粗心的大人看不见，在每一个看似懵懂的孩子身上，都有一个灵魂在朝着某种形态生成。

在人的一生中，童年似乎是最短暂的。如果只看数字，孩提时期所占的比例确实比成年时期小得多。可是，这似乎短暂的童年其实是人生中最悠长的时光。我们仅在儿时体验过时光的永驻，而到了成年之后，儿时的回忆又将伴随我们的一生。

2

耶稣说：在天国里儿童最伟大。泰戈尔说：在人生中童年最伟大。帕斯卡尔说：智慧把我们带回到童年。孟子说：大人先生者不失赤子之心。几乎一切伟人都用敬佩的眼光看孩子。在他们眼中，孩子的心智尚未被岁月扭曲，保存着最宝贵的品质，值得大人们学习。

与大人相比，孩子诚然缺乏知识。然而，他们富于好奇心、感受性和想象力，这些正是最宝贵的智力品质，因此能够不受习见的支配，用全新的眼光看世界。

311

与大人相比，孩子诚然缺乏阅历。然而，他们诚实、坦荡、率性，这些正是最宝贵的心灵品质，因此能够不受功利的支配，做事只凭真兴趣。

如果一个成人仍葆有这些品质，我们就说他有童心。凡葆有童心的人，往往也善于欣赏儿童，二者其实是一回事。

相反，有那么一些童心已经死灭的大人，执意要把孩子引上自己的轨道。在他们眼中，孩子什么都不懂，什么都不行，一切都要大人教，而大人在孩子身上则学不到任何东西。恕我直言，在我眼中，他们是世界上最愚蠢的大人。

3

电视镜头：妈妈告诉小男孩怎么放刀叉，小男孩问："可是吃的放哪里呢？"

当大人们在枝节问题上纠缠不清的时候，孩子往往一下子进入了实质问题。

4

华兹华斯说："孩子是大人的父亲。"我这样来论证这个命题——

孩子长于天赋、好奇心、直觉，大人长于阅历、知识、理性，因为天赋是阅历的父亲，好奇心是知识的父亲，直觉是理性的父亲，所以孩子是大人的父亲。

这个命题除了表明我们应该向孩子学习之外，还可做另一种解释：对于每一个人来说，他的童年状况也是他的成年状况的父亲，因此，早期的精神发育在人生中具有关键作用。

5

童年无小事，人生最早的印象因为写在白纸上而格外鲜明，旁人觉得琐碎的细节很可能对本人性格的形成发生过重大作用。

6

我一再发现，孩子对于荣誉极其敏感，那是他们最看重的东西。可是，由于尚未建立起内心的尺度，他们就只能根据外部的标志来判断荣誉。在孩子面前，教师不论智愚都能够成为权威，靠的就是分配荣誉的权力。

7

在孩子眼中，世界是不变的。在世界眼中，孩子一眨眼就老了。

8

成长是一个不断学习的过程，学习如何做人处世，如何思考问题。不过，学习的场所未必是在课堂上。事实上，生活中偶然的契机，意外的遭遇，来自他人的善意或恶意，智者的片言只语，都会是人生中生动的一课，甚至可能改变我们人生的方向。

9

情窦初开的年龄，绽开的不只是欲望的花朵。初开的欲望之花多么纯洁，多么羞怯，多么有灵性，其实同时也是精神之花。和青春一起，心灵世界一切美好的东西，包括艺术和理想，个性和尊严，也都觉醒了。

这在人人都是一样的。区别在于，有的精神之花得到了充足的精神营养，长开不败，终于结出了果实，有的却只是昙花一现，因为营养不良而早早枯萎了。

10

在人的精神成长过程中，少年时期无疑是至关重要的。谁没有体验过青春的魔力降临时的那种奇妙的心情呢？突然之间，眼前仿佛打开了一个五彩缤纷的世界，一片隐藏着无穷宝藏的新大陆。少年人看世界的眼光是天然地理想化的，异性的面庞，两小无猜的友情，老师的一句赞扬，偶尔读到的一则故事或一段格言，都会使他们对世界充满美好的期望。从总体上比较，少年人比成年人更具精神性，他们更加看重爱情、友谊、荣誉、志向等精神价值，较少关注金钱、职位之类的物质利益。当然，由于阅世不深，他们的理想未免空泛。随着入世渐深，无非有两种可能：或者是把理想当作一种幼稚的东西抛弃，变得庸俗实际起来；或者是仍然坚持精神上的追求，因为实际生活的教训和磨练，那会是一种更成熟、更自觉的追求。一个人最后走上哪一条路，取决于种种因素，不可一概而论。不过，他年少之时那种自发的精神性是否受到有效的鼓励和培育，肯定是其中一个重要的因素。

父母们的眼神

街道上站着许多人，一律沉默，面孔和视线朝着同一个方向，仿佛有所期待。我也朝那个方向看去，发现那是一所小学的校门。那么，这些肃立的人们是孩子们的家长了，临近放学的时刻，他们在等待自己的孩子从那个校门口出现，以便亲自领回家。

游泳池的栅栏外也站着许多人，他们透过栅栏朝里面凝望。游泳池里，一群孩子正在教练的指导下学游泳。不时可以听见某个家长从栅栏外朝着自己的孩子呼叫，给予一句鼓励或者一句警告。游泳课持续了一个小时，其间每个家长的视线始终执着地从众儿童中辨别着自己的孩子的身影。

我不忍心看中国父母们的眼神，那里面饱含着关切和担忧，但缺少信任和智慧，是一种既复杂又空洞的眼神。这样的眼神仿佛恨不能长出两把铁钳，把孩子牢牢夹住。我不禁想，中国的孩子要成长为独立的人格，必须克服多么大的阻力啊。

父母的眼神对于孩子的成长有着不可低估的影响。打个不太确切的比方，即使是小动物，生长在昏暗的灯光下抑或在明朗的阳光下，也会造就成截然不同的品性。对于孩子来说，父母的眼神正是最经常笼罩他们的一种光线，他们往往是借之感受世界的明暗和自己生命的强弱的。看到欧美儿童身上的那一股小大人气概，每每忍俊不禁，觉得非常可爱。相比之下，中国的孩子便仿佛总也长不大，不论大小事都依赖父母，不肯自己动脑动手，不敢自己做主。当然，并非中国孩子的天性如此，这完全是后天教育的结果。我在欧洲时看到，那里的许多父母在爱孩子上决不逊于我们，但他们同时又都极重视培养孩子的独立生活能力，简直视为子女教育的第一

315

义。在他们看来，真爱孩子就应当从长计议，使孩子离得开父母，离了父母仍有能力生活得好，这乃是常识。遗憾的是，对于中国的大多数父母来说，这个不言而喻的道理尚有待启蒙。

我知道也许不该苛责中国的父母们，他们的眼神之所以常含不安，很大程度上是因为看到了在我们的周围环境中有太多不安全的因素，诸如交通秩序混乱、公共设施质量低劣、针对儿童的犯罪猖獗等等，皆使孩子的幼小生命面临威胁。给孩子们提供一个相对安全的生存环境，这的确已是全社会的一项刻不容缓的责任。但是，换一个角度看，正因为上述现象的存在，有眼光的父母在对自己孩子的安全保持必要的谨慎之同时，就更应该特别注意培养他们的独立精神和刚毅性格，使他们将来有能力面对严峻环境的挑战。

留住那个心智觉醒的时刻

一个五岁的男孩看见指南针不停转动，最后总是指向同一个方向。他心中顿时充满惊奇：没有一只手去拨动，怎么会发生这样的事呢？从这个时刻起，他相信事物中一定藏着某种秘密，等待着他去发现。爱因斯坦之成为伟大的科学家，就是从这个时刻开始的。在所有孩子的成长过程中，都会出现这样的时刻：好奇心觉醒了，面对成年人已经习以为常的世界，他们提出了绝大部分成年人没有想到也回答不了的问题。和好奇心一起，还有想象力和理解力，荣誉感和自尊心，心灵的快乐和痛苦，总之，人类精神的一切高贵禀赋也先后觉醒了。假如每个孩子生命中的这个时刻在日后都能延续下去，成为真正的起点，人类会拥有多少托尔斯泰、爱因斯坦、海德格尔啊。当然，这是不可能的，由于心智的惰性、教育的愚昧、功利的驱迫、生活的磨难等原因，对于大多数人来说，儿童时代的这个时刻仿佛注定只是昙花一现，然后不留痕迹地消失了。但是，趁现在的孩子们正拥有着这个时刻，我们能否帮助他们尽可能多地留住它呢？

《诺贝尔奖获得者与儿童对话》所做的也许就是这样一件有意义的工作。不妨说，获奖者们正是一些幸运地留住了那个心智觉醒时刻的人，在那个时刻之后，他们没有停止提问和思考，终于找出了隐藏在事物中的某个或某些重大秘密。比如1986年物理学奖得主宾尼希，在他小时候，由于父母不让他随便打电话，他就自己想办法，用两个罐头盒和一根紧绷的长绳子制作了一部土电话机。当孩子们能够用它在相邻房间清楚地通话时，他品尝到了成功的巨大快乐。后来他因研制可以拍摄到原子结构的光栅隧道显微镜而得奖，我相信这一成果与那部土电话机之间一定存在着某种联系。伟大的创造之路往往始于童年的某个时刻，不但科学家如此，其他领域的精神创造者很可能也是如此。1997年文学奖得主达里奥·福是一位大剧作家，他从小就喜欢和两个弟弟一起演戏给别的孩子看，不过当时他并不把这看作戏剧，而只是当作游戏。正是根据亲身经历，对于"究竟是谁发明了戏剧"这个问题，他给出了一个意味深长的答案：是儿童发明的，没有游戏就不会有戏剧，剧作家和演员不过是把儿童的游戏当作职业干的人而已。

为什么天空是蓝的？为什么树叶是绿的？为什么我们忘记一些事情而不忘记另一些事情？为什么有男孩和女孩？为什么1+1=2？为什么有贫穷和富裕？为什么会有战争？……这些诺贝尔奖获得者所回答的问题似乎都属于"十万个为什么"的水平，可是，请仔细想一想，不必说孩子，有多少大人能够说清楚这些貌似简单的问题？他们的讲述还表明，他们每个人的特殊贡献往往就是建立在解决某一简单问题的基础之上的，是那个简单问题的延伸和深化。关于科学家工作的性质，1986年诺贝尔化学奖得主波拉尼有一个生动的说法：和小说家一样，科学家也是讲故事的人，他们用自己讲的故事来为看似杂乱的事物寻找一种联系，为原因不明的现象提供一种解释。的确，在一定意义上，一切创造活动都是针对问题讲故事，是把故事讲得令人信服的努力。譬如说，自然科学是针对自然界的问题讲故事，社会科学是针对社会的问题讲故事，文学艺术是针对人生的问题讲故事，宗教和哲学是针对终极问题讲故事。我由此想到，我们不但要鼓励孩子提问题，而且要鼓励他们针对自己提的问题讲故事，通过故事给问题一个解答。是对是错无所谓，只要是在动脑筋，就能使他们的思考力和想象力得到有效的锻炼。

请诺奖获得者与儿童对话，这是一个有趣的构想。对诺奖获得者自己来说，这是向童年的回归，不管这些大师们所发现的秘密在理论上多么复杂，现在都必须还原成儿童所能提出的原初的、看似简单的问题，仿佛要向那个儿童时代的自己做一个明白的交代。对读这本书的孩子们来说，这是很及时的鼓励，他们也许会发现，那些在成年人世界里备受敬仰的大师离他们却非常近，其实都是一些喜欢想入非非的大孩子。这本书当然未必能指导哪一个孩子在将来获得诺贝尔奖，但它可能会帮助许多孩子获得比诺贝尔奖更加宝贵的东西，那就是对提问权利的坚持、对真理的热爱和永不枯竭的求知欲，有了这些东西，他们就能够成长为拥有内在的富有和尊严的真正的人。

鼓励孩子的哲学兴趣

在一定的意义上，孩子都是自发的哲学家。他们当然并不知道什么是哲学，但是，活跃在他们小脑瓜里的许多问题是真正哲学性质的。我相信，就平均水平而言，孩子们对哲学问题的兴趣要远远超过大多数成人。这一方面是因为，从幼儿期到青春期，正是一个人的理性开始觉醒并逐渐走向成熟的时期，好奇心最强烈，求知欲最旺盛。另一方面，展现在他们眼前的是一个全新的世界，在这个阶段内，生命的生长本身就不断带来对人生的新的发现，看世界的新的角度，使他们迷乱和兴奋，也使他们困惑和思考。哲学原是对世界和人生的真相之探究，童年和青少年时期恰是发生这种探究的最佳机会。

然而，在多数人身上，随着年龄和阅历增长，曾经有过的那种自发的哲学兴趣似乎完全消失了，岁月把一个个小哲学家改造成了大俗人。之所以发生这种情况，孩子周围的大人——包括家长和老师——要负相当的责任。据我所见，对于孩子提出的哲学问题，大人们普遍以三种方式处理，一是无动于衷，认为不值得理睬，二是粗暴地顶回去，教训孩子不要瞎想，三是自以为是，用一个简单的答案打发孩子。在大人们心目中，对世界和人生的思考太玄虚，太无用，功课、考试、将来的好职业才是正经事。在这种急功近利的氛围中，孩子们的哲学兴趣不但得不到鼓励，而且往往过早地遭到了扼杀。

哲学到底有用还是无用，要回答这个问题，关键是如何看待所谓用。如果你只认为应试、谋职、赚钱是有用，那么，哲学的确没有什么用。可是，如果你希望孩子成为一个真正优秀的人，那么，哲学恰恰是最有用的。

人类历史上的一切优秀者，不管是哪一个领域的，必是对世界和人生有自己广阔的思考和独特的理解的人。一个人只有小聪明而没有大智慧，却做成了大事业，这样的例子古今中外都不曾有过呢。

所以，如果你真正爱孩子，关心他们的前途，就应该把你自己的眼光放得远一点。不要挫伤孩子自发的哲学兴趣，而要保护和鼓励，而最好的鼓励办法就是和他们一起思考和讨论。事实上，任何一个真正的哲学问题都不可能有所谓标准答案，可贵的是发问和探究的过程本身，使我们对那些根本问题的思考始终处于活泼的状态。

在这方面，我们亟须有水平的启蒙读物。好的启蒙书其实不但适合于孩子阅读，也适合于家长和孩子、老师和学生一同阅读。在相当程度上，大人也需要受启蒙，否则就当不好家长和老师。难道不是吗？

如果我是语文教师

我问自己一个问题：如果我是中学语文教师，我会怎么教学生？

对这个问题不能凭空回答，而应凭借切身的经验。我没有当过中学教师，但我当过中学生。让我回顾一下，在我的中学时代，什么东西真正提高了我的语文水平，使我在后来的写作生涯中受益无穷。我发现是两样东西，一是读课外书的爱好，二是写日记的习惯。

那么，答案就有了。

如果我是语文教师，我会注意培养学生对书籍的兴趣，鼓励他们多读好书，多读好的文学作品。所谓多，就要有一定的阅读量，比如说每个学期至少读三本好书。我也许会开一个推荐书目，但不做统一规定，而是让每个学生自己选择感兴趣的书。兴趣尽可五花八门，趣味一定要正，在这方面我会做一些引导。我还会提倡学生写读书笔记，形式不拘，可以是读后的感想，也可以只是摘录书中自己喜欢的语句。

如果我是语文教师，我会鼓励学生写日记。写日记第一贵在坚持，养成习惯，第二贵在真实，有内容。写日记既能坚持又写得有内容，即已证明这个学生在写作上既有兴趣又有能力，我会保证给予优秀的语文成绩。

我主要就抓这两件事。所谓语文水平，无非就是这两样东西，一是阅读的兴趣和能力，二是写作的兴趣和能力。当然要让学生写作文，不过，我会采取不命题为主的方式，学生可以把自己满意的某一篇读书笔记或日记交上来，作为课堂作文。总之，我要让学生知道，上我的语文课，无论阅读还是写作，最重要的是要有自己的真实感受和独立见解。

我最不会做的事情，就是让学生分析某一篇范文的所谓中心思想或段落大意。据我所知，我的文章常被用作这样的范文，让学生们受够了折磨。有一回，一个中学生拿了这样一份卷子来考我，是我写的《面对苦难》。对于所列的许多测试题，我真不知该如何解答，只好蒙，她对照标准答案批改，结果几乎不及格。由此可见，这种有所谓标准答案的测试方式是多么荒谬。

读永恒的书

　　人类所创造的精神财富是通过各种物质形式得以保存的，其中最重要的一种形式就是文字。因而，在我们日常的精神活动中，读书便占据着很大的比重。据说最高的境界是无文字之境，真正的高人如同村夫野民一样是不读人间之书的，这里姑且不论。一般而言，我们很难想象一个关注精神生活的人会对书籍毫无兴趣。尤其在青少年时期，心灵世界的觉醒往往会表现为一种勃发的求知欲，对书籍产生热烈的向往。"我扑在书籍上，就像饥饿的人扑在面包上一样。"高尔基回忆他的童年时所说的这句话，非常贴切地表达了读书欲初潮来临的心情。一个人在早年是否经历过这样的来潮，在一定程度上透露和预示了他的精神素质。

　　然而，古今中外，书籍不计其数，该读哪些书呢？从精神生活的角度出发，我们也许可以极粗略地把天下的书分为三大类。一是完全不可读的书，这种书只是外表像书罢了，实际上是毫无价值的印刷垃圾，不能提供任何精神的启示、艺术的欣赏或有用的知识。在今日的市场上，这种以书的面目出现的假冒伪劣产品比比皆是。二是可读可不读的书，这种书读了也许不无益处，但不读却肯定不会造成重大损失和遗憾。世上的书，大多属于此类。我把一切专业书籍也列入此类，因为它们只对有关的专业人员才可能是必读书，对于其余人却是不必读的，至多是可读可不读的。三是必读的书。所谓必读，是就精神生活而言，即每一个关心人类精神历程和自身生命意义的人都应该读，不读便会是一种欠缺和遗憾。

　　应该说，这第三类书在书籍的总量中只占极少数，但绝对量仍然非常大。它们实际上是指人类文化宝库中的那些不朽之作，即所谓经典名著。

对于这些伟大作品不可按学科归类，不论它们是文学作品还是理论著作，都必定表现了人类精神的某些永恒内涵，因而具有永恒的价值。在此意义上，我称它们为永恒的书。要确定这类书的范围是一件难事，事实上不同的人就此开出的书单一定会有相当的出入。不过，只要开书单的人确有眼光，就必定会有一些最基本的好书被共同选中。例如，他们绝不会遗漏掉《论语》《史记》《红楼梦》这样的书，柏拉图、莎士比亚、托尔斯泰这样的作家。

在我看来，真正重要的倒不在于你读了多少名著，古今中外的名著是否读全了，而在于要有一个信念，便是非最好的书不读。有了这个信念，即使你读了许多并非最好的书，你仍然会逐渐找到那些真正属于你的最好的书，并且成为它们的知音。事实上，对于每个具有独特个性和追求的人来说，他的必读书的书单决非照抄别人的，而是在他自己阅读的过程中形成的，这个书单本身也体现出了他的个性。正像罗曼·罗兰在谈到他所喜欢的音乐大师时说的："现在我有我的贝多芬了，犹如已经有了我的莫扎特一样。一个人对他所爱的历史人物都应该这样做。"

费尔巴哈说：人就是他所吃的东西。至少就精神食物而言，这句话是对的。从一个人的读物大致可以判断他的精神品级。一个在阅读和沉思中与古今哲人文豪倾心交谈的人，与一个只读明星逸闻和凶杀故事的人，他们当然有着完全不同的内心世界。我甚至要说，他们也是生活在完全不同的外部世界上，因为世界本无定相，它对于不同的人呈现不同的面貌。列车上，地铁里，我常常看见人们捧着形形色色的小报，似乎读得津津有味，心中不免为他们惋惜。天下好书之多，一辈子也读不完，岂能把生命浪费在读这种无聊的东西上。我不是故作清高，其实我自己也曾拿这类流行报刊来消遣，但结果总是后悔不已。读了一大堆之后，只觉得头脑里乱糟糟又空洞洞，没有得到任何有价值的东西。歌德做过一个试验，半年不读报纸，结果他发现，与以前天天读报相比，没有任何损失。所谓新闻，大多是过眼烟云的人闹的一点儿过眼烟云的事罢了，为之浪费只有一次的生命确实是不值得的。

愉快是基本标准

读了大半辈子书，倘若有人问我选择书的标准是什么，我一定会毫不犹豫地回答：愉快是基本标准。一本书无论专家们说它多么重要，排行榜说它多么畅销，如果读它不能使我感到愉快，我就宁可不去读它。

人做事情，或是出于利益，或是出于性情。出于利益做的事情，当然就不必太在乎是否愉快。我常常看见名利场上的健将一面叫苦不迭，一面依然奋斗不止，对此我完全能够理解。我并不认为他们的叫苦是假，因为我知道利益是一种强制力量，而就他们所做的事情的性质来说，利益的确比愉快更加重要。相反，凡是出于性情做的事情，亦即仅仅为了满足心灵而做的事情，愉快就都是基本的标准。属于此列的不仅有读书，还包括写作、艺术创作、艺术欣赏、交友、恋爱、行善等等，简言之，一切精神活动。如果在做这些事情时不感到愉快，我们就必须怀疑是否有利益的强制在其中起着作用，使它们由性情生活蜕变成了功利行为。

读书唯求愉快，这是一种很高的境界。关于这种境界，陶渊明做了最好的表述："好读书，不求甚解。每有会意，便欣然忘食。"不过，我们不要忘记，在《五柳先生传》中，这句话前面的一句话是："闲静少言，不慕荣利。"可见要做到出于性情而读书，其前提是必须有真性情。那些躁动不安、事事都想发表议论的人，那些渴慕荣利的人，一心以求解的本领和真理在握的姿态夸耀于人，哪里肯甘心于自个儿会意的境界。

以愉快为基本标准，这也是在读书上的一种诚实的态度。无论什么书，只有你读时感到了愉快，使你发生了共鸣和获得了享受，你才应该承认它对于你是一本好书。在这一点上，毛姆说得好："你才是你所读的书对于你的价值的最后评定者。"尤其是文学作品，本身并无实用，唯能使你的生活充实，而要做到这一点，前提是你喜欢读。没有人有义务必须读诗、小说、散文。哪怕是专家们同声赞扬的名著，如果你不感兴趣，便与你无干。不感兴趣而硬读，其结果只能是不懂装懂，人云亦云。相反，据我所见，凡是真正把读书当作享受的人，往往能够直抒己见。譬如说，蒙田就敢于指责柏拉图的对话录和西塞罗的著作冗长拖沓，坦然承认自己欣赏不了，博尔赫斯甚至把弥尔顿的《失乐园》和歌德的《浮士德》称作最著名的引起厌倦的方式，宣布乔伊斯作品的费解是作者的失败。这两位都是学者型的作家，他们的博学无人能够怀疑。我们当然不必赞同他们对于那些具体作品的意见，我只是想借此说明，以读书为乐的人必有自己鲜明的好恶，而且对此心中坦荡，不屑讳言。

我不否认，读书未必只是为了愉快，出于利益的读书也有其存在的理由，例如学生的做功课和学者的做学问。但是，同时我也相信，在好的学生和好的学者那里，愉快的读书必定占据着更大的比重。我还相信，与灌输知识相比，保护和培育读书的愉快是教育的更重要的任务。所以，如果一种教育使学生不能体会和享受读书的乐趣，反而视读书为完全的苦事，我们便可以有把握地判断它是失败了。

与书结缘

我此生与书有缘，在书中度过了多半的光阴。不过，结缘的开端似乎不太光彩。那是上小学的时候，在老师号召下，班上同学把自己的图书凑集起来，放在一只箱子里，办起了一个小小图书馆。我从中借了一本书，书中主人公是一个喜欢恶作剧的男孩，诸如把苍蝇包在包子里给人吃之类，我一边看，一边笑个不停。我实在太想拥有这本有趣的书了，还掉后又把它偷了出来。从此以后，我对书发生了浓厚的兴趣，每一本书，不管是否读得懂，都使我神往，我相信其中一定藏着一些有趣的或重要的东西，等待我去把它们找出来。

小学六年级时，我家搬到了人民公园附近，站在窗前，可以望见耸立在公园背后的大自鸣钟。上海图书馆的这个标志性建筑对于我充满了诱惑力，我常常不由自主地走到那里，在图书馆的院子里徘徊，有一天终于鼓起勇气朝楼里走，却被挡驾了。按照规定，儿童身高一米四五以上才能进阅览室，我当时十岁，个儿小，还差得远。小学刚毕业，拿到了考初中的准考证，听说凭这个证件就可以进到楼内，我喜出望外。整个暑假，我几乎天天坐在上海图书馆的阅览室里看书。我喜欢阅览室里的气氛，寂静笼罩之下，一张张宽大的桌子旁，互不相识的人们专心读着不同的书，彼此之间却仿佛有着一种神秘的联系。这是知识的圣殿，我为自己能够进入这个圣殿而自豪。

我仍渴望占有自己所喜欢的书，毕竟懂事了，没有再偷，而是养成了买书的癖好。初中三年级时，我家搬迁，从家到学校乘电车有五站地，只花四分钱，走路要用一小时。由于家境贫寒，父亲每天只给我四分钱的单程车费，我连这钱也舍不得花，总是徒步往返。路途的一长段是繁华的南京西路，放学回来正值最热闹的时候，两旁橱窗里的商品琳琅满目，但我心里惦记着这一段路上的两家旧书店，便以目不旁视的气概勇往直前。这两家旧书店是物质诱惑的海洋中的两座精神灯塔，我每次路过必进，如果口袋里的钱够，就买一本我看中的书。当然，经常的情形是看中了某一本书，但钱不够，于是我不得不天天去看那本书是否还在，直到攒够了钱把它买下才松一口气。读高中时，我住校，从家到学校要乘郊区车，往返票价五角。我每两周回家一次，父亲每月给我两元钱，一元乘车，一元零用。这使我在买书时仿佛有了财大气粗之感，为此总是无比愉快地跋涉在十几公里的郊区公路上。

回想起来，从中学开始，我就已经把功课看得很次要，而把主要的精力用于读课外书。我是在上海中学读的高中，学校阅览室的墙上贴着高尔基的一句语录："我扑在书本上，就像饥饿的人扑在面包上一样。"这句话对于当时的我独具魔力，它如此贴切地表达了一个饥不择食的少年人的心情和状态，使我永远记住了它。不过，虽然我酷爱读书，却并不知道该读什么书，始终是在黑暗中摸索。直到进了北京大学，在郭沫若的儿子郭世英影响下，我才开始大量阅读世界文学名著。一开始是俄国文学，把屠格涅夫、托尔斯泰、陀思妥耶夫斯基的中译本都读了，接着是西方文学和哲学，一发而不可收。我永远感谢我的这位不幸早逝的朋友，在我求知欲最旺盛的时候，他做了我的引路人，把我带到了世界文化宝库的大门前。那一年我十七岁，在我与书结缘的历史上，这是一个转折点。一个人一旦走进宝库，看见过了真正的珍宝，他就获得了基本的鉴赏力，懂得区分宝物和垃圾了。在那以后，我仿佛逐渐拥有了一种内在的嗅觉，能够嗅出一本书的优劣，本能地拒斥那些平庸的书，不肯再为它们浪费宝贵的光阴了。

我的读书旨趣有三个特点。第一，虽然我的专业是哲学，但我的阅读范围不限于哲学，始终喜欢看"课外书"，而我从文学作品和各类人文书籍中同样学到了哲学。第二，虽然我的阅读范围很宽，但对书籍的选择却很挑剔，以读经典名著为主，其他的书只是随便翻翻，对媒体宣传的畅销书完全不予理睬。第三，虽然读的是经典名著，但我喜欢把它们当作闲书来读，不端做学问的架子，而我确实在读经典名著中得到了最好的消遣。我的经验告诉我，大师绝对比追随者可爱无比也更加平易近人，直接读原著

329

是通往智慧的捷径。这就像在现实生活中，真正的伟人总是比那些包围着他们的秘书和仆役更容易接近，困难恰恰在于怎样冲破这些小人物的阻碍。可是，在阅读中不存在这样的阻碍，经典名著就在那里，任何人想要翻开都不会遭到拒绝，那些爱读平庸书籍的人其实是自甘于和小人物周旋。

直接与大师交流，结识和欣赏人类历史上那些最优秀的灵魂，真是人生莫大的享受。有时候，我会拿起笔来，写下自己的收获，这就是我的写作。所以，我的写作实际上是我的阅读的一个延伸。曾有人问我，阅读和写作在我的生活中各扮演什么角色，我脱口说：阅读是我的情人，写作是我的妻子。事后一想，对这句话可有多种理解。妻子是由情人转变过来的，我的写作是由我的阅读转变过来的，这是一解。阅读是浪漫的精神游历，写作是日常的艰苦劳动，这又是一解。最后，鉴于写作已成为我的职业，我必须警惕不让它排挤掉阅读的时间，倘若我写得多读得少，甚至只写不读，我的写作就会沦为毫无生气的职业习惯，就像没有爱情的婚姻一样。对于我来说，这是最重要的一解，我要铭记不忘。

2006.8

人与书之间

　　弄了一阵子尼采研究，不免常常有人问我："尼采对你的影响很大吧？"有一回我忍不住答道："互相影响嘛，我对尼采的影响更大。"其实，任何有效的阅读不仅是吸收和接受，同时也是投入和创造。这就的确存在人与他所读的书之间相互影响的问题。我眼中的尼采形象掺入了我自己的体验，这些体验在我接触尼采著作以前就已产生了。

　　近些年来，我在哲学上的努力似乎有了一个明确的方向，就是要突破学院化、概念化状态，使哲学关心人生根本，把哲学和诗沟通起来。尼采研究无非为我的追求提供了一种方便的学术表达方式而已。当然，我不否认，阅读尼采著作使我的一些想法更清晰了，但同时起作用的还有我的气质、性格、经历等因素，其中包括我过去的读书经历。

　　有的书改变了世界历史，有的书改变了个人命运。回想起来，书在我的生活中并无此类戏剧性效果，它们的作用是日积月累的。我说不出对我影响最大的书是什么，也不太相信形形色色的"世界之最"。我只能说，有一些书，它们在不同方面引起了我的强烈共鸣，在我的心灵历程中留下了痕迹。

　　中学毕业时，我报考北大哲学系，当时在我就学的上海中学算爆了个冷门，因为该校素有重理轻文传统，全班独我一人报考文科，而我一直是班里数学课代表，理科底子并不差。同学和老师差不多用一种怜悯的眼光看我，惋惜我误入了歧途。我不以为然，心想我反正不能一辈子生活在与人生无关的某个专业小角落里。怀着囊括人类全部知识的可笑的贪欲，我选择哲学这门"凌驾于一切科学的科学"，这门不是专业的专业。

然而，哲学系并不如我想象的那般有意思，刻板枯燥的哲学课程很快就使我厌烦了。我成了最不用功的学生之一，"不务正业"，耽于课外书的阅读。上课时，课桌上摆着艾思奇编的教科书，课桌下却是托尔斯泰、陀思妥耶夫斯基、屠格涅夫、易卜生等等，读得入迷。老师课堂提问点到我，我站起来问他有什么事，引得同学们哄堂大笑。说来惭愧，读了几年哲学系，哲学书没读几本，读得多的却是小说和诗。我还醉心于写诗，写日记，积累感受。现在看来，当年我在文学方面的这些阅读和习作并非徒劳，它们使我的精神趋向发生了一个大转变，不再以知识为最高目标，而是更加珍视生活本身，珍视人生的体悟。这一点认识，对于我后来的哲学追求是重要的。

我上北大正值青春期，一个人在青春期读些什么书可不是件小事，书籍、友谊、自然环境三者构成了心灵发育的特殊氛围，其影响毕生不可磨灭。幸运的是，我在这三方面遭遇俱佳，卓越的外国文学名著、才华横溢的挚友和优美的燕园风光陪伴着我，启迪了我的求真爱美之心，使我越发厌弃空洞丑陋的哲学教条。如果说我学了这么多年哲学而仍未被哲学败坏，则应当感谢文学。

我在哲学上的趣味大约是受文学熏陶而形成的。文学与人生有不解之缘，看重人的命运、个性和主观心境，我就在哲学中寻找类似的东西。最早使我领悟哲学之真谛的书是古希腊哲学家的一本著作残篇集，赫拉克利特的"我寻找过自己"，普罗塔哥拉的"人是万物的尺度"，苏格拉底的"未经思索的人生不值得一过"，犹如抽象概念迷雾中耸立的三座灯塔，照亮了久被遮蔽的哲学古老航道。我还偏爱具有怀疑论倾向的哲学家，例如笛卡尔、休谟，因为他们教我对一切貌似客观的绝对真理体系怀着戒心。可惜的是，哲学家们在批判早于自己的哲学体系时往往充满怀疑精神，一旦构筑自己的体系却又容易陷入独断论。相比之下，文学艺术作品就更能保持多义性、不确定性、开放性，并不孜孜于给宇宙和人生之谜一个终极答案。

长期的文化禁锢使得我这个哲学系学生竟也无缘读到尼采或其他现代西方人的著作。上学时，只偶尔翻看过萧赣译的《查拉图斯特拉如是说》，因为是用文言翻译，译文艰涩，未留下深刻印象。直到大学毕业以后很久，才有机会系统阅读尼采的作品。我的确感觉到一种发现的喜悦，因为我对人生的思考、对诗的爱好以及对学院哲学的怀疑都在其中找到了呼应。一时兴发，我搞起了尼采作品的翻译和研究，而今已三年有余。现在，我正准备同尼采告别。

　　读书犹如交友，再情投意合的朋友，在一块耽得太久也会腻味的。书是人生的益友，但也仅止于此，人生的路还得自己走。在这路途上，人与书之间会有邂逅，离散，重逢，诀别，眷恋，反目，共鸣，误解，其关系之微妙，不亚于人与人之间，给人生添上了如许情趣。也许有的人对一本书或一位作家一见倾心，爱之弥笃，乃至白头偕老。我在读书上却没有如此坚贞专一的爱情。倘若临终时刻到来，我相信使我含恨难舍的不仅有亲朋好友，还一定有若干册体己好书。但尽管如此，我仍不愿同我所喜爱的任何一本书或一位作家厮守太久，受染太深，丧失了我自己对书对人的影响力。

1988.5

精神拾荒三步曲

"学而不思则罔，思而不学则殆。"这是孔子的名言。意思是说：只读书不思考，后果是糊涂；只思考不读书，后果是危险。前一句好理解，"罔"即惘然，亦即朱熹所解释的"昏而无得"。借用叔本华的譬喻来说，就好像是把自己的头脑变成了别人的跑马场，任人践踏，结果当然昏头昏脑。可是后一句，思而不学怎么就危险了呢？不妨也作一譬喻：就好像自己是一匹马，却蒙着眼睛乱走，于是难免在别人早已走通的道路上迷途，在别人曾经溺水的池塘边失足，始终处在困顿疲惫的状态了。句中的"殆"字，前人确有训作困顿疲惫的，而倘若陷在这种状态里出不来，也真是危险。

孔子当然不是无的放矢，"学而不思"和"思而不学"是好些聪明人也容易犯的毛病。有一种人，读书很多，称得上博学，但始终没有真正属于自己的见解。还有一种人，酷爱构筑体系，发现新的真理，但拿出的结果往往并无价值，即使有价值也是前人已经说过而且说得更好的。遇见这两种人，我总不免替他们惋惜。我感到不解的是，一个人真正好读书就必定是有所领悟，真正爱思考就必定想知道别人在他所思问题上的见解，学和思怎么能分开呢？不妨说，学和思是互相助兴的，读书引发思考，带着所思的问题读书，都是莫大的精神享受。

如此看来，学和思不可偏废。在这二者之外，我还要加上第三件也很重要的事——录。常学常思，必有所得，但如果不及时记录下来，便会流失，岂不可惜？不但可惜，如果任其流失，还必定会挫伤思的兴趣。席勒曾说，任何天才都不可能孤立地发展，外界的激励，如一本好书，一次谈话，会比多年独自耕耘更有力地促进思考。托尔斯泰据此发挥说，思想在与人交往中产生，而它的加工和表达则是在一个人独处之时。这话说得非常好，但我要做一点修正。根据我的经验，思想的产生不仅需要交往亦即外界的激发，而且也需要思想者自身的体贴和鼓励。如果没有独处中的用心加工和表达，不但已经产生的思想材料会流失，而且新的思想也会难以产生了。黄山谷说，三日不读书，便觉得自己语言无味，面目可憎。我的体会是，三天不动笔，就必定会思维迟钝，头脑发空。

灵感是思想者的贵宾，当灵感来临的时候，思想者要懂得待之以礼。写作便是迎接灵感的仪式。当你对较差的思想也肯勤于记录的时候，较好的思想就会纷纷投奔你的笔记本了，就像孟尝君收留了鸡鸣狗盗之徒，齐国的人才就云集到了他的门下。

所以，不但学和思是互相助兴的，录也是助兴行列中的一个重要角色。学而思，思而录，是愉快的精神拾荒之三步曲。

2002.6

与中学生谈写作

三辰影库请一些作家来给中学生谈写作，我也在被请之列。我不知道自己算不算一个作家。我没有申请加入作家协会，不是作协会员。我的专业是哲学，不是文学。我写过一些东西，因为不像一般学术论文那样枯燥和难懂，人家就把它们称为散文，也就把我称为作家了。这些都不重要，重要的是，我的确喜欢写作，写作的确成了我的生活的一个重要内容。

我自己从来不看作文指导、作文秘诀之类的东西，因为我不相信写作有普遍适用的方法，也不相信有一用就灵的秘诀。所以，我不会来和你们说这些。如果有谁和你们说这些，我劝你们也不要听，他说出的肯定是一些老生常谈。一个作家关于写作所能够说出的最有价值的东西，是他自己在写作中悟出来的道理。我尽量只讲这个。我想根据我的体会讲一讲，对于一个写作者来说，最重要的道理是哪些。

第一讲　写作与精神生活

这一讲的主题是为何写。你们来听这个讲座，目的当然是想学到写作的本领。但是，为什么想学写作呢？这是一个不能不问的问题，它关系到能不能学成，学到什么程度。

336

一、真正喜欢是前提

一定有不少同学是怀着作家梦学写作的，他们觉得当作家风光，有名有利。现在中学生写书出书成了时髦。中学生写的书，在广大中学生中有市场，出版商瞄准了这个大市场。中学生出书是新鲜事，有新闻效应，媒体也喜欢炒。现在中学生用不着等到将来才当作家，马上就有可能。这对于中学生的作家梦是一个强有力的刺激。

我不认为中学生写书出书是坏事，更不认为想当作家是不良动机。但是，这不应该是主要动机甚至唯一动机。如果只有这么一个动机，就会出现两个后果。第一，你的写作会围绕着怎样能够被编辑接受和发表这样一个目标进行，你会去迎合，失去了你自己的判断力。的确有人这样当上了作家，但他们肯定是蹩脚的作家。第二，你会缺乏耐心，如果你总是没被编辑看上，时间一久，你会知难而退。总之，当不当得上作家不是你自己能够做主的事情，所以，只为当上作家而写作，写作就成了受外界支配的最不自由的行为。

写作本来是最自由的行为，如果你自己不想写，世上没有人能够强迫你非写不可。对于为什么要写作这个问题，我最满意的回答是：因为我喜欢。或者：我自己也不知道为什么，就是想写。所有的文学大师，所有的优秀作家，在谈到这个问题时都表达了这样两个意思：第一，写作是他们内心的需要；第二，写作本身使他们感到莫大的愉快。通俗地说，就是不写就难受，写了就舒服。如果你对写作有这样的感觉，你就不会太在乎能不能当上作家了，当得上固然好，当不上也没关系，反正你总是要写的。事实上，你越是抱这样的态度，你就越有可能成为一个好的作家，不过对你来说那只是一个副产品罢了。

所以，我建议你们先问自己两个问题：第一，我是不是真的喜欢写作？第二，如果当不上作家，我还愿意写吗？如果答案是肯定的，你就具备了进入写作的最基本条件。如果是否定的，我奉劝你趁早放弃，在别的领域求发展。我敢肯定，写作这种事情，如果不是真正喜欢，花多大工夫也是练不出来的。

二、用写作留住似水年华

有人问我：你怎样走上写作的路的？我自己回想，我什么时候算走上了呢？我发表作品很晚。不过，我不从发表作品算起，我认为应该从我开始自发地写日记算起。那是读小学的时候，只有八、九岁吧，有一天我忽然觉得，让每一天这样不留痕迹地消逝太可惜了。于是我准备了一个小本子，把每天到哪儿去玩了、吃了什么好吃的东西等等都记下来，潜意识里是想留住人生中的一切好滋味。现在我认为，这已经是写作意识最早的觉醒。

人生的基本境况是时间性，我们生命中的一切经历都无可避免地会随着时间的流逝而失去。"子在川上曰：逝者如斯夫，不舍昼夜。"人生最宝贵的是每天、每年、每个阶段的活生生的经历，它们所带来的欢乐和苦恼，心情和感受，这才是一个人真正拥有的东西。但是，这一切仍然无可避免地会失去。总得想个办法留住啊，写作就是办法之一。通过写作，我们把易逝的生活变成长存的文字，就可以以某种方式继续拥有它们了。这样写下的东西，你会觉得对于你自己的意义是至上的，发表与否只有很次要的意义。你是非写不可，如果不写，你会觉得所有的生活都白过了。这是写作之成为精神需要的一个方面。

三、用写作超越苦难

人生有快乐，尼采说："一切快乐都要求永恒。"写作是留住快乐的一种方式。同时，人生中不可避免地有苦难，当我们身处其中时，写作又是在苦难中自救的一种方式。这是写作之成为精神需要的另一个方面。许多伟大作品是由苦难催生的，逆境出文豪，例如司马迁、曹雪芹、陀思妥耶夫斯基、普鲁斯特等。史铁生坐上轮椅后开始写作，他说他不能用腿走路了，就用笔来走人生之路。

写作何以能够救自己呢？事实上它并不能消除和减轻既有的苦难，但是，通过写作，我们可以把自己与苦难拉开一个距离，以这种方式超越苦难。写作的时候，我们就好像从正在受苦的那个自我中挣脱出来了，把他所遭受的苦难作为对象，对它进行审视、描述、理解，距离就是这么拉开的。我写《妞妞》时就有这样的体会，好像有一个更清醒也更豁达的我在引导着这个身处苦难中的我。

当然，你们还年轻，没有什么大的苦难。可是，生活中不如意的事总是有的，青春和成长也会有种种烦恼。一个人有了苦恼，去跟人诉说是一种排解，但始终这样做的人就会变得肤浅。要学会跟自己诉说，和自己谈心，久而久之，你就渐渐养成了过内心生活的习惯。当你用笔这样做的时候，你就已经是在写作了，并且这是和你的精神生活合一的最真实的写作。

四、写作是精神生活

总的来说，写作是精神生活的方式之一。人有两个自我，一个是内在的精神自我，一个是外在的肉身自我，写作是那个内在的精神自我的活动。普鲁斯特说，当他写作的时候，进行写作的不是日常生活中的那个他，而是"另一个自我"。他说的就是这个意思。

外在自我会有种种经历，其中有快乐也有痛苦，有顺境也有逆境。通过写作，可以把外在自我的经历，不论快乐和痛苦，都转化成了内在自我的财富。有写作习惯的人，会更细致地品味、更认真地思考自己的外在经历，仿佛在内心中把既有的生活重过一遍，从中发现更丰富的意义，并储藏起来。

我的体会是，写作能够练就一种内在视觉，使我留心并善于捕捉住生活中那些有价值的东西。如果没有这种意识，总是听任好的东西流失，时间一久，以后再有好的东西，你也不会珍惜，日子就会过得浑浑噩噩。写作使人更敏锐也更清醒，对生活更投入也更超脱，既贴近又保持距离。

在写作时，精神自我不只是在摄取，更是在创造。写作不是简单地把外在世界的东西搬到了内在世界中，它更是在创造不同于外在世界的另一个世界。雪莱说："诗创造了另一种存在，使我们成为一个新世界的居民。"这不仅指想象和虚构，凡真正意义上的写作，都是精神自我为自己创造的一个自由空间，这是写作的真正价值之所在。

第二讲　写作与自我

这一讲的主题是为谁写和写什么。其实，明确了为何写，这两个问题也就有答案了，简单地说，就是为自己写，写自己真正感兴趣的东西。

一、为自己写作

如果一个人出自内心需要而写作，把写作当作自己的精神生活，那么，他必然首先是为自己写作的。凡是精神生活，包括宗教、艺术、学术，都首先是为自己的，是为了解决自己精神上的问题，为了自己精神上的提高。孔子说："古之学者为己，今之学者为人。"为己就是注重自己的精神修养，为人是做给别人看，当然就不是精神生活，而是功利活动。

　　所谓为自己写作，主要就是指排除功利的考虑，之所以写，只是因为自己想写、喜欢写。当然不是不给别人读，作品总是需要读者的，但首先是给自己读，要以自己满意为主要标准。一方面，这是很低的标准，就是不去和别人比，自己满意就行。世界上已经有这么多伟大作品，我肯定写不过人家，干吗还写呀？不要这么想，只要我自己喜欢，我就写，不要去管别人对我写出的东西如何评价。另一方面，这又是很高的标准，别人再说好，自己不满意仍然不行。一个自己真正想写的作品，就一定要写到让自己真正满意为止。真正的写作者是作品至上主义者，把写出自己满意的好作品看作最大快乐，看作目的本身。事实上，名声会被忘掉，稿费会被消费掉，但好作品不会，一旦写成就永远属于我了。

　　唯有为自己写作，写作时才能拥有自由的心态。不为发表而写，没有功利的考虑，心态必然放松。在我自己的作品中，我最喜欢的是《人与永恒》，就因为当时写这些随想时根本不知道以后会发表，心态非常放松。现在预定要发表的东西都来不及写，不断有编辑在催你，就有了一种不正常的紧迫感。所以，我一直想和出版界"断交"，基本上不接受约稿，只写自己想写的东西，写完之前免谈发表问题。

　　唯有为自己写作，写作时才能保持灵魂的真实。相反，为发表而写，就容易受他人眼光的支配，或者受物质利益的支配。后一方面是职业作家尤其容易犯的毛病，因为他借此谋生，不管有没有想写的东西都非写不可，必定写得滥，名作家往往也有大量平庸之作。所以，托尔斯泰说："写作的职业化是文学堕落的主要原因。"法国作家列那尔在相同的意义上说："我把那些还没有以文学为职业的人称作经典作家。"最理想的是另有稳定的收入，把写作当作业余爱好。如果不幸当上了职业作家，也应该尽量保持一种非职业的心态，为自己保留一个不为发表的私人写作领域。有一就出版社出版"名人日记"丛书，向我约稿，我当然拒绝了。我想，一个作家如果不再写私人日记，已经是堕落，如果写专供发表的所谓日记，那就简直是无耻了。

二、真正的写作从写日记开始

　　真正的写作，即完全为自己的写作，是从写日记开始的。我相信，每一个好作家都有长久的纯粹私人写作的前史，这个前史决定了他后来成为作家不是仅仅为了谋生，也不是为了出名，而是因为写作是他的心灵需要。一个真正的写作者是改不掉写日记习惯的人罢了，全部作品都是变相的日记。我从高中开始天天写日记，在中学和大学时期，这成了我的主课，是我最认真做的一件事。后来被毁掉了，成了我的永久的悔恨，但有一个收获是毁不掉的，就是养成了写作的习惯。

我要再三强调写日记的重要，尤其对中学生。当一个少年人并非出于师长之命，而是自发地写日记时，他就已经进入了写作的实质。这表明第一，他意识到了并试图克服生存的虚幻性质，要抵抗生命的流逝，挽留岁月，留下它们曾经存在的证据；第二，他有了与自己灵魂交谈、过内心生活的需要。看一个中学生在写作上有无前途，我主要不看语文老师给他的作文打多少分，而看他是否喜欢写日记。写日记一要坚持（基本上每天写），二要认真（不敷衍自己，对真正触动自己的事情和心情要细写，努力寻找确切的表达），三要秘密（基本上不给人看，为了真实）。这样持之以恒，不成为作家才怪呢。

三、写自己真正感兴趣的东西

写什么？我只能说出这一条原则：写自己真正感兴趣的东西。题材没有限制，凡是感兴趣的都可以写，凡是不感兴趣的都不要写。既然你是为自己写，当然就这样。如果你硬去写自己不感兴趣的东西，肯定你就不是在为自己写，而是为了达到某种外在的目的了。

在题材上，不要追随时尚，例如当今各种大众刊物上泛滥的温馨小情感故事之类。不要给自己定位，什么小女人、另类、新新人类，你都不是，你就是你自己。也不要主题先行，例如反映中学生的生活面貌之类，要写出他们的乖、酷、早熟什么的。不要给自己设套，生活中，阅读中，什么东西触动了你，就写什么。

重要的不是题材，而是对题材的处理，不是写什么，而是怎么写。表面上相同的题材，不同的人可以写成完全不同的东西。好的作家无论写什么，一总能写出他独特的眼光，二总能揭示出人类的共同境况，即写的总是自己，又总是整个人生和世界。

第三讲　写作与风格

这一讲的主题是怎样写。其实怎样写是没法讲的，因为风格和方法都不是孤立的，存在于具体的作品之中，无法抽取出来，抽取出来便不再是原来的那个东西，失去了任何意义。每一个优秀作家都有自己的风格和方法，它们是和他的全部写作经验联系在一起的，原则上是不可学的。我这里只能说一些最一般的道理，这些道理也许是所有的写作者都不该忽视的。

一、勤于积累素材和锤炼文字

好的作品必须有两样东西，一是好的内容，二是好的文字表达。这两样东西不是在写作时突然产生的，而要靠平时下功夫。当然，写作时会有文思泉涌的时刻，绝妙的构思和表达仿佛自己来到了你面前，但这也是以平时做的工作为基础的。作家是世界上最勤快的人，他总是处在工作状态，不停地做着两件事，便是积累素材和锤炼文字。严格地说，作家并非仅仅在写一个具体的作品时才在写作，其实他无时无刻不在写作。

灵感闪现不是作家的特权，而是人的思维的最一般特征。当我们刻意去思考什么的时候，我们未必得到好的思想。可是，在我们似乎什么也不想的时候，脑子并没有闲着，往往会有稍纵即逝的感受、思绪、记忆、意象等等在脑中闪现。一般人对此并不在意，他们往往听任这些东西流失掉了。日常琐屑生活的潮流把他们冲向前去，他们来不及也顾不上加以回味。作家不一样，他知道这些东西的价值，会抓住时机，及时把它们记下来。如果不及时记下来，它们很可能就永远消失了。为了及时记下，必须克服懒惰（有时是疲劳）、害羞（例如在众目睽睽的场合）和世俗的礼貌（必须停止与人周旋）。作家和一般人在此开始分野。写作者是自己的思想和感受的辛勤的搜集者。许多作家都有专门的笔记本，用于随时记录素材。写小说的人都有一个体会，就是故事情节可以虚构，细节却几乎是无法虚构的，它们只能来自平时的观察和积累。

作家的另一项日常工作是锤炼文字。他不只是在写作品时做这件事，平时记录思想和文学的素材时，他就已经在文字表达上下功夫了。事实上，内容是依赖于表达的，你要真正留住一个好的思想，就必须找到准确的表达，否则即使记录了下来，也是打了折扣的。写作者爱自己的思想，不肯让它被坏的文字辱没，所以也爱上了文字的艺术。好的文字风格如同好的仪态风度，来自日常一丝不苟的积累。无论写什么，包括信、日记、笔记，甚至一张便笺，下笔决不马虎，不肯留下一行不修边幅的文字，如果你这样做，日久必能写一手好文章。

二、质朴是大家风度

质朴是写作上的大家风度，表现为心态上的平淡，内容上的真实，文字上的朴素。相反，浮夸是小家子气，表现为心态上的卖弄，内容上的虚假，文字上的雕琢。

文人最忌、又难戒的是卖弄，举凡名声、地位、学问、经历，甚至多愁善感的心肠，风流的隐私，都可以拿来卖弄。有些人把写作当作演戏，无论写什么，一心想着的是自己扮演的角色，这角色在观众中可能产生的效果。凡是热衷于在自己的作品中抛头露面的人，都应该改行去做电视主持人。

真实的前提是有真东西。有真情实感才有抒情的真实，否则只能矫情、煽情。有真知灼见才有议论的真实，否则必定假大空。有对生活的真切观察才有叙述的真实，否则只能从观念出发编造。真实极难，因为我们头脑里有太多的观念，妨碍我们看见生活的真相。在《战争与和平》中，托尔斯泰写娜塔莎守在情人临终的病床边，这个悲痛欲绝的女人在做什么？在织袜子。这个细节包含了对生活的最真实的观察和理解，但一般人决不会这么写。

大师的文字风格往往是朴素的。本事在用日常词汇表达独特的东西，通篇寻常句子，读来偏是与众不同。你们不妨留心一下，初学者往往喜欢用华丽的修辞，而他们的文章往往雷同。

三、文字贵在简洁

对于一个作家来说，节省语言是基本美德。文字功夫基本上是一种删除废话废字的功夫。列那尔说：风格就是仅仅使用必不可少的词，绝对不写长句子，最好只用主语、动词和谓语。要惜墨如金，养成一种洁癖，看见一个多余的字就觉得难受。

第四讲　写作与读书

这一讲的主题是谁在写。一个人以怎样的目的和方式写作，写出怎样的作品，归根到底取决于他是个怎样的人。在一定意义上，每个作家都是在写自己，而这个自己有深浅宽窄之分，写出来的结果也就大不一样。造就一个人的因素很多，我只说一个方面，就是读书。

一、养成读书的爱好

写作者的精神世界与读书有密切关系。许多大作家同时是大学者或酷爱读书的人，例如歌德、席勒、加缪、罗曼·罗兰、毛姆、博尔赫斯等。中国也有作家兼学者的传统，例如鲁迅、郭沫若、茅盾、叶圣陶、林语堂、梁实秋、沈从文。现在许多作家不读书，只写书，写出的作品就难免贫乏。

要养成读书的爱好，使读书成为生活的基本需要，不读书就感到欠缺和不安。宋朝诗人黄山谷说："三日不读书，便觉语言无味，面目可憎。"三日不读书，自惭形秽，觉得没脸见人，要有这样的感觉。

读书的面可以广泛一些，不要只限于读文学书，琢磨写作技巧。读书的收获是精神世界的拓展，而这对写作的助益是整体性的。

二、读最好的书

读书的面可以广，但档次一定要高。读书的档次对写作有直接影响，大体上决定了写作的档次。平日读什么书，会形成一种精神趣味和格调，写作时就不由自主地跟着走。所以，读坏书——我是指平庸的书——不但没有收获，而且损害莫大。

我一直提倡读经典名著，即人类文化宝库中的那些不朽之作。古今中外有过多少书，唯有这些书得到长久和广泛的流传，绝大多数书被淘汰，绝非偶然。书如汪洋大海，你自己作全面筛选绝不可能，碰到什么读什么又太盲目。这等于是全人类替你初选了一遍，这等好事为何要拒绝。即使经典名著，数量也太多，仍要由你自己再选择一遍。重要的是要有一个信念，非最好的书不读。有了这个信念，即使读了一些并非最好的书，仍会逐渐找到那些真正属于你的最好的书，并成为它们的知音。

千万不要跟着媒体跑，把时间浪费在流行读物上。天下好书之多，一辈子读不完，岂能把生命浪费在这种东西上。我不是故作清高，我有许多赠送的报刊，不读觉得对不起人家，可是读了总后悔不已，头脑里乱糟糟又空洞洞，不只是浪费了时间，最糟的是败坏了精神胃口。歌德做过一个试验，半年不读报纸，结果发现与以前天天读报比，没有任何损失。

三、读书应该激发创造力

我提倡你们读书，但许多思想家对书籍怀有警惕，例如蒙田、叔本华、尼采。开卷有益，但也可能无益，甚至有害，就看它是激发了还是压抑了自己的创造力。对于一个写作者来说，读书应该起到一种作用，就是刺激自己的写作欲望。

为了使读书有助于写作，最好养成写笔记的习惯。包括：一、摘录对自己有启发的内容；二、读书的体会，特别是读书时浮现的感触、随想、联想，哪怕它们似乎与正在读的书完全无关，愈是这样它们也许对你就愈有价值，是你的沉睡着的宝藏被唤醒了。